异奇物语

赢家100%

高楼大厦

—— 著 ——

ARTTIME 时代出版

时代出版传媒股份有限公司

安徽文艺出版社

图书在版编目（CIP）数据

异奇物语：赢家100%/高楼大厦著. —合肥：安徽文艺出版社，2019.10
ISBN 978-7-5396-6770-6

Ⅰ. ①异… Ⅱ. ①高… Ⅲ. ①长篇小说－中国－当代
Ⅳ. ①I247.5

中国版本图书馆CIP数据核字(2019)第189197号

出 版 人：段晓静
责任编辑：周 康 张 磊　　装帧设计：主语设计

出版发行：时代出版传媒股份有限公司 www.press-mart.com
安徽文艺出版社 www.awpub.com
地　　址：合肥市翡翠路1118号 邮政编码：230071
营 销 部：(0551)63533889
印　　制：合肥华星印务有限责任公司 (0551)65714687

开本：880×1230 1/32 印张：9.75 字数：280千字
版次：2019年10月第1版 2019年10月第1次印刷
定价：38.00元

目　录
Contents

楔子

初遇恶魔

夏一成茫然地看着穿梭在酒桌间的同学，手里的酒杯对着走来走去的人端起来，又放下，反复数次。

“怎么？没人跟你喝酒吗？”靳明端着半杯白酒坐到他的旁边，笑着发问。

夏一成摇头叹气。同学会就是一场炫耀会，大多数同学只会跟混得好的人称兄道弟，然后在落魄同学的身上寻找优越感。至于自己……恐怕连供他们找优越感的资格都不够，或许，只能给眼前这个保安兼骗子的靳明同学提供点优越感吧。

“咱俩喝一个？”靳明露出看似真诚的笑容。

夏一成下意识地端起酒杯想要跟他碰杯，结果靳明却突然起身朝着酒桌中心的邱明磊大步走去，口中喊道：“邱少，邱少！咱俩当年一起在旗杆下罚站，冲这交情就得喝一个！”

夏一成愕然地看着手中的酒杯，听到四周的同学齐齐哄然大笑。

败家子、垃圾……

这样的字眼伴随着几十道嘲讽的目光，毫不留情地落在夏一成的身上。这些在座的所谓的同学，恨不得以高声叫骂来彰显自己与夏一成的不同，可到最后又一个个装矜持、装高素质，在阴暗的角落里窃窃私语、指指点点。

“呵……”

夏一成知道自己被耍了。一个人人鄙视的赌鬼来到同学会，唯一的价值不就是被嘲笑吗？

“一成，你端着酒杯干什么呢？还不来给邱少敬个酒？”靳明的喊话又一次引得众人大笑。

夏一成缓缓起身，摇着头向门外走去。笑声之后，房间里有短暂的安静，所有人都能听到夏一成走出房间时的自语：“同学会？这里所有的人都在装样儿，只有我一个……是傻子。”

门嘎吱一声关上，那些虚伪的笑声也一并消失了。

不知不觉间，夏一成来到一座拱桥上，恍惚地看着桥下融入沉沉夜色的河水，偶尔还能听到细碎的水流声。他有些入神地想着，原来活着跟死亡隔得这么近。

自己是从什么时候开始进入赌场并沉迷其中的？他已经不记得了。脑子里记得的，只有赌场中忘我的喧嚣与心脏随赌桌上的变化而怦怦的跳动声。好像只有在那个时候，他才是活着的，才能够感觉到激情……

还记得什么呢？

被周围的亲朋好友发现自己赌博后，他们的谩骂、鄙夷以及苦口婆心的劝说……

知道自己是个赌徒后，所有人都变成了站在道德制高点上的圣人，可他们有什么资格批判自己？

那一声声失望的叹息，仿佛枷锁一般层层摞在身上。

夏一成望着眼前隐没在黑暗中的水流，目光迷惑，想不明白。

他只是失败了而已，只是输了而已，只要能够再赢回来，只要能赢，他一定比周围任何一个人活得都幸福！

为什么在那些人眼中，沾染了赌瘾就像犯了十恶不赦的大罪，一定要把自己打进地狱呢？

他只是输了而已，如果他能赢……

眼前那片浓黑的水流仿佛映射出一片喧闹的赌场，夏一成沉浸在自己的幻想中不能自拔，只要想想在赌场上胜利的喜悦，滋味便妙不可言。

只要能赢，他就能将周围所有看不起他的人踩在脚下。

唰！一辆车从身后驶过，刺耳的声音令夏一成从幻想中回过神来，好似瞬间从天堂掉入了地狱。

夏一成直勾勾地望着眼前的河水，不自觉地往前走了一步。

“是想跳下去寻死吗？”

一道诡异的声音突然在夏一成的耳边响起，他全身都起了一层鸡皮疙瘩，因为受到惊吓，原本就在指尖晃晃荡荡的酒杯也扑通一声掉入了拱桥下的河水中。

那句话不带任何的语气，自然得就像是在问一个人想不想吃饭一样。

夏一成诧异地转头，却只看到一团比夜幕更浓更深的黑雾突兀地出现在自己身边。他心中一骇，几乎要尖叫出声，赶紧用手揉了揉眼睛，再看时，就看到一个身穿黑色衣袍、头戴兜帽的男子安静地立在不远处。

夏一成的心落回原位，他呼出一口气，在心底嘲笑自己：难不成你还以为见鬼了？

不过，这个人真的很奇怪，夏一成不由自主地打量了对方几眼。

那个人的衣服特别大，像是一件披风，将他从头到脚都笼罩起来。夏一成发现就算自己眯起眼睛去看，也只能看到一团浓黑，完全看不到脸庞。这画面在夜色中显得很是恐怖，让人心底发毛。

“看你的样子，是活到了出卖肉体都没人买的地步吧？”

那个人语调轻缓，音色如大提琴般低沉。明明是很悦耳的声音，但在这浓重的夜色中，却平添了几分诡异，而且他说出的话如此无礼，瞬间点燃了夏一成的怒火。

“你知道什么？！”夏一成低下头，用力地拍打了一下身前的栏杆。痛感当即传来，让他有些混沌的大脑清醒了不少，他的声音低了下来，带着几分颓丧："你知道什么……"

那人来到夏一成的身边，近到只要一抬手就能碰到彼此。

夏一成感觉好像不是一个人走近了自己，而是一团冰冷的雾气，只是略微接触一下，便觉得心底发凉。他察觉到危险，理智告诉他要离这个人远一些，可是不知道为什么，他却没有动。

"同学聚会都没人愿意跟你碰杯，想过自己是怎么混到这步田地的吗？"那人的声音轻轻缓缓地落到夏一成的耳中。

夏一成上下打量着来人，笑道："怎么？刚刚你也在酒店里，碰巧被你看到了，所以跑来装神弄鬼骗我钱吗？真抱歉，我现在兜里比脸还干净。"

"这个我知道，我还知道你是个赌徒。"

夏一成眯起眼睛看那人，一言不发，心中疑惑丛生。这人是谁？难道自己以前跟他赌过？他是特地来找自己的？

"我不但知道这些，还知道你前天输到欠了几万元的高利贷，这几天正想办法躲债、还债。我更知道你女朋友在今天中午把你给甩了……"

那个人每说一句话，夏一成的脸色就白一分。他的女朋友媛媛在几小时前确实给他打过一通分手电话，只是这件事情没有任何人知道。

"你……你到底是谁？"夏一成咽了口唾沫，一脸警惕地看着眼前的人，"你有什么目的？"

"呵呵，混成你这样，还有什么被骗的价值吗？"

听到对方的嘲讽，夏一成脸上一阵火辣辣的，却发现对方明明离自己这么近了，还是看不清楚他的长相。

"自我介绍一下，在下是一名恶魔。"那人微微仰头说道，明显对自己的身份非常骄傲，"来找你做一个交易。"

夏一成觉得自己的脑子一定是糊涂了，或者是耳朵出了问题。

恶魔？这是在玩角色扮演吗？

夏一成脸上的警惕之色未减，甚至多了几分看晚期精神病患者的神情。

“你不信？”那人饶有兴味地问。

夏一成敷衍着说道：“信信信，恶魔你好，我是玉皇大帝……”

“呵。”那人轻笑一声，然后微微侧首看向拱桥外面。

夏一成鬼使神差地跟着转头看去，心里还在嘀咕自己是不是需要赶紧离这疯子远一点。然后，他就看到一个透明的杯子缓缓地从河水中浮了上来。桥面上偶尔有呼啸的汽车驶过，给玻璃杯打上了一层光亮，杯中深红色的葡萄酒折射出似血的光华。

那正是自己掉入河中的酒杯！

夏一成的眼睛猛地睁大。

但是，这怎么可能？！

“你，你……”夏一成全身僵直，死死地盯着飘浮到眼前的酒杯，试图从中寻找出一丝恶作剧的痕迹，然而最终什么也没有发现。

这个自称“恶魔”的人真的让一个杯子从水中浮了起来。这是新的街头魔术吗？

“这个可不是魔术哟。”恶魔的语气带着几分戏谑的味道，他对着夏一成勾了勾手指，结果夏一成也飘到了空中。

夏一成很确定自己不是什么魔术师的托儿，但也不明白对方是怎样做到的。

“好像还是不相信我是恶魔呀。”恶魔拍拍手，夏一成落回地面，恶魔继续说道，“你想一下，跟我交易，我能占到你什么便宜？”

夏一成认真而快速地思考过后，苦恼地发现自己真的没什么值得被人骗的地方。

“只要你跟我签订契约，承诺你死后的灵魂归我。作为回报，我会给你一百次赢的机会。”恶魔诱惑道，“只是你用尽了一百次机会之后，就会死了。”

“死？”夏一成打了个寒战。

恶魔耸了耸肩，语气中诱惑的味道更浓了：“你现在这样活着有意思吗？别忘了，当你无法还钱时，放高利贷的人可不会跟你手软。人活着，最该做的便是及时行乐，你却连行乐的本钱都没有……”

夏一成的喉结上下滚动着，放高利贷的人的可怕嘴脸在他的脑海中浮现。

恶魔伸出惨白的手掌，继续诱惑道：“签约吧……签了，你的人生就会发生巨大的变化；签了，至少你不会吃亏，不是吗？”

夏一成猛吸一口气，决定跟眼前这疯子赌一把。反正自己的人生已经跌到谷底中的谷底了，若对方真的是恶魔，或许还有翻盘的机会。

“好。我签！”

做出决定后，夏一成看到了恶魔脸上的笑意，也看清了对方的模样。那是一张非常俊秀的脸，用唇红齿白、剑眉星目来形容也不为过，比很多男明星都要帅上百倍。

恶魔打了一个响指，连声音都带了几分愉悦，变得甜腻起来：“真是个明智的决定，那我们先签订契约吧。”

恶魔伸出手，变戏法似的对着虚空一抓，一本黑色牛皮封面、厚度足有一人高的契约书就出现在他的手上。

夏一成从下往上看着那契约书，脑袋都后仰了才堪堪看到顶部：“这是契约书？这么厚啊……”

恶魔托着契约书往夏一成眼前递了递，轻笑一声：“繁文缛节嘛，每个行业都有吧。”

夏一成随手将契约书翻开，密密麻麻的字排列在上面，再往后翻了几页，全部都是工工整整的字。他略微皱了下眉，问恶魔：“我签到哪儿？”

“这些规矩还是需要多看看的。”恶魔在旁边悠闲地说道。

夏一成摇头：“不用了。”

“你确定？”恶魔的声音飘进夏一成的耳中，诡异而诱惑。

夏一成看着眼前厚厚的契约书，表示没什么意思：“拿笔来。”

“不用那么麻烦。”恶魔挥动宽大的袖袍，契约书便发出哗啦啦的翻页声，不过眨眼间，最后一页便呈现在夏一成的面前。

那书页上用黑色的墨水笔简单画出了藤蔓的形状，隽秀的“契约人”

三个字后面是一片空白。

“你只要在这里按上你的手印就可以了。”

夏一成耳中充斥着恶魔蛊惑的声音，右手食指不由自主地按了上去。这种感觉很奇妙，他知道自己在做什么，却依旧有一种恍惚感。

轻微的刺痛从指尖传来，夏一成看到一抹暗红色的血液从自己指尖涌出，然后被永久地印在了契约书上。

“好了。”恶魔的双眸闪烁着意味不明的笑意，他轻轻拍了拍契约书，然后手一挥，契约书就如同出现时那样悄无声息地消失在夏一成的眼前。

“这就完成了？”夏一成看了看自己的指尖，那里光滑如初，没有半点儿伤痕，刚刚的刺痛与血迹就像是自己的幻觉。

恶魔眨了眨眼睛，对夏一成点了点头：“从这一刻起，我们之间的契约就完成了，你可以随时享受契约带给您的权利。”

夏一成低头看了看自己，没说什么。

恶魔带着笑意的声音传来：“要不要试试？”

夏一成看了恶魔一眼：“怎么试？”

恶魔眨了眨眼，手指往前一递，两指之间夹着一张五元的纸币。

“什么意思？”

恶魔脸上带着微笑，将身子微微一侧，优雅地伸手指了指不远处。夏一成顺着恶魔手指的方向看去，那里有一家很平常的小超市，超市里昏黄的灯光在这厚重的夜色中透出了一抹温暖，而超市外的喇叭正叫喊“刮刮乐”的消息。

“去试试吧，见识一下契约的力量。”恶魔蛊惑的声音响起。

夏一成灰寂的眼睛里有了些微的光彩，他伸手接过那崭新的五元纸币，又看了恶魔一眼，才朝小超市走去。

难道抽中大奖的幸运之事真的会降临在他的身上？

这个想法一冒头，夏一成竟不由自主地紧张起来。

小超市的老板正坐在椅子上呼呼大睡，喇叭中竭力的叫喊声也没能把他吵醒。

“老板，老板？”

夏一成敲打了数下小超市的铁门，但那老板依旧没醒。夏一成有些无奈地加大了敲击铁门的力度，砰砰砰几下，终于把超市老板叫醒了。

被吵醒的老板还有些迷糊，他费力地睁开眼，打着哈欠问道：“要什么？”

夏一成将手里的钱递给老板，然后指了指刮刮乐：“这个。”

老板没什么表情，随手抽了一张刮刮乐卡片交给夏一成。

夏一成看着手里的卡片，抿了抿唇，好一会儿才开始动手刮。

老板瞥了一眼夏一成，又坐了回去。他在这里卖了十多年彩票，见多了像夏一成这样幻想着买一次彩票就能成富翁的人。

夏一成有些僵硬地将第一个格子刮掉：空的。

他没有停，继续刮第二个、第三个……第七个，都是空的。

不会吧，刚才的一切都是他幻想出来的吗？

夏一成看着最后一个格子，神情有些严肃，手指放在上面，一动没动。

老板看着他的样子摇了摇头。

夏一成的手指终于动了。他刮了第一下，不一样的字从格子里显露出来，他的心脏也随之一跳。等全部刮完的时候，夏一成一下子瞪大了眼睛，愣愣地盯着上面的字，久久没动。

老板被夏一成的表情吓了一跳，连忙伸直了脖子去看。

第八个格子上，明明确确地写着“恭喜您中了十元”。

“至于吗？中了十块钱都能跟没了魂似的，瞧你这没见过世面的样子。”老板强忍着骂人的冲动，随手从抽屉里抽出十元钱拍到夏一成的手上，抬眼问他，“还买不买？”

夏一成眼底透着懊恼与失望，刮刮乐上的字仿佛在嘲笑他的愚蠢。

十元钱？这也算赢？

夏一成失魂落魄地回过头，浓重的夜色仿佛浓稠的泥泞，令他每走一步都要用很大的力气，指间夹着的十元钱在夜风里飘荡。

一团轻盈的黑雾悄然出现在夏一成身边，恶魔饶有兴味地看了看他："赢了吧？"

夏一成低头看向自己手里的十元钱，冷眼瞅着对方，质问道："这就是你跟我说的'赢'？"

恶魔抬眼看了看夏一成的头顶，微笑着点了点头。夏一成的头顶上原本浮现着淡绿的数字"100"，此时已经变成了"99"。

"才十块钱，这难道也算赢吗？"

恶魔悠闲地靠在桥栏杆上，理所当然地说："五块变十块，不算赢吗？"

夏一成突然觉得很可笑，觉得自己像傻子一样被人耍了！

"听着，"恶魔突然靠近，低沉的声音将夏一成包围，"契约只是让你赢，但赢多少、赢什么，需要你自己操作。对于刚才的刮刮乐，五十万是中奖，十块钱也是中奖。你的契约已经开始生效，记住，你还有九十九次赢的机会。"

恶魔的声音尚在耳边萦绕，身体已经融入了夜色。浓浓的黑夜成为他的长袍，整个场景如同魔幻大片般在夏一成眼前呈现。

夏一成脸上有短暂的茫然，却并不怎么害怕，而夜的凉意仿佛才开始侵入他的身体，让他不由自主地拢了拢衣服。

"不信吗？"恶魔的声音在朦胧的夜色中变得缥缈。

夏一成摇了摇头："只是觉得不真实。"

恶魔再次轻轻地落到夏一成身边，手中银光一闪。

夏一成看着一面圆圆的镜子没有任何依托地飘浮到自己眼前，心中连一丝诧异都没有，镇定得连自己都觉得奇怪。

他满眼疑惑地看着那面古铜镂花纹的镜子，神情一滞。他看到在夜色中微微发亮的镜子里，自己的头顶上有一个绿色的数字：99。

"记住我们的契约。一百次机会过后，你的灵魂，归我。"恶魔深深地看了夏一成一眼，嘴角一勾，邪气顿生。

夏一成望着漆黑的夜空，出神了数分钟。他不知道自己是不是出现了幻觉，但他知道他的人生已经跌到了谷底，与其坐等放高利贷的人来收账，不如再去赌一次。

第一章
转机

01

夏一成走了很久，最终在一栋居民楼前停下脚步。

这栋居民楼里只有几缕昏黄的灯光从窗帘的缝隙中倾泻出来。

这个星期，Z 市的地下赌场就开在这栋居民楼里面。

夏一成在楼外走过来又走过去。不知道过了多久，当他终于下定决心，准备抬脚走进楼时，却又猛然停住了。他的手僵硬地伸进自己的口袋——空空如也。

最尴尬的事情莫过于此。安静的角落里，夏一成快速地浏览着手机里的联系人，然后按了下去。

“喂？阿成？”

夏一成声音有些干涩地说：“强哥，是我，是我，这么晚打扰您了。”

“你小子还知道晚，干什么呢还不睡觉？”

夏一成抬头看了看不远处的居民楼，咬了咬牙，对着电话说道：“强哥，是这样的，我现在有件要紧的事情要去办，但是手头没钱，您看，能不能……”

“啊，这样啊。”强哥的声音顿时变得没那么热络了，“你也知道，最近你嫂子管我管得太严了，我手上也没钱啊。”

夏一成嘴角的笑僵住了，尴尬地说：“这样啊，那打扰强哥了。”

“没事没事，我也帮不上你。下次，下次来我这儿吃饭。”强哥的声音从电话中传过来，“而且，一成啊，你整天赌也不是事儿，这样下去总有一天会把自己赔进去的，唉。都说你多少遍了……”

夏一成紧紧握着手机，声音卡在喉咙里没发出来，刚要说什么，手机中就传来了对方挂断的提示音。

看着屏幕变黑的手机，夏一成自嘲地笑了笑。

是啊，现在所有人看到他都唯恐避之不及。一个赌徒，在他们眼中仿佛是带着传染病的可怕病原体一般。

夏一成再次抬眸看向不远处的居民楼，光影似乎将他与那栋居民楼分隔在了两个空间。浓稠的夜色消散不去，如同笼罩在他身上的挫败感一样。

“我跟恶魔签订了契约，只要我去赌，就能赢，只要赌就能赢！”夏一成的眼中渐渐显露出执拗，“我会赢，只要赢了，你们就知道是谁错了，你们就没有资格再来批评我！”

夏一成有些神经质地颤抖着，再次打开手机，顺着上面的人名一个个地打电话。

“小夏啊，真是抱歉，我最近手头也很紧……”

“你不知道，我孩子最近上学要交费，你看，我也帮不上你什么。”

……

不知道听到了多少拒绝，夏一成觉得自己都有些麻木了。

“喂，喂，成哥？说话啊。”

电话中过于嘹亮的男声把走神的夏一成唤了回来。他微微一愣，看了一眼手机，竟然是自己的发小陈斌。

这小子混得还不如自己，自己怎么就打起他的电话了？夏一成不禁苦笑了一下。

“喂，喂，成哥，你听不到我说话吗？难道信号不好？”陈斌的声音接连不断地从手机里传来。

夏一成把手机放到耳边：“我听见了，听见了，你……”

“成哥，这么晚打电话有什么事吗？咱们也好久没联系了，过几天出来喝酒啊。”

夏一成握着已经有些发热的手机，觉得自己的喉咙干干的：“行，行。”

“对了，成哥，你打电话做什么来着？找我有事？有事就说。”

夏一成张了张嘴，脑子有些空白，甚至都不记得自己要说什么：“也没什么事，就是想找你借点钱……”

“借点钱”三个字一说出来，夏一成就觉得自己头皮发麻，恨不得把说出的话再吞回去。怎么就说了呢？这么多年的兄弟了，他自然知道陈斌过得也不怎么样，如果……

电话那边沉默了一瞬，才说：“成哥，你不会又要去赌吧？上次媛媛嫂子不是说过如果你再赌，她可要跟你分手。”

夏一成觉得自己的心脏都痛了起来，干巴巴地笑了笑：“当然不会，你就当我开玩笑，以后有空喝酒，挂了挂了。”

没等陈斌说话，夏一成就把电话挂了。然后，他深深地吸了口气，给自己的父亲打了过去。

“喂？臭小子？”父亲的声音从电话那头传来，有点失真。

夏一成舔了舔嘴唇，道：“爸……”他觉得自己的脸开始发烫，实在说不出要钱的话。

“臭小子怎么了？是不是没钱了？”父亲苍老的声音传来，夏一成握着手机的手用力地攥紧，“早告诉你别乱花的，不存点钱怎么行呢……”

父亲絮絮叨叨的话从手机里传过来，夏一成几乎听不下去，不是因为烦躁，而是有些承受不了。

“行了，爸，我就是给您打个电话，您睡吧。”夏一成强笑着把话说完，就挂了电话。

站在昏黄的灯光下，夏一成一时间说不上是挫败还是痛苦。

嗡嗡。

手机振动的声音让夏一成回过神来，他拿出手机，看到两条短信消息，全都是来自银行的，分别显示他的银行卡进账五百元钱。

紧接着，一条微信消息蹦了出来，是陈斌的语音。一点开，这家伙大大咧咧的声音就传了出来："成哥，我这个月的工资都快花没了，就这点了，你别嫌弃。"

夏一成喉咙有些发紧，打开语音，张嘴几次都发不出声音，最后将语音关掉，换成文字发了过去："谢谢了，兄弟。"

另一份钱，夏一成心里明白，那是父亲打过来的。

看着银行卡上多出来的一千元钱，夏一成的心里酸甜苦辣咸，五味杂陈。他望着那栋隐藏在黑暗中的居民楼静立良久，迟迟没有动静。

"手上有钱了，就可以行使你的权利了。"低沉好听的声音带着一点蛊惑的意味从四面八方侵入夏一成的耳朵。

夏一成淡定地往一旁看去，在灯光照不到的地方，一团黑雾慢慢地变浓、变冷。恶魔的身影一点点显露出来，大大的兜帽下只露出一个光洁的下巴，他对着夏一成笑了起来。

若是平常人遇到这种事情，恐怕会被吓得尖叫，夏一成的内心却超乎寻常地平静，没有半分波动。他吸了一口气，迈开脚步，朝不远处的居民楼走去。

一扇门，仿佛隔绝了两个世界。

夏一成被迎了进去，满屋的纸牌声、骰子声混着刺鼻的气味扑面而来。他深深地吸了一口气，身体内属于赌徒的基因苏醒，全身的血液都随着这熟悉的环境而沸腾起来。

这是一个被打通的房间，除了满当当的桌子，没有其他多余的家具，里面人影攒动，烟味、酒味飘散在空气中，混乱的声音汇聚在房间上空。

夏一成紧紧攥着刚从银行里取出的一千元钱，朝场子里走去。

刺眼的灯光明晃晃地架在头顶，人们疯狂而扭曲的面容赤裸裸地暴露在夏一成的面前。曾经多少个夜晚，他自己就是这其中的一员，被眼前的赌局攫住全部心神，幻想着一夜暴富，从此咸鱼翻身。

幻想中的自己有多么得意，现实就有多么残酷。虽不至于逢赌必输，但身上的钱还是如流水般卷入深渊似的赌场，从此工作恍惚，一贫如洗，爱情也随之而去。

夏一成用力地摇了摇头，仿佛这样就能把以前的失败甩出身体。他的视线从身边热火朝天的赌局扫过去，最终停在了一张赌桌前面。

这张用廉价木桌拼凑起的赌桌四周围着不少人，桌面上铺着象征骰子大小的桌布，大小都有人押，只有赔率很高的“豹子”上空空荡荡。

三个骰子，六面点数，想要凑齐一副三个一的“豹子”，难于登天。

一个年纪不大的荷官手拿骰盅，正在慢吞吞地摇晃，眼睛一遍遍地扫视众人，嘴里不住地喊着：“快下注，快下注，马上就要开了……”

夏一成挤过人群来到赌桌旁，荷官的眼睛一下子盯到了他身上，嘴里不住地吆喝：“帅哥快点下注，还能赶上这一局。”

骰子在骰盅中发出哗哗的声音，引得已经下注的赌徒呼吸凝重、双眼放光，恨不得此刻就揭晓那三枚骰子的大小。

“如果是真的契约，那我用掉了一次，还有九十九次，要省着点用。赌就赌赔率最大的！”夏一成暗暗告诫自己。

崭新的钞票已经被他捏得变了形，他呼出一口气，稍稍松了点力道。他从发白的指间数出五张钞票，然而刚要伸出手，又停了一下，狠了狠心，把另外五张也全都放到一只手里，然后猛地拍到桌面上。

随着那砰的一声，周围的人打眼一瞧，全都倒吸一口凉气。

“这小子疯了吧！”

“竟然押了三个一，那可是‘豹子’啊，这得多小的概率，啧啧……”

“这些票子是打水漂咯……”

荷官看了夏一成一眼，暗暗嗤笑。

夏一成懒得理会荷官跟其他人的嘲讽眼神。他知道，赌骰子赔率最大的就是“豹子”，在很多地方，“豹子”都是一赔六十的赔率。

一千元……若是真的可以赢，那就能赚回六万元。

夏一成将有些发抖的手收回来，周围的声音已经完全进不了他的耳朵。他的视线落在无辜躺在赌桌上的钱上，脑子里嗡嗡作响，心脏也跳动得很快。

哗啦啦……

随着荷官手里骰盅的落下，所有人再也顾不得嘲笑别人，他们的目光都集中到骰盅上，紧张、期盼，甚至有人额头上的青筋都凸了出来。

一切就好像慢动作在眼前铺开，骰盅的盖子被人拿走，夏一成听到自己胸腔中不受控制的心跳声，连呼吸都急促了起来。

当那三枚骰子完全暴露在众人面前的时候，赌桌上一片震惊的沉默。

明明确确的三个一——“豹子”!

怎么可能？！

荷官瞪大眼睛，视线死死黏在骰子上，面色有些发白。

“骗人的吧？”

“怎么回事，真是‘豹子’啊！”

夏一成看着眼前的骰子，脑子里轰的一声炸开了烟花。

“赢了，我赢了，真的赢了！这契约是真的！”

周围的人也瞬间爆发，嘴里骂骂咧咧的，眼睛红通通地盯着还有些呆愣的夏一成。他们自然是不服气的，凭什么一个毛头小子一把就撞了这么大运？看这家伙也没什么来头，穿着寒酸，眼神躲闪，连脊背都好像挺不直的模样，怎么手气这么红，一下子就押了个这么大的？

荷官知道这些人的心思，自然不会让场面失控。一个人能押中“豹子”并不是没有可能，只是这种情况太少，少到连他这样长年累月浸淫在赌场的老油条都没遇到过几次。他仔细打量了夏一成一下，招呼过来几个气势凶悍的打手，先压住了场子。

“我赢了，给我钱，给我钱！”夏一成冲到荷官面前，难掩激动地说。

荷官皮笑肉不笑地道：“先生，您稍等。”然后，他冲后面的人做了个手势，不一会儿就有一个人将钱带了过来。

看着荷官将一大摞红通通的钞票放到自己面前，夏一成心中那种仿佛踩在云端的飘飘然和不真实感才渐渐消失。他颤颤巍巍地接过钱，无视周围人嫉妒得恨不得将自己活吞的目光，一双手紧紧地抓着厚厚的钱。

是真的，真的是六万块钱。

“恶魔没有骗我，我真的会赢，我真的……”

兴奋的感觉一点点点燃了夏一成体内的激情。他无比欣喜地看着自己眼前的钱，下意识地一抬头，觉得自己好像出现了错觉，不然为什么会看到恶魔披着一身黑色的袍子，站在人群外看着自己笑？

“继续，继续！”有人大吼着。夏一成被这声音唤回了心神，在心中暗暗告诉自己，还有九十八次，要省着点用。

赌桌旁的人瞬间热络起来，众人纷纷下注，但还是没人敢去碰那赔率高到惊人的“豹子”。赌场的空气中，每一寸都充斥着不理智，但是，当危险大过刺激，大到足以令他们倾家荡产、血本无归的时候，人心底的胆怯就会露面。

“下注了，下注了！”荷官吆喝着，不断地摇晃手中的骰盅。他的视线扫过夏一成，不知道为什么，突然就有些紧张。

夏一成听着骰盅中骰子晃动的声音，然后低头看了看自己眼前的六万元钱，苍白的脸上露出了激动的红晕，他兴奋地直接把钱全部压到了赔率最高的那一格！

三个一！“豹子”！

周围的人再一次瞬间安静下来，看看做出疯狂举动的夏一成，然后又看看彼此，他们瞪大了眼睛，完全说不出话来。他们自己都说不清楚该为这家伙的大胆赞叹，还是该讥讽他的不自量力。

“一赔六十啊……”有人紧张地说，“这要是赢了，六万直接变……三百六十万……”

“是啊。”有人无意识地附和着。

他们心中同样也清楚，如果输了，那好不容易到手的钱就全都成了泡沫，而且这是非常可能的。

不管怎么样，这个人是真的疯了。

荷官看着押在赌桌上的钱，手中摇晃的骰盅都慢了下来。他鼻尖冒汗，心中慌乱，平生第一次不知道该怎么摇手里的东西。这次真的是非同小可，就算他心里明白再出现一次“豹子”的概率小到不可能，还是紧张到手都有些发抖。他不禁全身发冷，手上的动作也慢了下来，迟迟不敢让骰盅落到赌桌上。

他不敢。

就在荷官不知道该怎么办的时候，一个中等身材的男人从他身后走来。来人头发花白，被岁月侵蚀的脸上分布着一道道皱纹，他的五官并不突出，但人往桌前一站，就有点令人心中发颤。

这个老荷官非常自然地从桌前荷官的手里将骰盅接了过去，那年轻的荷官如蒙大赦，立即朝老荷官一躬身，脚底一转，站到了老荷官的身后。

看到老荷官接过骰盅，一些资深的赌徒惊讶地瞪大了眼睛。

“竟然是他……”

“这不是咱们市的鬼手赌王吗？听说骰子在他手里就跟他孙子一样，让它出几就出几。不是说他金盆洗手了吗？”

“这下好了，我听说他玩骰子特别神，想摇出什么就能摇出什么。”

老荷官出现的瞬间，很多人看夏一成的目光都带了怜悯，仿佛已经看到了他的结局。

夏一成的心也高高地提了起来。Z市的赌王曾经叱咤地下赌场，成为多少人追捧的对象，无论摇骰子还是玩牌都出神入化，他来掌控赌局的话，自己还有赢的可能吗？纵然知道自己与恶魔签订了契约，纵然已经见识过那份契约的力量，夏一成还是不由自主地紧张起来。

六万元钱，一赔六十的高赌注，一旦输了，刚刚到手的钱也就没了。

夏一成全身僵硬地看着桌子，脑子里昏昏沉沉的。这一瞬，他好像站在万丈悬崖边，摇摇欲坠……

呼啦啦，哗啦啦……

骰子富有规律的声音在骰盅内响起，老荷官耷拉着眼皮，看起来一副漫不经心的样子，手腕却快速晃动。骰子撞动骰盅的声音越来越大、越来越疾速，令人不禁担心那三枚小小的骰子会撞破木筒横飞出来。

砰！老荷官手腕一抖，骰盅骤然落到桌面，发出响亮的声音，将所有人的目光全都吸引过去。

就在骰盅落桌的瞬间，夏一成只觉得自己的心脏差点儿从嘴里跳出来。

他会赢吗？

夏一成双唇有些发白，手撑在桌子上，眼睛一眨不眨地盯着那小小的骰盅。

老荷官低眉扫视桌前的人，手缓缓放到骰盅之上。他纵横赌场这么多年，除了自己苦练出来的手艺，也相信自己的直觉，但今天有些特殊，他明明知道自己摇出来的绝不会是“豹子”，但心就是控制不住地打鼓。他用手扣住骰盅的筒子，在众目睽睽之下，轻轻地将筒子提了起来，三枚骰子静悄悄落在盅底——赫然是三个一。

02

老荷官身子一晃，不等身后的人来扶，又即刻稳住，他压低身子去看，满脸震惊。三个一，怎么可能是三个一？

周围响起一阵低呼，所有人面面相觑，根本不明白今天这是怎么了，居然玩这么大手笔？

“这小子谁啊？这么邪门！”

“天啊，‘豹子’啊，他发了呀……”

“啧，刚刚我怎么不跟着押呢？”

惊叹声、惋惜声此起彼伏，夏一成整个人仿佛打了鸡血般活了过来。

“豹子”！他赢了！

“我赢了！哈哈哈……是‘豹子’！赢了！哈哈哈，我赢了！”

这契约是真的，是真的！

夏一成双手握拳，胡乱挥舞，兴奋得整个人都跳了起来。那种从死亡边缘被拉回天堂的感觉让他抑制不住吼了几声，也不管身边的人是谁，就猛地扑上去抱住人家，还大力地捶打了两下，在人家耳边狂吼："赢了赢了！我有钱了！"

被他抱住的人翻着白眼，死命地想挣脱，不过还没等揍这家伙两拳，就看到他疯了一样去抱其他人。

老荷官手上的"豹子"一出，整个房间都狂热起来，围观的人越来越多，有吹口哨的，有大声呼喊的，有疯狂鼓掌的，吵闹的声音一下子把整个房间都淹没了。

兴奋劲过后，夏一成跳到老荷官身边，双手按着他的肩膀，一边摇晃一边说："快！给我钱，给我钱！"

老荷官的脸色非常难看，好不容易挤出一个异常勉强的笑，说道："您稍等一下，现在没有那么多现金，我们去取。"

"快去，快去！"

夏一成脸上的笑一点都收不住。他守着桌子，感受着心中那股强烈的喜悦，听着周围人起哄的声音，狠狠地掐了自己的大腿一下，然后整张脸都扭曲了："嗞！真痛！这是真的，我不是做梦，我真的赢了那么多钱！"

"是真的，哥们儿，你发了！要不要再赌一次啊？"一个流里流气的人朝夏一成吹了声口哨，周围顿时一阵哄笑。

老荷官来到二楼，早有人把手机递了过来。他拿着手机，想了一会儿，才道："老板，有人在场子里赢了钱，咱们现在现金不够。"

"赢了多少？钱怎么可能不够？"手机另一头一个年轻气盛的声音诧异地说。

老荷官闭了闭眼，说道："三百六十万，我觉得那个人有点古怪，他……"

“先把钱给他，管他有什么古怪。”又一道声音从手机里传了出来，语调阴沉，泛着冷意。

老荷官呼吸一顿，然后道：“是。”

“之后的事不用我教了吧？”通话挂断前，那道阴冷的声音问道。

老荷官摇了摇头：“我知道该怎么做。”

夏一成又兴奋又紧张地看着楼梯，巨大的喜悦让他有点不知道该如何是好。

三百六十万啊，发财了啊！

血气上涌，夏一成的脸都是红的，嘴角控制不住地往上扬，笑得跟个傻子一样。

“兄弟，一下子赢了这么多钱，要不要再接着玩啊？”

“厉害啊，在这里这么多年，还没见谁能赢这么多。”

……

周围的议论声传到夏一成的耳中，让他沸腾的血液稍稍降了一点温。

夏一成看了看刚刚荷官离开的方向，又看了看周围的人，被巨大喜悦冲昏的理智重新回来了。

这么多钱，他们会不会不给他？不过，这里好多人都看到他赢钱了，如果不给，他们的信用也就没了，就不能在这里立足了。所以，他们一定会给钱吧？

无数声音涌入夏一成的耳朵，让他过度兴奋的大脑就像发高烧一样晕乎乎的。

夏一成搓了搓手，赢了赌局的胜利感让他有种想要拿着自己即将到手的三百多万再赌一次的冲动。不过这种想法只是一闪就过，他暗想：“再赌一次？呵呵，我倒是能赢，可不敢啊，三百多万应该是他们的极限，再多恐怕我就没办法活着走出去了，等拿到了钱，还是直接跑吧。”

就在夏一成胡思乱想的时候，老荷官已经带着人下来了。老荷官身后跟着一个满脸横肉的家伙，他手里拖着一个大号的行李袋，鼓鼓囊囊的，一下子就攫住了所有人的目光，夏一成看得口水都要流下来了。

“钱，我的钱……”

老荷官来到夏一成的面前，脸上的笑容已经自然很多。他对身后的人招招手，那人便上前一步，将行李袋放到桌上，哗啦一下拉开拉链，码得整整齐齐的钞票就这么暴露在众人眼前。

夏一成直接看呆了，心脏跳得又快又猛。

这么多钱，这么多……他从小到大都没见过这么多钱。

耳边传来吞咽唾沫的声音，夏一成下意识地擦了擦嘴角，随后脑子清醒了一点。他抬头一看，不只是自己，围观的人眼中也都露出了赤裸裸的贪婪。

被人盯上可就麻烦了。

夏一成心中一惊，动作麻利地将行李袋的拉链拉上，然后用力猛地把它扛起来，朝老荷官等人笑了笑，脚下生风地跑了。

看着夏一成的背影消失在门口，老荷官嘴角的笑也收了起来，目光又冷又沉。

夏一成死死抱着行李袋，焦急地在马路上左看右看。可惜，不知道怎么回事，平时很热闹的路口，现在竟然连一辆出租车也没有。

就在这时，夏一成眼睛的余光看到两三个人影正从黑暗中朝自己走来。

不会吧？他们真的要对他动手？太不要脸了！

夏一成被惊得一哆嗦，眯着眼睛仔细看过去，果然看到那三个人的手里都提着反光的东西。见自己注意到他们，他们竟然猛地跑了过来。

“呸！输不起的赌场！”嘴里暗骂一声，夏一成想也不想就朝反方向狂奔而去。

三百六十万的现金太沉，他连腾出手打电话报警的机会都没有，只能埋头跑，寄希望于这时候能有一辆出租车经过把自己载上。

天黑得厉害，远处热闹得灯火通明，可越往巷子里面跑，越是冷清，连狗叫声都没有，只有风不停地吹过。

夏一成跑得很快，他能听到血液冲击耳膜的声音，那种心脏几乎要跳出来的爆炸感令他头冒热气、脸颊充血，一双眼睛死死盯着前面的路，双腿用前所未有的速度飞奔着。

“站住！”

“臭小子！”

在拐过一个街口的时候，不知道潜伏了多久的人群一下子就拥了过来，他们手中举着的砍刀反射出的光芒，冰冷得让人害怕。

夏一成在听到他们声音的瞬间，心脏都停止了跳动，而后更加猛烈的跳动声从自己心口传了出来。他疯了一般朝大路跑去，但是每条大路的出口都被人堵了，逼得他只能在小巷中逃窜。

“你在哪儿？出来！我要被人砍死了！”眼看已经无路可逃，夏一成顾不得被人听到，放声大喊：“出来！恶魔你在哪儿？”他急切地朝自己四周看去，但是根本没有恶魔的影子。响彻在他耳边的，除了自己粗重的喘息声，就只有那群人越来越逼近的脚步声，他眼睛的余光甚至看到了身后打手手里挥舞的砍刀。

不会吧？难道真的要杀了他？这群人……

极度的恐慌漫上心头，他慌不择路地转入一条街道，而后全身一僵。

这是个死胡同。

夏一成立刻停住脚步，转身就想折回去往另一个拐口跑，但是已经晚了。

郑强带着数十个打手从后面围了上来。夏一成晃眼一看，只觉得每个人都如凶恶的狼狗，仿佛只要自己稍微一动，就会被他们撕成碎片。

“跑啊，臭小子，你不是挺能跑的吗？”

一身横肉的郑强满脸怒容，脸颊上一条长长的疤痕让他看起来如同凶神一般。他大踏步地朝前走，很快就将夏一成逼入巷子里，数十个打手紧随其后。

夏一成从未见过这种场面，当场就有些腿软，吓得手都在发抖。身后是冷冰冰的墙，而前面的郑强手中拿着锃亮的长刀，正一步步朝自己走来，他已经退无可退。

夏一成毫不怀疑，如果那一刀下来，自己就横尸街头了。

完了完了，看来钱真保不住了。

“敢在老子管的场子里出老千，我看你真是活得不耐烦了。”郑强在夏一成身前几尺处站住，高大的身影看起来十分吓人，他抡起手上的砍刀就劈了过去。

夏一成全身僵硬，冷汗唰地冒了出来。那柄刀就在离自己不到十厘米远的地方，他一动也不敢动。

“臭小子，不把钱交出来，今天你就躺在这儿吧。”郑强冷冷说道。

夏一成的眼睛刹那间瞪大，极度的恐惧让他的脑子有一瞬的空白。听到郑强的话，他猛地将行李袋挡在身前，同时喊出一声破音的吼声：“住手！”

那吼声音量极高，在这空无一人的窄巷中回音三圈犹自萦绕不止。

郑强被这吼声吓了一跳，拧着两条眉毛看眼前鸡仔一般的青年，嘴里骂道：“叫魂啊！”

夏一成深吸一口气，从行李袋后探出脑袋，盯着这个满是戾气的人，颤抖着说：“我没有出老千。”

郑强嗤笑一声，用砍刀打了夏一成两下：“你觉得这跟你出没出老千有关系吗？这么多钱，你一个废物吞得下？”

冰冷的刀面贴在自己脸上，夏一成觉得全身的血液仿佛都停止了流动。他瞥见明晃晃的刀锋，艰难地吞咽了一口唾沫，然后僵直着身子微微朝远离刀锋的一边倾斜。

“把钱交出来！”郑强眉眼间带着戾气，那种丝毫不将人命放在眼里的冷厉令夏一成心中一寒。

夏一成心里彻底绝望了。恶魔是不可能来救自己的，他巴不得自己现在就死了，好把自己的灵魂收走。

怎么办？夏一成的脑子飞速地运转，他已经陷入了绝境，还是把钱交出去吧，毕竟命重要，钱没了还可以继续去赌……

想到这里，夏一成眼睛骤然一亮。

赌？对啊，无论赌什么，他都是必赢，完全可以跟这些人赌一把嘛。不仅能够保命，还能够把钱留住。

“喂！你交不交？”郑强看着夏一成装傻似的一动不动，怒骂道。

“给给给！”夏一成叫道。

郑强哼了一声，伸手去抓那个行李袋，但是夏一成仍旧紧紧抓着不松手。

“你想死？”郑强冷森森地说。

夏一成咽了咽口水，小心翼翼地看着他：“不不不，不想死。强哥，咱们打赌吧，你赢了，我就把钱给你。”

郑强拧起眉毛：“你小子，没完没了了是吧？”

这时，有不耐烦的小弟去抢行李袋，夏一成猛地把他的手推开，然后再次抱紧行李袋。夏一成盯着郑强，提高了声音说：“就打一个赌！你们赢了，我二话不说把东西给你，就赌你们中任何一个人碰到这行李袋都会受重伤！”

“你脑子有病吧？”

夏一成死死抱着行李袋：“你们若是赢了我，我把如何次次出‘豹子’的诀窍教给你们。”

打手们全都用看傻子一样的眼神看着夏一成。郑强两眼眯成一条线，手指轻轻敲击着刀柄，暗暗盘算着。

“强哥，咱们怎么办？”有人压低声音问郑强。

“要不，就答应了吧？不过是抢一个行李袋，怎么可能会受重伤？”

“我看这小子是疯了。”

“对啊，强哥，如果真弄出人命，不太好收拾，对场子影响也不好。”

当着夏一成的面，打手们毫不避讳地议论着。

郑强鼻子里发出一声轻哼，朝夏一成挥了挥手里的砍刀：“行，跟你打赌。如果我碰到这行李袋没事，你就老老实实把钱交出来，并且得保证那赌术有用，否则我把你切碎了喂狗！”

夏一成心下一喜，把手里的行李袋往前一递，甚至有些挑衅地说：“来拿啊。”

“臭小子，你在找死。”郑强骂了一声，伸手就去拿离他不过一臂距离的行李袋。

明明是很简单的一个动作，可是因为那个赌注，所有人的目光都不受控制地聚焦过去。

夏一成看着朝行李袋伸过来的手，心跳仿佛捶鼓，而后心有感应似的抬起头。他看到一片比夜色更浓的黑幕将他们头顶的天空遮蔽，原本晴朗安静的夜空，一下子好像变得有点不一样了。

很多人朝天上看了看，似乎除了更黑了点，也没什么变化。

就在郑强的手即将碰到行李袋的时候，头顶传来一阵开窗户的声音。郑强听到声音的时候，心里突然咯噔一声，下意识地抬头。

砰！一个骤然坠落的黑色影子精准地砸到了郑强的头上，发出了清脆的破碎声。

“呀，我的花盆掉下去了？”一声惊呼从很高的楼层上传了过来。

“靠……”

只来得及说出这么一个字，郑强就感觉天旋地转，脑袋里嗡嗡作响，头上的剧痛令他眼前发黑。他伸手摸了摸头，湿漉漉、滑腻腻的，还有浓浓的血腥味。终于，郑强眼睛一翻，整个人直直地朝后倒了下去。

“强哥，你怎么了？”

所有人还在诧异的时候，头顶上空哗啦啦下雨一般砸下来无数东西，花盆、脸盆……连锅碗厨具都有。从头顶落下来的东西太过密集，连躲都没地方躲，顷刻间，打手们被砸得哀号一片，一个接一个地倒了下去。

“哎哟！”“啊！”惨叫声此起彼伏。

地面上满是破碎的砖瓦、铁锅，那些原本凶神恶煞的打手或是断骨，或是流血，一个个在地上惨叫着，再没有人能够站起来。

“下面的兄弟，对不住了啊，我也没想到窗户后面还有东西。”

这时候，上面传来一声道歉，然后打开的窗户很快就被关上了，令刚刚的道歉声显得无比敷衍。

“这都行啊……”

夏一成抬头看了看，然后转头看向眼前的一片狼藉。他先是震惊，紧接着狂喜涌上心头：“我真的要发了，哈哈哈……有了这份契约，我就无敌了！无敌了！”

夏一成看了看躺在地上的打手，胆子瞬间大了。他猛地跑过去踹了其中一个打手一脚，然后又一下子跳开，头也不回地朝远处跑去。

“哈哈哈哈哈……我要发了！”

“臭小子，找死！”

有人只受了轻伤，捂着胳膊站起来，朝夏一成扑过去，看那样子似乎想把夏一成当场砍死。

夏一成一惊，往后退了一步。

就在这个时候，头顶又传来了熟悉的开窗声。

“不会吧？”打手心中一慌，战战兢兢地抬头去看。

刚刚那一阵噼里啪啦如同放鞭炮似的声音把很多人都惊醒了，家家户户惊慌地打开窗户，想看看到底发生了什么，而当他们的窗户一开，又一片砖瓦砸了下来。

砰砰砰！

原本受了轻伤还能站起来的家伙，第二次被头顶上方落下来的东西砸中，哀号着倒了下去。

看着那打手的惨状，夏一成先是一愣，而后狂笑不止，等笑够了，他才背着自己的钱，优哉游哉地走了。

等楼上的人走下来查看的时候，街道上只有一地不断哀号、站不起来的打手。

夏一成背着行李袋一口气跑出了几千米，然后一屁股坐在大马路边上。他剧烈地喘息着，因为奔跑而散乱的衣服、支棱起来的头发以及身边那灰扑扑的行李袋，都让他显得落魄不堪。

但是夏一成的一双眼睛却亮得惊人，他伸手摸着行李袋，脸上的表情十分丰富，糅合了狂喜与怀疑："我真的有了三百多万吗？"

他舔了舔嘴角，将行李袋的拉链拉开一道小小的口子，借着路边橘黄色的灯光瞥了一眼，然后又唰地将拉链给拉上了。随即他的嘴角高高地翘了起来，然后笑容越来越大，终于忍不住再次狂笑。

"我赢了，哈哈哈哈……"

夏一成笑得不能自已，一遍遍抚摩着行李袋中的现金，恨不得现在立刻昭告所有人：这么多钱，这么多钱，你们干一辈子也挣不到。

一股带着极大报复性的快感从心中升起，夏一成的目光越发坚定：他要赢下去，他要过上让所有人都羡慕的生活。

第二章 快乐

01

夜色渐渐变淡，熹微的晨光从东方的地平线一点点铺伸出来，深灰、鱼白、暖黄……瑰丽的色彩在天际的云彩间翻动，沉睡了一夜的城市也慢慢苏醒，路灯熄灭，车流如川，热闹的喧哗填充着整座城市。

夏一成坐在敞亮的车里，冲着镜子仔细地整理梳得整整齐齐的头发。镜子里的人很是精神，眼睛晶亮，五官干净，崭新的名牌西装、价格不菲的手表，无不昭示着他的踌躇满志、春风得意。

“怎么还不下来？”夏一成一边对着镜子左看右看，一边不住地抬起手腕看表。

手表的指针嘀嘀嗒嗒地走着，那声音在安静的车内越发清晰。夏一成逐渐有些着急，他不着痕迹地深呼吸了几下，眼睛看着停车场前面的居民楼。那里门大开着，不断有人进进出出。

熟悉的房子，也是一个熟悉的早晨。

如果不是分手了，这个早晨，他本应该跟媛媛一起起床，一起吃早饭，一起出门……

夏一成闭了闭眼睛，曾经在一起的快乐时光与媛媛知道自己赌博后的争吵画面不断在脑中闪现。他心中清楚，她不喜欢自己赌，她知道后总是哭，可他有什么办法呢？不赌，哪有钱给她幸福？难道靠平常工作吗？那他可能辛苦半辈子才能换来一套房子的首付……那样的生活太艰难了。

夏一成睁开眼，摸了摸车内的真皮座椅，嘴角缓缓勾了起来。

只有赌，才能给他带来财富和幸福，才能给他最爱的女人世界上最好的东西，才能让她不用终日为房租、生活费发愁……

他现在有钱了，他要最爱的女人回到自己身边，他要让她幸福，比世界上任何人都过得快乐！

突然，夏一成的眼睛亮了，他快速地打开车门往外走了两步，又想起什么似的返回来，打开后车门，从里面捧出一束鲜艳欲滴的红玫瑰。他低头闻了闻，才嘴角带着笑，脚步轻快地朝居民楼走去。

一个年轻的女人站在路边，看着西装革履的夏一成捧着鲜花朝自己走过来，面色淡然。

这是夏一成的前女友，也是他心中唯一的女神——赵媛媛。

赵媛媛长得很好看，却不是电影女明星的那种艳丽，她的模样跟气质都很清纯，一身白色连衣裙更是让她在夏一成的眼里变成了仙子一样的存在。

“媛媛，”夏一成小跑到赵媛媛身边，看着自己喜欢的人，眼睛里都是温柔，他冲她笑了笑，将手里的花往前一递，“送给你。”

赵媛媛没有接过花，她清秀的脸上带着几分抗拒，微微后退了一步，用有些清冷的声音说：“我以为我已经说清楚了，我们分手了。”

夏一成脸上鲜活得意的神色黯淡了几分。他抿了抿唇，心里酸酸胀胀的，说不上到底是爱意多一点，还是愧疚多一点。

他与媛媛在一起八年了，这么长的时间，爱情如果没有被消磨殆尽，就会抛去最初的浮躁，生出天长地久、岁月安好的静谧。

夏一成确定自己的心没有变。他心中的爱人、未来的妻子，从来都是赵媛媛，而且他相信，赵媛媛也一如既往地爱着自己。只是以前的自己太过无能，给不了她幸福的生活。

但是现在可以了。

夏一成想起自己与恶魔的契约，心中的自得几乎要溢出胸膛。从今以后，他将在赌桌上无往不胜，将会赢得无数财富。而这一切，一定要有他最爱的女人来分享。

“媛媛，以前是我不好，我真的知道错了，真的。”

赵媛媛微微转头看向别处：“你说过很多次知道错了，我也失望了很多次。我真的受够了，真的，受够了……”

看着赵媛媛脸上隐忍的悲伤，夏一成的心都揪了起来。他上前抱住赵媛媛：“对不起，对不起，真的对不起。但现在的我不一样了，我再也不是从前的我了，我跟你保证，真的。我爱你，我爱你……”

夏一成满是爱意地诉说着，赵媛媛眉头轻轻蹙起，清秀的脸上满是挣扎。她觉得自己应该狠狠地推开夏一成，然后两人彻底分开，最好再也不见。可是，当夏一成用这样坚决的语气对自己道歉时，她还是心软了。

在一起这么久，感情已经融入身体，就算敲断了骨头，也还是连着筋的。可是……

在过去的一年中，他们之间充斥着谎言。夏一成曾经承诺过无数次不再赌博，可在被自己原谅后，他竟然拿着两人数年的积蓄再次踏入赌场……每一次被她发现，夏一成都会指天发誓说是最后一次，可但凡手中有钱，他定然还会再去。这一年来，他们积蓄已空，债台高筑，夏一成却沉浸在靠赌博致富的幻想中不能自拔。

太累了。每次想起这些，赵媛媛都恨透了赌博，也恨透了夏一成。是赌博把他们过往的美好打碎，破镜如何重圆？

想到这里，赵媛媛有些软化的心再次冷硬起来。她不愿意再去重复那一日日如坠地狱般的生活，再多的爱都经不起这样的消磨。

“夏一成，你要我说多少遍？我们分手了，我真的不想再见到你！”

感觉到怀中人的挣扎，夏一成面上浮现出一丝慌张，他下意识地将手臂收拢："媛媛，再给我一次机会，好吗？再给我一次机会！"

"我给过你那么多次机会……"赵媛媛的声音中带着失望与疲倦。

夏一成心中一痛，扶住赵媛媛的肩膀，看着她的眼睛认真地说："我现在真的不一样了。我有钱了，你看，那是我刚买的车。"

赵媛媛没有任何松动。

"那是我投资挣来的钱，以后再也不去赌了。我向你发誓。"

"你发过很多誓，我信了一次又一次……"赵媛媛自嘲地说，"我已经不敢信你了。夏一成，不要再来找我。"

说完，她挣脱夏一成的双手，往外面走去。

那一束鲜艳漂亮的玫瑰掉到了地上，娇嫩的花瓣从枝头散落，跌碎在地面，沾染了灰尘。

"我真的不一样了，媛媛。我都听你的，再也不赌了。"夏一成望着头也不回的赵媛媛，大声说道。

赵媛媛脚步没停，身影很快就没入川流不息的人群中。

夏一成抓了抓头发，挫败感油然而生。

靳明打来电话的时候，夏一成的周围散落了一地的酒瓶，陈斌在旁边苦口婆心地劝说着，他却一个字也听不到，一口一口继续灌酒。

夏一成想不明白，赌博有什么不好，赌博能给他带来钱，很多很多钱。与赵媛媛分开后，他再次去了地下赌场，一口气赢了一千万。这令他高兴，可他不敢告诉赵媛媛，就算赢钱也不敢，因为她只会反对，只会教育自己。

她什么都不懂……

想到这里，夏一成赢钱后的兴奋就去了大半。他呼出一口气，仰头喝酒。

"你说，我赌博有什么不好？啊？"夏一成有些醉了，对身边的陈斌诉说着心中的苦闷，"她怎么就不懂我呢？我赌是为了谁啊？还不是为了她！我想让她过得好啊！我爱她啊，可她为什么不让我赌？"

陈斌有些无奈地看着夏一成，摇了摇头，把不断响着的手机递过去："成哥，你的电话。"

夏一成扔掉手里的酒瓶，问道："是媛媛吗？"

手机屏幕上，"靳明"两个字醒目地闪耀着。

"呵。"

看到这个名字，夏一成清醒了一些，不久前的那场同学会立刻显现在了脑海中：一群人在五光十色的房间里，两面三刀，扒高踩低，嘴角的弧度藏着不怀好意……什么同学情谊，这些人在社会上练就了一身虚伪装样的本事，然后在同学会上尽情施展。

夏一成嘲讽地一笑，把手机给接了起来。

"一成？怎么这么久才接电话？"靳明带着埋怨的声音通过手机传了出来，"喂？夏一成？你有没有听见我说话啊？"

夏一成神色淡淡："刚刚在忙。"

"忙？忙什么？就你还会忙？不会又在赌吧？啧啧，不是老同学我也不想说你，这么大人了，怎么就混成一个赌徒了呢？听说赵媛媛跟你分手了，真的假的……"靳明喋喋不休，语气中带着赤裸裸的讥讽。

夏一成悠闲地给自己重新开了一瓶酒，问靳明："有事？没事我就挂了。"

他向来不喜欢跟喜欢装样的人来往。

"你看，说你两句还不高兴了。"靳明的声音带着明显的谴责，"这不是上次聚会你提早走了吗？真是的，也败了大家的兴！不过邱少气量大，人家说了，下个月再聚一次，还特地嘱咐把你带上。不过吧，我觉得你可能也去不了……"

再聚一次？再看他们装样？见过一次傻瓜装样已经够恶心了，还想再恶心他一次？

"不去。"夏一成干脆地吐出两个字，"没其他事我挂了。"

夏一成说完这话就要把手机挂断，结果那头的靳明着急了："哎哎哎，别挂别挂啊！"

夏一成已经有些不耐烦了。

“邱少邀请咱们聚会，其他人都去，你不去算怎么回事啊？”靳明提高了声音道，“我以前还从没发现你夏一成这么不给同学面子。”

夏一成被靳明的这番话气笑了，一个人不要脸到这种程度也是前所未有。

“老同学，老兄弟！既然邱少都发话了，咱们就去吧，没准儿还能沾沾邱少的光呢！”靳明缓了缓语气，苦口婆心地劝说着，不知道的人还以为他对夏一成有多好呢。

夏一成听得冷笑连连。这个靳明在一众同学中混得相当差，据说现在在一家公司当保安，什么偷鸡摸狗的事情都干过。如果不是因为自己好赌的消息被同学知道，靳明才是众人嘲笑的对象。

夏一成看着手机上靳明那忽闪忽闪的名字，脸上的冷意更深了。

靳明如此急切地想要拉他去同学会，不就是想找个垫背的，不就是想跟其他人一起以取笑他为乐吗？他是傻了才会跑去让他们嘲笑？

正要再次拒绝的时候，夏一成才蓦然反应过来，自己现在有钱了。

“啧。”夏一成笑了，轻轻说了两个字，“傻了。”

“喂？你刚刚说什么？”

“我说，我去。”

靳明立刻高兴了：“这才对嘛！咱们可是老同学啊！多聚聚感情好啊，哈哈哈……”

夏一成听着电话那头靳明不加遮掩的得意声音，也冷冷地笑了。想把他当傻子耍？那就看看谁才是真正的傻子吧。

“没什么事我挂了。”夏一成道。

靳明却不依不饶了起来：“哎，咱俩也是老同学啊，多说会儿话怎么了？对了，听说你欠了很多钱啊？真的假的？赵媛媛就是因为这个跟你分手的？”

夏一成面无表情地将电话挂了，随手将手机扔在一旁。

三秒钟后，微信响起，靳明发了语音过来。夏一成随手滑开手机，点击那条语音。

“我说你怎么这么开不起玩笑啊！我不就是说了几句吗？夏一成我告诉你，你这可有点小气了。”

夏一成冷淡地笑了笑。

“谁啊？”准备离开的陈斌听到那句话，随口问了句。

夏一成从沙发里站起身往阳台走：“一个傻子。”

陈斌生怕自己这兄弟为情想不开，连忙折返回来，关切地看着他，欲言又止。

“下个月就要参加聚会了，我手里的钱虽然不少，但说多也真算不上多……”想起富二代邱明磊嚣张的模样以及自己那群同学讨好的嘴脸，夏一成眼里就一阵轻视。他需要更多的钱、更足的底气，才能让那群傻子似的同学不敢再在他面前多事。一想到那群同学再次见到自己时可能会有的反应，夏一成忍不住笑出了声。

可是，去哪里弄更多的钱呢？

站在阳台上，夏一成望着夜幕中车水马龙的城市，暗暗思索。

转头见陈斌还没走，夏一成问他：“你说去哪里才能得到更多的钱，很多很多的钱？”

“成哥，你现在的钱还不够多啊？”陈斌惊讶地看着他，“你今天在赌场，赢得那些人的脸都绿了。一千万啊，这么多钱，多少人一辈子都挣不了！如果不是他们不让赌了，你一定能把那些人的钱都赢光的。”

夏一成不在乎地说：“一千万算什么？只要我赌，就一定能赢。可惜，那群人不敢赌了。”

“对！成哥你这么厉害，就跟电影里的赌神一样。”

“赌神，赌神。”夏一成把这两个字咀嚼了一番，抬头看向东南方向，“在这里赌，的确已经有点不够了，我们应该去更大的地方。”

陈斌一愣：“更大的地方？”

“对！更大的地方！”夏一成眺望着远方，脸上一扫同学聚会时的落魄，自信地说道，“赌城！”

出了机场，夏一成双手插兜站在人流如织的马路上，灿烂的阳光照耀下来，温暖的风拂过脸庞，令人生出一股懒洋洋的舒适感。

“的确不错。”夏一成微微伸了个懒腰，又等了会儿，见人还没来，有些不耐烦地回过头。

陈斌手推两个巨大的行李箱，还背着三个包，满头大汗地从人群中挤出来，用提着包的手冲夏一成招呼：“成哥！我来了！”

夏一成皱眉看着他的大包小包，有些无语：“你这是有多少东西要带，不是告诉你缺什么在当地买就行吗？”

“这都是空的，我老婆让我给她买点化妆品什么的。你看，她给我列了这么一张长单子……”

夏一成翻了个白眼：“这又不是港城，买什么东西啊！”

陈斌有些不好意思地挠了挠头。

夏一成看他窘迫的样子，笑了：“行了，走吧。咱们先去酒店安置一下，然后就去赌个痛快。”

两人直接坐车来到赌城最大的酒店门口。站在酒店的门口，夏一成与陈斌都不由自主地被它所吸引。

这座酒店每一寸空间都流淌着物欲的光华，勾动人心。走入其中，更觉金碧辉煌，奢华无比。头顶明媚的蓝天白云，行走处有小河流淌，仿佛一步迈进了另外的世界。

一直到进入他们预订的房间，陈斌还有些回不过神来。望着宽敞舒坦的房间，他失魂般来到夏一成身边：“哥，你快打我一下，快打我一下，我怎么觉得这么不真实呢？”

夏一成咧嘴一笑，伸手就在陈斌的脑袋上弹了一记响亮的栗子。

“哎哟。”陈斌捂着额头，身上的大包小包全都掉到了地上。

夏一成诡诡然坐到柔软舒适的沙发上：“真实了没？”

陈斌揉着额头道：“太真实了！”

“洗个澡，休息好了，咱们就去玩个痛快。”夏一成转头看向窗外，白云悠悠然飘荡在蓝天之上，就算知道那是假的，依然会觉得十分逼真。

白昼褪去，魅惑的夜笼罩了整座城市，无数辉煌的灯光从城市的各个角落亮起，繁华尽显。夏一成与陈斌吃饱喝足走入赌场大厅之时，已经是晚上九点。偌大的赌场一眼望不到头。这里不愧是赌城最大的赌场，金碧辉煌，来客如织，数不尽的赌桌排列在大厅之中，五花八门的赌法应有尽有，穿着马甲的荷官礼貌地站在桌前为来客服务，端着酒杯的服务人员娉婷地行走其间。

又到了交房租的日子，赵媛媛早上把房租给房东打了过去。

看着银行卡上的余额，她轻叹一声，心中暗暗计划着怎么才能度过这个月，不管怎么算都是拮据，恐怕只能馒头配咸菜苦上一个月了。

嗡嗡。

一条短信过来，赵媛媛诧异地发现，自己打过去的房租被退了回来。

怎么回事？

房东的微信紧跟着过来了，说房租已经交过了。

交过了？

赵媛媛心中疑惑，打电话过去。房东热情的声音从手机里传了过来："媛媛啊，你男朋友已经交过房租了，一下子交了两年的房租呢。"

"男朋友？"赵媛媛一下子想到了夏一成。

"夏先生啊，哎哟，他出手可大方了。我跟你说……"

通话结束后，赵媛媛发呆了很久，酸甜苦辣的情绪在她心中翻滚，经久不息。

租这套房子是几年前的事情了，当时两人初入社会，交房租都有些困难，可因为赵媛媛喜欢这里的环境与房间的格局，他们省吃俭用地坚持着……原来，已经这么多年了。

来到一个安静的角落，赵媛媛看着手机里的那个名字，目光宁静。

看到赵媛媛来电的时候，夏一成只愣了一瞬，滔天的狂喜便将他淹没。

“媛媛？”

“嗯，是我。”听到夏一成的声音，赵媛媛的语调也轻了下来。

“想我了吗？等我回去就去找你。” 夏一成的声音中带着不加遮掩的喜悦。

“你交了房租？”赵媛媛直接问。

夏一成顿了顿，承认了。

“你这是何必呢？”赵媛媛声音中含着叹息，“我会尽快把钱还给你的。”

夏一成马上接口说：“媛媛，我有钱了，我会让你过上好日子的。”

赵媛媛听着夏一成的话，轻笑了一声，多年的失望累积到了现在，如果再在一起，想想都觉得累，还是各退一步，做朋友吧。

夏一成听到那笑声，心中的喜悦炸开了花，他以为她原谅自己了。

“现在你有钱了，省着点花，去找份稳定的工作，好好过日子吧。”

“我会接着挣大钱的。” 夏一成看着眼前辉煌的赌场，声音变得轻柔，“我会好好工作，不会赌了。你相信我，我现在在外地出差。等我回去，就去找你，我爱你。”

赵媛媛拿着手机，久久没有说话。

02

“哥，给你筹码。”

陈斌抱着一摞筹码从柜台走来，一路上吸引无数目光，有很多荷官也注意到了他们。他一脸兴奋地来到夏一成身边，把怀中满当当的筹码摆在夏一成面前，却发现夏一成脸色不太对。

“哥，怎么了？”刚刚不还好好的吗？陈斌有些摸不着头脑。

夏一成把手机装进兜里，赵媛媛挂掉电话时那一声叹息，像是一把刀子插进了他的心里。入眼所见，赌场内一片繁华，他深深地吸了一口气，取过陈斌手里的筹码。

“走，今天要玩个痛快。”

夏一成在心里暗想："我会用实力向你证明，我可以让你过上好日子，我会给你世界上最好的生活！"

"哥，你今天玩什么？"

陈斌脸上重新带了笑，他被满场的赌桌迷了眼，都不知道该看向哪里。

陈斌对赌博懂得并不多，但平常的一些赌法还是知道的。他也没有想到，自己能见到这么大的赌场，还挺兴奋的，甚至有点手痒想去玩玩。

赌场就是有这样的魅力，能够让每个进来的人都想去桌上试一试手气。赌徒心理每个人都会有，但真的敢去赌并且赌得起的人却并不多。

"玩什么？要玩就玩大的，在 Z 市玩不了，这么大的一家赌场终于可以放开手玩了。"

夏一成的目光从一张张桌上掠过，他心里也在暗暗思索，机器的就算了，还是跟人玩更有意思。掷骰子也算了，玩也玩不大，得玩个赔率大的。

夏一成走走停停，眼睛扫过两边的桌子，最终在一个挤满人的桌子前停下了脚步。

这是一张赌二十一点的桌子，已经开了牌，明显是庄家赢，而且赌注不小。庄家正兴奋地将桌面上的筹码全都归拢到身边。

夏一成摸了摸下巴，这个赔率不错，就在这儿玩吧。

这一局结束，桌子上的人走了大半，除了刚刚赢钱的庄家，只剩下两个人：一个是西装革履的男人，另一个是化了淡妆的美女。

不过赌场中最不缺的就是赌客，这张赌桌很快就有了新的赌客补上。

夏一成拿定了主意，对陈斌使了个眼色，两人分开人群走了过去。夏一成坐到座位上，陈斌则站在他的身后。

上一轮留下来的女人就在夏一成的左手边，看着自己的筹码被别人赢走，她看起来很失落。她眉头微蹙，随手从包里抽出一根女士香烟，在将香烟放到自己口中时似乎才想起赌场的规矩，轻轻舒了口气，把香烟又放了回去。

毕竟有美女在眼前，陈斌不自觉地多看了几眼，顿时感觉这女的有些面熟，略微一想，眼睛都亮了，轻声对夏一成道："哥，这不是最近热播剧里的女二吗？好像是叫沈露露，咱们遇到明星了。"

夏一成不甚在意地转头看了看，"嗯"了一声，没多大表示就把目光重新放到了眼前的赌局上。相较于美女，他对赌桌的兴趣更大。

沈露露身前只剩几万的筹码，烦躁与郁闷堆积在眉眼间。她有些不耐烦地用染着玫红色指甲的手敲着桌面，漂亮的眼睛扫过眼前这偌大的赌场，为数不多的筹码被她随意地翻过来翻过去。

赌桌上的人很快聚齐了，荷官正在洗牌，新的一局即将开始。

夏一成在自己的位置上坐好后，对陈斌一招手。陈斌立刻会意，将筹码放到夏一成的身边，哗啦啦一堆，一下子吸引了很多人的注意力，包括沈露露。

"一千万？差不多吧……"

"又一个有钱的啊。"

"羡慕。"

沈露露只扫了一眼，就对夏一成身前的筹码有了大致的推算，她往夏一成身边看了看，并没有看到有女人。她撩了撩散落在身前的头发，笑了。

荷官洗好牌，有人陆陆续续地下注。

"各位客人，请下注。"这张赌桌算上夏一成，共有五个玩家，众人下筹码，买庄买闲。

夏一成侧头扫了几人一眼，发现他们下的赌注并没有自己想象中的大，自言自语地说："这筹码下得是不是有点小啊……"

夏一成声音不大，其他人听不见，沈露露却听了个清楚，她有些意外地打量了夏一成一眼。现在桌上的筹码怎么也有近千万了，怎么这家伙口气这么大？

"什么来头？我好像没见过……"沈露露眼睛轻飘飘一转，暗自揣度。

参与赌局的人都已经下注，就剩夏一成了。陈斌还在想他能下多大的注，就看夏一成反手将自己身前的筹码都推了上去，买自己赢。

一千万的筹码，一下子把桌上的人惊到了。

陈斌一惊："哥，你玩得真大……"

沈露露睁大眼睛，有些不敢置信地看了看桌子上的筹码，再看向一脸轻松的夏一成时，她皱了皱眉，一双美眸中带了几分轻蔑。

即便是在赌城，寻常赌桌上直接一把便丢一千万的人，也算得上罕见。真正的赌场绝不像电影中演得那么轻松，一场赌博，除非出老千，否则就充满了不可预测性。一开始就把自己的筹码全部押上，现实中基本没人会这么玩。除非是第一次来玩的暴发户，生怕别人不知道自己有钱，才会押这么大的底注。输了，哭都不知道去哪儿哭。

"好大的手笔。"

"一千万，可真敢押……"

"不过，我看这一把很悬。"

桌上有四个买了庄赢，唯独夏一成买了闲赢，而且一下子就拿出一千万筹码，如果真赢了当然会大赚，但是，以现在这个局面，想赢太难了。

赌桌上是有讲究的，比如说常庄常闲，风水流到哪一方，想输都难。虽然没有任何科学依据，却在赌场中被奉为金科玉律。而夏一成所在的这张桌子，庄家已经连赢数局，而且气势很足，大有继续赢下去的势头。

"开局。"

庄家发牌，按照顺时针的次序向自己与每个玩家的手里发了一张明牌与一张暗牌。

夏一成分到了一张明牌 K 与一张暗牌。看到那张红桃 K，陈斌的心一下子提了起来。

旁边的沈露露却暗暗地笑了。她摩擦着手里的酒杯，一双眼睛落在夏一成的身上，有一种看笑话的心态，不知这个初入赌场的家伙在输光一千万的时候会有什么反应。

出乎沈露露意料的是，夏一成脸上轻松的表情一点变化都没有，好像他手里的牌不是K，而是A一样。“要牌吗？”荷官微微一笑，问道。

“要。”夏一成点头道。

“哥，我觉得你应该先看一下牌吧……”陈斌在夏一成身后弱弱地说。

夏一成无所谓地耸了耸肩，并没有去看自己的牌，而是示意庄家给牌。庄家手指一抖，一张牌落到了夏一成的桌子前。

是梅花7！

陈斌的眼睛都瞪大了，现在夏一成手里明面上的牌数加起来已经有十七了，就算暗牌是一点，也非常危险。

一般闲家到这个点数继续跟下去就会很冒险，因为有很大的可能直接爆了，那就百分百输了。

“哥……”陈斌咽了咽唾沫，道，“咱可是压了一千万，你可悠着点。”

夏一成靠在椅背上，示意庄家继续发牌。

沈露露摇头叹了口气，想着想着又笑了，自己今天赌运不佳，遇到的人也是个傻子。不仅沈露露觉得他傻，围观的人基本也都这么想。

在二十一点的桌上，一个手里握着十七点数，还押了一千万的人如此肆无忌惮地要牌，不是疯了还能是什么？这才两张牌！

第三张牌陆续地落了下来，已经有人手里的牌超过了二十一点，宣布退出。

陈斌屏气看向落到夏一成身边的牌：A。

“呼——”陈斌深深地呼出一口气，拍着胸口道，“这也太刺激了。”夏一成却没什么表情，再次要牌。陈斌刚刚松了的一口气一下子又提了上来。

“还要？”

“这都十八点了，随便来一张都要超了。”

“还能再得一张A的概率太小了，太小了。”赌桌周围的人议论纷纷。

又一张牌来到夏一成面前：红桃A。

周围的人倒吸一口凉气，这运气未免也太好了吧？

“难道真的要出现‘五小龙’吗？”

“如果是的话，庄家这次可要输惨了。”

庄家沉默不语，眼睛一直落在夏一成身前的暗牌上，眉宇间带着一抹担忧。这种感觉来得毫无预兆，但确实令人心神不宁。

夏一成看向庄家，庄家手里三张牌，一张明牌 Q，两张暗牌。

庄家亮牌：Q、5、5，二十点。

“太险了，这牌。”

“庄家敢赌，这牌基本上无敌了吧？”

“那边还有五张牌呢，万一是‘五小龙’呢？”

“都有 K 了，还想凑五小龙，做梦呢？”

“也说不准，万一那张暗牌还是 A 呢？”

“不会吧，赌神啊？”

庄家牌一亮出，桌旁的人都露出佩服的目光，议论声也越发大了。

沈露露偏了一下头，目光在夏一成身上停留了一会儿，漂亮的眼眸中带着几分疑惑。她并不认识眼前这个年轻的男人，他穿着一身休闲西装，没扎领带，领口微敞，露出小片肌肤，目测身高一米七八左右。他此时正悠闲地坐在椅子上，单手支额，而五官只能算端正，并没有多出彩。

沈露露混迹娱乐圈，见过多少模样顶尖的男人，哪怕身边坐着一个帅哥也不会引起她几分在意，但现在这个人却真的勾起了她的好奇。周围的气氛喧嚣而紧张，每个在桌上上手的人都难免会流露出几分期待或者担忧，而此桌的豪赌即将揭晓结果，连她都有些紧张，但这个人目光笃定，神情淡然，似乎一切尽在掌握。

收回目光，沈露露重新看向了桌台。

黑桃 A！

全场惊呆了。

真的是“五小龙”！五张牌不超过二十一点，比二十一点还要大！真正的天牌！

沈露露目瞪口呆，看着夏一成的目光很是惊奇："这样都会赢。"

夏一成听到她说话，头也不回地说："玩的就是刺激。"庄家丧气地离开了桌子，看他的样子，估计短时间内无法恢复了。荷官将赌桌上的筹码拢到一起，然后勉强笑着把这一大堆筹码推到夏一成的身前。

"哥！咱们发了啊！"陈斌看着那么多的筹码顿时激动起来。

虽然早就知道自己会赢，但是当这么多钱真的属于自己时，夏一成依旧兴奋了，站起身伸手去拢那成堆的筹码。

筹码太多，夏一成动手的时候有几枚从桌子上滚落到地面，滴溜溜地转到沈露露的脚下。沈露露低头看了一眼，微微俯身，将地上的几枚筹码捡起来，朝夏一成一递："给你。"

夏一成这时才看清楚身边这个女人的长相，她的眼睛与面容让他微微晃神。看见夏一成的反应，沈露露抿唇笑了，清润的眼睛朝他调皮地一眨："你的筹码。"

夏一成回过神来，眼睛扫了扫沈露露手上的几个筹码，加起来也不过十几万，他唇角上扬："给你了。"

沈露露愣了一下："给我？"

"对，你留着吧。"

沈露露的眼睛如秋水一样，微微一动就带了几分魅惑。她没有推脱，大大方方地将筹码放到自己身边，同时冲夏一成甜甜一笑："先生真是大方。"

夏一成看着自己身边的筹码，无所谓地耸了耸肩，没说什么。这一举动让周围的人都有些眼红，早知道他们也去捡了。

十几万就这么随手给别人了？有钱也不该这么撒……

陈斌有些疑惑地看了沈露露一眼，心中一惊，怪不得刚刚觉得这个女明星有点眼熟，她的脸型跟眼睛与赵媛媛倒真有四五分相似。陈斌觉得自己好像懂了点什么。

赢了后，夏一成就成了新的庄家。原本桌上的赌客走得差不多了，但很快就有新的人补上，而围过来看热闹的人也越来越多。

一千万的赌金，“五小龙”的胜利，直接令夏一成的钱翻了八番，这一结果不仅在赌厅内引起轰动，更是直接惊动了赌场的高层。

在第二局开场前，一个新的荷官来到夏一成的身边，低声问他：“先生，我们这里还有 VIP 房间，您有兴趣去玩一玩吗？”

夏一成刚刚成为这张赌桌的庄家，对荷官的提议并没有太大的兴趣：“在哪儿玩我都是赢，搞什么 VIP ？”

荷官脸上的笑容没变，依旧轻声说：“外面的赌台有金额上限，我们也是希望您玩得开心。”

夏一成笑了：“会的，我现在就很开心。”

荷官再次冲他弯腰，离开了。

赌场上里很多隐秘的摄像头都对准了夏一成所在的桌子，而在一间摆满了屏幕的房间里，被紧急召唤过来的几个人正紧盯着屏幕。

屏幕上，正是摄像机镜头下的夏一成。

“老板说了，让大家看看这家伙有没有问题。”

“是。”

“有问题立刻汇报。”

赌场大厅内，新的赌局即将开始。沈露露笑得眼睛弯弯，有些期待地看着夏一成：“先生，我可以跟着您押吗？”

“可以啊。”

“谢谢，让我沾沾先生的运气。”

夏一成坐庄，押了自己赢。沈露露白嫩的手一挥，把自己身前所有的筹码也都押上了庄赢。

开牌之后，就像是历史的重现，随着闲家一个个听牌或者爆了，夏一成依旧大大方方地给自己发牌，连底牌都没有看。

当又一个“五小龙”被打出来的时候，周围人看夏一成的眼神都变了。

两把牌直接赢了一亿多元，如此骇人的数字，别说这所赌城最大的赌场，放眼全球都很罕见。

监控室内的人也同样震惊。他们将刚刚的画面重复播放，反复琢磨，仔细推敲，但是没有抓到一丁点儿夏一成出老千的痕迹。

监控室的门被再次打开，一个西装革履的人走了进来，沉声问：“怎么样？”

一个身穿绸缎唐装的老者摇了摇头：“什么都没发现。”

“没有作弊？”那人惊讶地问，“唐老，咱们这里属您的眼力最好，您确定吗？”

曾经的赌城赌王唐立兴摘下自己的眼镜，一边擦一边道：“我确定，那个年轻人没有作弊，他是真的凭借自己赢的。两场，都赢得漂亮。”

“赌术无双啊。”一个身形异常消瘦的老人感叹道，“如果任由这个年轻人发挥下去，我们要吃大亏了。”

“是啊。”

听着这些曾经在赌场上叱咤风云的老者的话，赌场的经理绷着脸离开了这里。

赌厅中。

沈露露看着自己身前的筹码，眉眼间的忧郁之色一扫而空，脸上的笑越发甜了，她娇娇俏俏地对夏一成说：“大哥，您真是露露的福星，没想到我今天还能赢钱。”

夏一成让陈斌把零散的筹码换成大额的筹码，听到沈露露的话后，反问道：“为什么不能赢？”

“赌运背呀。没想到大哥您的赌运这么好，而且很旺。”沈露露温润的眼中全是笑意，眉眼弯弯的样子更像赵媛媛了。

夏一成看着她，轻轻一勾唇角：“我的赌运的确不错。”

一下子到手这么多钱，夏一成整个人都要飘起来了。他继续坐庄开场，大有将赌场赢个天翻地覆的意思。

夏一成赢得欢乐，可赌场高层再也坐不住了。

一间富丽的房间中，坐在宽大桌子后的长者问前来汇报的经理：“确定没有作弊？”

“已经确定了。”经理罗康有些着急地说，“那个人只用两局就赢了上亿，看样子还要接着玩下去，这么赢，咱们……”

那长者点了点头：“我懂，你先去把人给我带过来。”

“是。”

03

罗康神情严肃，如临大敌。他急匆匆地来到赌厅，对巡视赌场的保安打了个手势，这些人便会意地跟在他身后，一行人来到夏一成面前。

“先生，您的赌运真好，赢了这么多，是多少人一辈子都想不来的好事。您还想赌吗？”罗康弯了弯腰，低声对夏一成道。

夏一成歪头看了这人一眼。罗康年过四十，保养得宜，看起来也就三十多岁的样子，西服笔挺，五官虽然普通，但自有一股岁月沉淀下来的魅力与气势。

夏一成眼睛的余光自然也扫到了此人身后跟着的几个人，有契约在身，他不怕任何人耍什么手段，很是得意地说道：“不想赌，我来这里做什么？”

经理面上的笑容加深，但是笑意并没有进入眼底：“我们赌场自然是欢迎先生这样的能人的，此后先生所需要的筹码由我们来付，怎么样？”

夏一成有点意外，本以为对方会派出个赌王来“送钱”给自己，没想到居然想要招揽自己。

“先生，您请借一步说话。”罗康微微低头道。

夏一成瞥了一眼赌桌，又看了看围过来的那些保镖，觉得今天是赌不成了，叹了口气：“好吧。”

“谢谢夏先生的配合。”

陈斌兑换筹码回来，有些疑惑地看着从座位上站起来的夏一成：“哥，咱不赌了？”

“不赌了，这些人好像有话跟我说，一起来吧。”

“哦。”

离开的时候，夏一成看了眼身边的沈露露，微微一顿。

沈露露的目光一直落在他的身上，带着打量的神色。见夏一成朝自己看过来，她眸中漾起魅惑的神采。四目相对，眼波流转，一股暧昧的情愫在二人之间流转。夏一成微微一笑："有没有兴趣跟我去看看？"

沈露露眨了眨眼睛，笑吟吟地站起身，白嫩的手拎着大牌的手提包，冲夏一成道："乐意之至。"

周围人的目光顿时变得意味深长。

经理罗康在前面带路，夏一成跟随在他的身后。本来落在后面的沈露露快走几步，手轻柔地挽上夏一成的胳膊，做出一副亲密的样子。

夏一成转头看了近在身边的女人一眼，沈露露嘴角微弯，冲他微微一笑。夏一成感觉到自己被沈露露挽上的胳膊，触到了一个柔软的地方，那种触感令他心神一荡，心中酥麻的感觉顿起。

"哈哈哈，这种电视剧里的情节都被我遇上了，运气也太好了吧。"夏一成心中很是荡漾地想着。

这是一间顶级会客厅，一进门，清淡好闻的香气便萦绕在鼻尖。入目所见是黄金铸成的墙壁，精巧的玉雕错落有致地摆放在水晶柜中，黄花梨雕琢而成的矮桌在柔和的灯光下散发着温润的光泽。

一位头发花白的长者坐在矮桌前的软沙发上，矮桌上摆放着精巧的紫砂茶具，清香的茶味随着蒸腾的水汽袅袅飘散，为这间辉煌的会客厅增添了几分人气。

夏一成与沈露露、陈斌踏进门内，经理罗康却停在门外，将红木大门轻轻关上，而那位长者刚好将身前的四个茶杯倒好茶水。

"请坐。"

"不让我玩了，请我喝茶？"夏一成嘴角勾着笑，神色却看不出高兴。

原本想着能在这里用契约的次数赢他个十亿二十亿，没想到才赢了两局就被叫停，他心里真有点儿憋屈。

"先生赌术高超，但这里也有自己的规矩，若是任由如先生这样的天才尽兴下去，我们也不用营业了。"那位长者笑眯眯地说，顺便将手边的茶杯稳稳地送到了夏一成等人的身边，“自我介绍一下，袁竟。”

夏一成看也没看那杯茶，手指点了点造价惊人的黄花梨木桌子，声音清冷地说：“袁老板真是好气魄，我才赢了几把，你们就不让我玩了，果真霸道。”

陈斌早已坐立不安，他还从来没有遇到过这种阵仗，心里不住地祈祷千万别出事。

相比较之下，沈露露还是很压得住场子的。她姿态闲适地坐在沙发上，一双眼睛也不乱看，只是低垂着，一副温顺的模样。

面对夏一成的不满，袁竟依旧淡定地笑着：“先生还是年轻，如果你再多走几家就会明白，像先生这样的天才，没有哪一家会欢迎。”

夏一成往沙发上一靠，挑眉示意他继续说。

“只要先生答应不在这里玩了，我们威尼斯人还是很愿意结交先生这样一个能人的。”袁竟抿了一口茶，轻声说道。

“怎么个结交法？”

袁竟像是早有准备，从桌子上拿起一份合约：“我们愿意让给先生赌场的五个点的股份，您觉得怎么样？”

陈斌瞪大了眼睛。他没有听错吧？这么大一家赌场竟然要给成哥股份？

夏一成接过合约，打开粗略地一翻。沈露露很自然地靠过去一看，眼睛里露出几分惊诧。

“如果夏先生接受这份合约，就可以在家坐着拿钱了。”袁竟重新坐回夏一成对面，一派温和地说，“赌场无常，纵然是先生这样的能人，恐怕也无法保证这一生都没有败绩吧？‘富贵险中’求是常理，但也得为风险买单。”

“白送给我五个点的股份？”夏一成合上手里的文件，放到身前，接着端起茶杯喝了一口，清香宜人，满口留香。

“只要您愿意，现在就可以成为赌场的股东之一。如果这么做了，赌场收益就与先生息息相关了，所以，日后若是这里来了如先生一般的天才，还请先生能够出手帮忙。”

袁竞又往夏一成面前空了的茶杯里倒了热茶。

夏一成想了想，道：“如果我不想帮忙呢？”

袁竞笑了：“自然是全凭先生的心意，您愿意出手帮忙就出手；不愿意，我们也不会强求。”

“好，这合约我签了。”夏一成的手往合约上一拍。

自从进入这个房间就一直存在的紧张气氛终于消弭了，陈斌觉得自己的呼吸都顺畅了许多。他端起身前的茶杯一口喝了。

合约签完，房间内的气氛越发轻松舒适，几个人有一句没一句地聊着。袁竞丝毫没有打探他们身份的意思，而是风趣地对几个人介绍赌城的美景美食。沈露露也是个惯会聊天的人，一番闲聊下来，几个人都是心情舒爽。

“夏先生初来赌城，应该没有固定的居所吧？”袁竞看出夏一成要离开的心思，温声问道。

“对，就在你们酒店订了个房间。”

“远来是客，现在夏先生又成了我们的股东，怎么能让您再住在普通客房呢？我们已经为您准备了这里顶级的豪华套房，会长期为您保留，夏先生日后再来赌城，可以直接入住。”

夏一成笑得很开心：“那我就不客气了。”

随后，袁竞叫来罗康，吩咐道：“带夏先生去房间。”

“是。夏先生请。”罗康冲夏一成点了点头。

走在通往房间的走廊上，夏一成转头看向沈露露：“一起吗？”

沈露露乌黑的眼睛转了转，轻轻一捋额前的头发，上前一步，重新挽住夏一成的胳膊，笑着道：“好啊。我来过这里很多次，还没见过传说中的顶级套房什么样子呢。”

陈斌偷笑一声，主动对夏一成道：“成哥，我对那顶级套房没兴趣，想去逛逛……”

没等陈斌说明白自己去哪儿，夏一成就挥了挥手：“去吧，随便玩。”

夏一成神情慵懒地走在偌大的走廊上，璀璨的光芒从两旁倾泻出来，富丽堂皇的雕刻诉说着这座不夜城的繁华，物欲横流的气息弥漫在整片空间之中。他嘴角带笑，仿佛看到自己从浮华中走过，未来半是光、半是影，有时候模糊得他自己都看不透，有时候却又清亮得一览无遗。

将夏一成送到顶级豪华套房后，罗康重新回到刚刚的房间。袁竟从沙发上起身，来到另一侧的桌子旁。

桌子上的电脑屏幕上，赫然是夏一成的生平资料。普普通通，甚至有些潦倒的赌徒，在某一天突然走了大运，逢赌必赢，敛财无数。

这份资料，完完全全透露着古怪。

罗康扫了一眼后，问袁竟："老板，还需要我们再详细调查吗？"

袁竟想了想，道："去查查吧。"

"是。"罗康应了一声，就要转身离开。

"罗康，你记住，这个世界上会有很多人很多事都出乎我们的意料，所以不要轻视任何人。"

"是。"

顶级的豪华套房比夏一成自己订的房间足足大了两倍有余，就像一套小型的豪华别墅，里面设施齐全，家庭电影院、室内泳池，极尽奢华。

夏一成站在宽敞的阳台上，蓝天白云飘荡在远方。一进入酒店，时间就没了昼夜之分，可以尽情地享受白昼的美好。

从最开始的一无所有、绝望到想死，到现在入住最豪华的房间，美人在侧，身价上亿，人生起伏如此之大，想必在这个世界上，也没几个人能做到这样吧？

"一切都是因为我有了契约。就算死后真的灵魂被收又怎么样？前生后世我管不了，我就要痛痛快快地活这一生！"

沈露露脱下外套，露出妖娆的身姿，优雅地打开一瓶红酒。红色的酒液落到透明的高脚杯中，香甜的气息散逸而出。她端着两杯红酒来到夏一成的身边，浅笑道："成哥，露露敬你一杯。"

夏一成看了她一眼，将手中的红酒一点点饮尽。

华丽的房间，如花般娇嫩的美人，在空气中浮浮沉沉的暧昧。沈露露双颊红润，一双眼睛似浸了秋水般盈盈地看着夏一成。

此情此景，如果不做点什么，实在是被白白辜负了。但是夏一成想到赵媛媛，不禁后退了一步。

沈露露有些意外地看着他，漂亮的眉头微不可察地皱了皱。

“成哥，”沈露露往前走了一步，胸前雪白的柔软贴近夏一成，呵气如兰，轻笑着说，“不喜欢我？”

夏一成眉头轻轻一皱，单指点着沈露露的肩膀，将她往远离自己的方向一推。沈露露呆住了，疑惑不解地看着他。

“我可以带你玩。”夏一成看着眼前这张与赵媛媛有几分相似的脸，摇了摇手指，“但是，别越界。”

沈露露吃不准眼前这个大富豪到底什么意思，只能柔柔地笑着，心中却很是不屑。两人推杯换盏，沈露露言笑晏晏，几句俏皮话出来，将夏一成逗得身心愉悦。夏一成酒量不好，一瓶红酒没见底就醉了。

“成哥，小心点儿。”沈露露费力地将夏一成扶到床上，俯在他耳边轻启香唇，“成哥……喂？”话还没说完，她就被夏一成推到了一边。

“别闹，睡觉。”

没过几分钟，房间里便响起了夏一成均匀的呼吸声。沈露露皱着眉头，伸出手指点了点夏一成的额头，没有半点儿反应。

“真睡了？奇怪的男人……”

沈露露一点困意也没有，打量着睡去的男人，一脸的新奇。她没想到，这个家伙竟然真的不碰自己。

黑夜白昼轮番转变，宛如不夜城的赌场内却完全感受不到时间的流淌。当然，身处其中的人也不愿去感受，他们宁愿沉醉在这片天堂内。

在倒满红酒的浴缸里泡澡，怀抱着无数男人向往的影视女神走在价值百万美金的地毯之上，抽着昂贵的雪茄……直到这时，夏一成才明白恶魔嘴里的及时行乐是什么意思，他觉得以前的日子都白活了。唯一令他感到遗憾的是，怀中的女神只是别人眼中的女神，并不是赵媛媛。

逍遥的日子过得很快，同学聚会的临近令他不得不暂时结束天堂般的享受，去参加那个曾经让他丢尽面子的同学聚会。

夏一成从赌城离开时的感受，与初次踏上这片土地时相比，已经截然不同。夺人眼球的豪车专门护送，赌场的高级经理随身作陪，一直热络地将夏一成送到机场——那是只有少数人才能够拥有的特权。

回到 Z 市，夏一成全款买下了一座价格惊人的别墅。

陈斌在帮忙搬家的时候，站在那座大气豪华的别墅前，久久回不过神来。他做梦也没想到，自己的兄弟能发达至此。

这座别墅占地面积很广，从外围只能看到造型华美的楼顶，等那巨大的铁门打开后，园林风格的景色出现在眼前，让人不禁怀疑自己来到了曲水流觞的江南。

别墅里面的假山错落有致，鹅卵石铺就的小道从脚下延伸，两边细草绒绒，叫不出名字的树木围绕人工湖一圈。阳光铺洒下来，为湖面镀上一层金色的粉末，竟然也有一番自然之美。

走入别墅，陈斌满心赞叹地打量着。夏一成虽然才刚刚入住，但是各类家具已经齐全，雕栏画壁的走廊上铺着柔软的波斯地毯。

“成哥，你这房子……我的天……”陈斌惊叹得说不出话，只能连连不断地说，“我的天，我从来没见过这么好的房子……”

夏一成从房间里走出来：“喜欢啊？”

陈斌忙点头：“我一辈子都不可能买得起。”

夏一成随手在支票簿上写了几笔，递给高级助理，吩咐道：“去，把旁边那栋独栋别墅买下来，房主直接写陈斌就好了。”

“成哥……”陈斌脸上的诧异跟其他人脸上的诧异如出一辙。

夏一成轻拍着陈斌的后背感慨地说道：“咱们是兄弟。”

“对了，我让你给媛媛买的东西都送过去了吗？”夏一成突然问道。

从赌城回来的时候，夏一成特地去奢侈品店为赵媛媛挑选了好多东西，不仅有首饰、衣服，还有好多的美食。

“都送过去了，成哥。”陈斌道，“回来的第一天就送过去了，我亲自送的。”

“嗯，那就好。”

身穿家居服的沈露露从一个房间里走了出来，冲陈斌一笑：“陈哥好。”

陈斌再次一惊，下意识地去看夏一成，发现这位大哥并没什么反应。

沈露露来到夏一成的身边，娇俏地说：“成哥，你觉得这艘小木船怎么样？傍晚泛舟，想想就觉得浪漫。”

夏一成看着沈露露手上的图片：湖水波光粼粼，湖面一叶小舟，一男一女面露笑容在小舟上坐着。

图片很温馨的样子，倒真的很打动人。

“你们女人都喜欢这样浪漫的东西？”夏一成若有所思地问道。

沈露露化着淡妆的脸上漫出一抹红晕，眼睛亮亮地看着夏一成：“对啊，女孩子谁不喜欢浪漫呢？”

“哦，那就订制一个吧。”

沈露露看着夏一成的目光娇柔得要滴出水来，她轻轻点头：“好。”

陈斌突然觉得自己来得不是时候，正想找个借口离开，夏一成揽过他的肩膀：“走，咱们兄弟到会客厅说会儿话。”

“啊？”陈斌转头看了看沈露露，“不太好吧……”把这个女明星单独留在这儿？

夏一成没去关注沈露露，揽着陈斌进了会客厅：“有什么不好的？”

陈斌眼睛的余光看到沈露露正专心研究要买的东西，似乎并不在乎夏一成的态度。在宽敞的会客室坐下，陈斌欢喜地说：“这沙发真舒服啊。”

夏一成笑着给陈斌倒了杯柏图斯红酒，说道：“瞧你这出息，你要是喜欢这沙发，我在你的别墅里也放一套就是了。”

陈斌连连摆手：“这么贵的沙发让我天天坐，那就烧屁股了。”

夏一成坐在陈斌对面沉声说：“少看不起自己，咱们的屁股比别人的金贵着呢。”

“嘿嘿，谢谢成哥了。”陈斌接着道，“对了，成哥，我以前看电视，有钱人身边都有很多小弟的，所以我就给你招了一些保镖，有这些可以差遣的人，以后你做事也方便。”

夏一成意外地看了陈斌一眼：“这想法不错。”

陈斌哈哈一笑：“当大哥就得有当大哥的派头嘛！”

夏一成想了想，轻轻一拍掌：“真是个好主意，你已经找人了？都找的什么人？”

陈斌靠在沙发上：“那些人啊，有的是我以前常一起喝酒的朋友，还有一些练过武的，都很能打，做保镖绰绰有余，你带出去也威风。而且一听说是给成哥当保镖，他们一个个都特别积极。”

夏一成满意地点了点头。

陈斌见夏一成满意，顿时也高兴了，趁热打铁地说：“现在我手头上只有七八个，但都知根知底。虽说他们爱的是钱，但也是讲义气的。”

“不错。”

陈斌笑了：“有这么多人给你当保镖，成哥以后看谁不顺眼，就可以把他绑起来揍。”

夏一成翻了个白眼：“绑什么绑，咱们又不是黑社会？让你找那些人是来保护我的，别搞乱七八糟的事。”

陈斌摸了摸头，笑嘻嘻地说：“是我觉悟低了，哈哈哈。成哥，我就开玩笑随口一说。现在是法治社会，当然不会做那些事，你放心。”

“你知道就好。告诉你找来的那些人，好好跟着我干，保护好我和你的安全，钱少不了他们的。”

陈斌问：“那咱们今天吃个饭，成哥看看他们行不行？”

夏一成摇了摇头：“今天不行，我还有事。明天吧，你去通知他们，然后包个酒店。”

陈斌点了点头，又问：“今天成哥有什么事？”

夏一成撇嘴说道：“去看一群傻子在我面前装样，呵。”

陈斌愣了下：“啊？”

已经收拾好的沈露露走过来，对夏一成道："成哥，我们出发吗？"

"嗯，走吧。"

夏一成从沙发上站起来，理了理自己的衣服，冲陈斌一笑："只不过，这一次，轮到我来装样了。"

陈斌也站了起来，有些担忧地问："那要不要我派人去保护你？"

"现在不需要，你等我消息吧。"

"哦，好的。"

来到院子里，沈露露冲夏一成伸手："钥匙。"

"咱们这次打车去。"

沈露露疑惑地看了夏一成一眼。

"装样嘛，当然要装全套了。"夏一成看了眼漆黑的天，冲沈露露一笑，"这次你给我配合得好一点。"

沈露露很乖巧地一点头："成哥放心。"

第三章
丑恶

01

夜色降临，Z 市的街道上已经亮起路灯。无数店铺门前灯光璀璨，昭示着夜生活的开始。

夏一成坐着出租车来到迷醉娱乐厅时，天已经完全黑了。

邱明磊订的包间正好靠着窗户，从外面就能够清楚地看到他们。这些人打扮得比上次聚会还要隆重，桌子上摆放着几瓶已经打开的酒，看起来他们已经喝过一轮了。邱明磊依旧是众人的焦点，所有人都围着他转。

“人已经全了啊。”夏一成收回目光，从出租车司机手里接过找零的钱，迈步朝娱乐厅走去。

在前台服务员的带领下，夏一成推门而入，包间里面的人闹得正欢。

邱明磊一身笔挺的浅色西装，衬得他很精神。精心打理过的头发，手腕上有意无意露出的价格不菲的手表，似乎都为邱家大少增添了不少魅力。

靳明发福的脸上带着谄媚的笑意，说一句话得看邱明磊十次，生怕自己说出什么不得体的话，令这位大少爷心情不好。

班花孙雪梅看着也费心打扮了一番，合身的衣服勾勒出丰满的身材，涂脂抹粉后在亮眼的灯光下依旧算个美人，只是岁月在她眼角留下的皱纹怎么也抹不平。曾经的傲气消散得干净，如今的眼底充满了算计，整个人若有似无地朝邱明磊身边靠着。

屋子里分了两桌，打眼一瞧就能看明白。邱明磊那一桌上的同学都是混得不错的，另外一桌自然是那些混得不行的。

一共十二三个人的小聚会，看着挺有意思。

“呀，瞧这是谁啊，让我们大家好等呢。”

阴阳怪气的嘲讽声直冲夏一成而来。夏一成抬起头，见说话的人是一个女同学——董如兰。

这么多年不见，曾经安安静静的乖乖女也变得面目全非，略微夸张的衣着，一脸的尖酸刻薄。她本来就被安排在混得不行的一桌上，跟阔少邱明磊话都说不上，看到夏一成从外面走过来，便立刻哗众取宠。

夏一成唇角一勾：“路上有点堵，来晚了。”

“还打车？装什么啊，如果你骑着自己的小电动车来，也不至于堵车。”董如兰趾高气扬地看着夏一成。

之前的聚会中，夏一成被众人取笑的样子在同学中疯传，任谁都知道曾经的学霸沦为了赌徒，而且还输得倾家荡产。

董如兰一直想要进入邱明磊的公司，只是苦于没有门路。讽刺完夏一成后，她就悄悄地去看邱明磊的脸色。同学们都知道，邱少与这个家伙向来不对付，以前在学校还被夏一成压了一头。现在她让夏一成出丑，应该能赢得邱少的青睐吧？

邱明磊好像才看到从外面走进来的夏一成一样，并没有主动说话。

靳明笑眯眯地说：“该不会是又去赌，把电动车都赌进去了吧？”

“哈哈哈……”

哄笑声再次从周围传来。

“行了行了，都是老同学，你们这是做什么。”看够了笑话，邱明磊才做出一副为夏一成打抱不平的模样，从座位上站起身，亲自将在门口站着的夏一成按在了自己所在的一桌，热络地说，“来晚了可得罚酒。”

周围人一听邱明磊的话，脸色变得无比快。董如兰笑着说：“这不是开玩笑吗？夏一成你可别介意，我这人就是心直口快。”

夏一成低头笑了笑，没说话。

最会来事的靳明从另一边的位置挤到夏一成的身边，一副哥俩好的模样：“不管怎么说，一成你来晚了，就得罚酒。快给咱们的一成倒酒。”

立刻就有两个人给夏一成倒了三杯白酒，放在他的桌前。夏一成淡淡地看了看自己眼前的酒，没有动作。

靳明嘴里啧啧有声：“这可是正宗的五粮液。一成啊，你一年到头也喝不上几口吧？现在迟到了反倒是能多喝点了，我说你小子不会就为了想多喝点才来这么晚吧？”

“哈哈哈……”

这一桌子人顿时又爆发出一阵笑声。

“靳明你可真会猜。”

“我说一成啊，不至于吧？你想喝好酒到我那里去，我家酒虽然不多，但是个顶个的好。”同学肖浩讥笑道。

众人用看笑话的眼神看着夏一成，那种不加遮掩的鄙夷与轻蔑，在每个人的身上或多或少地表露了出来。

靳明端起盛满酒的杯子递给夏一成：“你赶紧喝啊，多好的酒，你闻闻，香不香？”

盛满酒的杯子已经被靳明送到了夏一成的鼻子尖，他头往后微微一靠，看了一脸恶意的靳明一眼，便将那杯酒接了过去。

夏一成刚刚接过酒杯，一句话都还没说，一旁的肖浩就阴阳怪气地对大家说：“我看啊，就像靳明说的，一成之所以来晚了，就是想多喝点。难道穷人就是这么会算计？”

“不是赌徒吗？赌徒最会算计了。”孙雪梅掩着嘴唇笑道。

董如兰尖着嗓子道：“我看是瞎算计吧，如果他真会算，还能混到这个地步？”

“为了能多喝点好酒，一成你也够拼的啊。”肖浩拍了拍夏一成的肩膀。

夏一成笑了笑，以前觉得这些冷言冷语会让自己尴尬甚至羞耻，但是现在，他一点感觉都没有。视线从这些昔日的同学身上掠过，夏一成脸上的笑都快忍不住了。多傻的一群人，多讽刺的同学会，多好玩啊！

“没关系啊，他想喝就让他多喝点儿。咱们总归是同学，我家常常做慈善捐东西，捐给别人是做好事，接济同学也是做好事。”邱明磊不无得意地说。他坐在沙发上，还特意把胳膊打开，不知道是有意还是无意，正好落在班花孙雪梅身上。

夏一成挑了挑眉，转头看向人群中的另一个同学孟凯。孟凯正附和着笑，只是那笑中掺杂了太多的勉强。当自己的老婆被另外一个男的当面搂在怀中，怎么可能真心在笑？身为男人的尊严被踩在脚底，只能打落牙齿和血吞。

其他人把这一切看在眼里，但是谁也不说，一切阴暗的脏乱都被隐藏在一片故意制造出来的平和欢乐中。

邱明磊发话后，靳明立刻催促夏一成：“你快喝啊，邱少都说让你喝了，别不给面子。”

夏一成把手里的酒杯往桌子上一放，没什么歉意地说：“不好意思，这些天胃不舒服。酒，就免了吧。”

在众人诧异的目光中，夏一成拿起桌子上的一瓶矿泉水，喝了一口，然后对其他人笑了笑：“以水代酒了。”

“夏一成啊，这就是你的不对了，不给咱们邱少面子？”董如兰阴阳怪气地说。

肖浩也适时搭腔：“就是，你什么胃啊，这么娇贵？再贵能比得上桌子上的一杯酒贵吗？”

夏一成很认真地想了一想，然后从嘴里吐出一个字：“能。”

肖浩被夏一成的目光看得眉头一皱：“你那什么表情？”

“行了行了，喝不了就喝不了吧，咱们也别打趣一成了。如果他再像上次一样提早走了，岂不是扫兴？”邱明磊越发放肆地揽着孙雪梅道，“你们有什么想吃的、想喝的，随便点，我请客。”

“邱少破费了！”

“又是邱少请客啊，哈哈哈哈，邱少真是大方。”

一帮同学巴结的样子看得夏一成笑了。

这时，包间的门被打开，刚从洗手间回来的张道英径直走到夏一成面前，居高临下地说道：“这不是你该坐的地方。”

说完，下巴往董如兰他们那桌抬了抬，很明显是要把夏一成赶到那张桌子上去。

稀稀疏疏的笑声从同学口中传出。

邱明磊这张桌子上的人都看向夏一成。夏一成脸上却看不到一丝难堪，大大方方地从座位上站起身，也没搭理张道英，很自然地离开了邱明磊的这张桌子，坐到了另一张桌子上。这让原本想看他笑话的邱明磊等人甚是失望。邱明磊多看了夏一成一眼，觉得他今天有点不太对劲。

“对了，一成啊，听说你因为赌博被公司开除了？”靳明突然热络地说道，“因为跟邱少是同学的关系，我现在在明浩集团也是个官了，要不你来我手下办事吧，平常就打扫打扫卫生，比如厕所、垃圾桶什么的……”

“哈哈哈……”

同学们的哄笑声在房间里传开。

“靳明你真是大方，哈哈哈……”

听着周围同学的笑声，靳明很得意，挑衅似的看着夏一成。

邱明磊懒洋洋地说道：“靳明，我家的公司可不是什么人都要的。”

屋子里的笑声更欢了。

“邱少您说得对，那么大的公司怎么能什么人都要呢？尤其是赌徒。您看是我考虑不周，那什么，一成啊，我也实在帮不上你了。”靳明摇头叹息，“谁让你自己不争气，干什么不好非要去赌？”

作为所有人嘲笑的对象，夏一成倒像是没事人，甚至也附和地笑了笑，然后就提起筷子夹了一筷子菜，慢悠悠地放到嘴里，任由那些人说着乱七八糟的话，他只在心中淡淡地笑。

一群傻子自娱自乐罢了，他并不在意。

靳明见他这副模样正要嘲讽，就看到包间的门被打开，一个长相妩媚漂亮的女人款款地走了进来。

众人转头看去，微微一愣：明星？

进来的人正是穿着一袭修身鹅黄色长裙的沈露露。她娉娉婷婷地站在门前，一双春水般的眼睛从众人的脸上扫去，似乎在找人。

沈露露的到来让很多人都感到惊讶。邱明磊被沈露露惊艳了一下，立刻站起来，勉强维持着风度问："沈小姐，你是不是走错房间了？"

"真的是沈露露？"

"哇，大明星，本人比电视上还要漂亮。"

"不行，我要拍照……"

邱明磊见沈露露似乎没有反应，咳嗽了一声，希望能够引起沈露露的注意，又提高了声音道："沈小姐？请问你是不是走错房间了？如果是的话……"

出乎所有人意料的是，沈露露没有理会邱明磊，她的目光落到夏一成身上，漂亮的脸蛋上顿时绽开一个娇美的笑容，然后在所有人的注视下，径自走到夏一成的身边，半是抱怨半是撒娇地说："成哥，我来晚了……"

什么情况？所有人都石化了一般朝夏一成与沈露露看过去，被惊得一句话都说不出来。

夏一成平稳地坐在自己的位子上，神色淡漠。反观沈露露，却是一双眼里都是他，活脱脱一副小女儿姿态。

"成哥，你怎么会来这样一家娱乐厅？地方又偏僻，装潢也不好。以前你随便带我去的地方都比这里要好吧。"沈露露嘟着嘴，挑剔地扫视了周围一眼，面上神情带着嫌弃。

沈露露的话像耳光一般抽在邱明磊的脸上，让他的脸瞬间变红。其他人彼此对视，谁都说不清楚现在到底是什么情况。

“这不是我订的地方。”夏一成朝邱明磊那个方向抬了抬下巴，“我同学订的。”

沈露露的视线轻飘飘地从邱明磊这群人身上扫过，眼底的轻蔑一闪而过，看向夏一成时又变成一副温柔的模样。那高高在上的神态，明明白白地对众人表达了出来。

面对这样的美人，夏一成却显得有点淡漠：“你来晚了。”

听到这话，沈露露的脸上带了点紧张，她也不敢解释，主动给自己倒了一杯酒，然后仰头喝了，接着第二杯、第三杯。

三杯五粮液下肚，沈露露才讨好似的说：“成哥，我来晚了，该罚，你别生气啊。”

看到夏一成点了点头，沈露露才重新露出笑容，然后乖巧地坐在了夏一成的身边。

屋子里的其他人全都震惊地看着这一幕，久久无法平静。最近正当红的明星沈露露竟然对一个落魄的赌徒如此热情，甚至还有几分低三下四的样子，这个世界怎么了？

屋里的气氛顿时有点诡异，很多人都偷偷打量着夏一成和沈露露，觉得自己可能出现幻觉了。

邱明磊脸色十分难看地重新坐下，对身边的靳明使了个眼色。靳明立刻会意，从自己座位上起身，来到沈露露身边，微微弯腰，笑着道：“请问，您是沈露露小姐吗？”

面对除了夏一成外的其他人，沈露露可就没那么多好脸色了。她瞥了眼靳明，冷淡地点了点头。

“哟，真是沈小姐沈明星啊，幸会幸会。”靳明夸张地说着，然后指了指邱明磊，对沈露露道，“沈小姐，我给您介绍一个人，看到那边那个帅哥了吗？那可是明浩集团的太子爷邱明磊邱少。”

“呵呵。”夏一成听着靳明的话，忍不住轻笑了一声，摇了摇头，低头又夹了一筷子菜。这样的同学会真的太有意思了。

沈露露见夏一成喜欢吃，立刻乖巧地给他夹了一筷子，看着他吃完，才对一直弯腰等在一旁的靳明说："我知道了。"

实在没想到这个大明星竟然是这个反应，靳明愣了愣，又道："邱少可是邱氏集团的继承人，咱们 Z 市最大龙头企业的太子爷。"

沈露露微微蹙眉，眉宇间露出几分不耐烦，加重了语气说："知道了。"

见沈露露依旧不为所动，眼中只有夏一成的模样，靳明彻底蒙了。

邱明磊更是一脸阴沉，他堂堂邱氏集团的继承人，什么时候被人这么无视过？

靳明悄悄看了邱明磊一眼，见邱明磊很不爽地一眯眼睛，立刻就懂了，继续对沈露露道："看起来沈小姐跟夏一成的关系挺不错。"

沈露露这时候才笑了笑，看着夏一成的眼中全是满满的情意。她扬扬得意地一笑："我也觉得我们关系不错。"

其他人听了这话，都一脸被雷劈了的样子。靳明神色有些讪讪的，还是硬着头皮问道："可是沈小姐，你了解我这个同学吗？"

沈露露想了想，道："我们认识的时间不长，但我想我还是了解他的。"

听了这话，靳明立刻道："我看沈小姐您是真的不了解他，我这个同学有两大爱好。"

沈露露饶有兴趣地问："哪两大爱好？"

夏一成也看向靳明。

02

靳明不无恶意地看了夏一成一眼，抬高了声音道："夏一成啊，他的第一爱好就是赌，而且输得倾家荡产，连女朋友都跑了。听说他如今已经吃不上饭了，是不是，一成？"

夏一成放下手中的筷子，淡淡地说："饭，还是有的吃的。"

"又是借的吧？听说你前一段时间可是找了很多人借钱。"靳明嘲讽地说道。

“哎，一成你真得听我们说说了，赌博这个事情真的要命的，你又没钱，还好赌，这不是毁了自己吗？”

“对呀对呀，真是可惜了。”

同学们看似惋惜实则嘲讽的声音从四面八方传来。

夏一成面色依旧淡然，那些曾经让他觉得抬不起头的字眼，此刻再听却如隔靴搔痒，心中没有一丝波澜。他抬头看了看这间屋子，大大的包间里，彩色的灯光以一种韵律晃动着，其中的十多个人心思各异，但一个比一个傻，此刻全都借着昏暗的灯光掩饰着自己脸上兴奋的表情。

夏一成知道，这些人想看自己的笑话。但是，现在的他已经不是当初那个会因为别人三言两语就脸红的夏一成了。那个颓废的、绝望的夏一成，在与恶魔签订契约的那刻起，就消失了。这些话，对他一点影响也没有。

所有人的目光都集中到了沈露露和夏一成的身上。他们的眼中带着期待，期待着这个女明星会站起来甩夏一成两巴掌。

听了靳明的话，沈露露诧异地看着夏一成，有些不敢置信地问：“这个人说的是真的？”

夏一成挑了挑眉，还没说话，靳明就抢着回答：“肯定是真的，我们所有同学都知道，是不是？”

“是啊。”众人齐声回答。

沈露露的手抬了起来，却并没有如那些人期待的那样扇过去，而是轻柔地放到了夏一成的脸上。她有些心疼地说：“成哥，你以前真的过得那么惨啊？”靳明有些傻眼地看着沈露露，支支吾吾地比画着，却一个字也没说出来。

“过去的事了。”夏一成满不在乎地说。

沈露露转头问靳明：“第二个爱好呢？”

靳明愣了愣才反应过来，连忙说道：“就是骗女人啊。他这家伙，满嘴的甜言蜜语，而且谎话连篇，经常对女人吹嘘多么多么有钱，其实是骗人的！”

可惜，情况的发展再次出乎了所有人的预料。

“是吗？那他怎么不骗骗我呢？”沈露露眉眼娇俏地看着夏一成，似乎是在吃醋，她嘟起嘴，“你怎么不对我甜言蜜语呀？”

夏一成淡淡一笑：“别闹。”沈露露立刻老实了。

靳明目瞪口呆地看着沈露露，他还想说些什么来抹黑夏一成，可是看到沈露露的冷脸，他叹了口气，不解地回到座位上，又胆怯地看了邱明磊一眼。

果不其然，邱明磊脸色更难看了，看着夏一成的目光像是淬了毒。

包间里的同学并不是每一个都像靳明一样处处捧着邱明磊，对这些人而言，明星的魅力显然更大一些。

不一会儿，几个同学忍不住跑到沈露露身边，有些激动地问：“沈小姐，咱们可以合个影吗？”

“沈小姐，我很喜欢你，咱们合个影吧。”

这些人看着沈露露，沈露露的目光却落在夏一成的身上，她询问道：“成哥，可以吗？”

夏一成的身子往后一靠。身边的人都能够感觉到这时候的他变了，好像有一种已经不需要遮掩的张狂从他身上显露出来。想起以前夏一成那副落魄不得志的样子，“张狂”这个词用在他身上好像有点滑稽，但是那种从他身上显露出来的气势，真的让在座的同学心惊。

夏一成很随意地看了眼站在沈露露身边的两个人，然后抬了抬下巴，对沈露露说：“这个人呢，没怎么落井下石，另一个就算了。”

沈露露很听夏一成的话，就给他指定的那个人签了名，看都没看另外一个人。

夏一成坐在沙发上，看着周围的人惊讶得下巴都要掉下来了，嘴角一点点翘了起来。

“夏一成你什么意思？”邱明磊坐在沙发上，冷冷地说，“大家都是同学，你在这里装什么样？”

夏一成把头朝邱明磊那边一歪，笑了，感叹似的说道："我也想讲点同学情，但现在这个样子还不是跟您邱大少学的？只准您对别人装样，不准别人对您装，这也太霸道了吧？"

"你算什么东西，敢跟我装样？"看着夏一成万事不在乎的样子，邱明磊心中的怒火一下子就上来了，他提高了声音道，"你这种人，给我提鞋都不配！"

"我这种人，我是什么人啊？"相较于邱明磊的怒气喷薄，夏一成始终一副悠然自得的模样，"我这种赌徒吗？"

"对，你这样的赌徒还敢跟我们邱少相提并论，自己掂掂分量吧。"靳明在一旁帮着搭话。

房间内的气氛顿时变得剑拔弩张，很多人都紧张起来。

沈露露没事人一样靠在夏一成身边，一双眼睛偶尔从那群人身上掠过，轻飘飘的，带着嘲讽与蔑视。夏一成把玩着沈露露的手，用不大但所有人都能听到的声音说："人在说话的时候，狗就不要吠了。"沈露露扑哧一声，笑了出来。

"你找死！"

被当众说成是狗，靳明的脸一下子涨成了猪肝色。

"你就有资格在这儿说话？"邱明磊冷冷看着他，"靳明说得没错，你一个赌徒穷鬼还想跟我装，你有什么资本？"

夏一成的手指在下巴上点了点，似乎想到了一个好主意。他笑着对邱明磊说："这样吧，邱少，咱们打个赌玩玩。如果我输了，我就给你们一千万。"

邱明磊嗤笑一声："一千万？你当钱是吹出来的？你有一千万吗？"

"他有啊。"正在帮夏一成剥虾的沈露露轻描淡写地说，"他真的有一千万。如果你们担心他没钱，我愿意帮忙出这笔钱。"

"疯了吧？"

"啧啧。"

其他同学都惊讶地看着沈露露。

夏一成笑吟吟地看着邱明磊。在邱明磊看来，那就是挑衅！

邱明磊怒火中烧，怒到极致，反而笑了："行啊，沈小姐都这么说了，那就赌呗。你想赌什么？"

"临时起意，也没什么特别的想法。"夏一成装作思考的样子，"要不就赌你们家半小时内破产，并且邱家会背负上几十亿的外债？"

邱明磊没太理解夏一成话里的意思，微微一愣："什么？"

夏一成看着邱明磊，一字一句地说："赌你们家，半小时内，破产，并且负债几十亿。"

"你脑子没问题吧？"邱明磊不解地看着夏一成。

夏一成嘴角勾了起来："敢不敢赌？"

夏一成那副笃定的模样令邱明磊非常不爽，他用力地扯开领带，然后指着夏一成道："敢！我怎么不敢？！我跟你赌，既然你这么想送我一千万，我当然得收下了。"

夏一成打了个响指说："好，那赌约就从现在开始。"

这句话一出，这间屋子里的人虽然不信夏一成会赢这个匪夷所思的赌局，但都不约而同地看了看自己的手表。

邱明磊坐在沙发上，眯着眼睛看夏一成："我家的公司经营良好，家里更是资产众多，破产？负债？我看你是疯了。"

夏一成耸了耸肩，没有去看怒火冲天的邱明磊。他的目光落在这包间门口处的角落里，那里是灯光照不到的地方，昏暗冷清。

谁都看不到，在那片角落里，有一个比阴影颜色更暗的、如同浓墨一般的黑色影子。那个影子修长高挑，被浓黑的长袍覆盖，全身都笼罩在一片黑色的雾气中，巨大的兜帽下一张邪魅俊美的脸若隐若现。

"好久不见，恶魔。"夏一成端着酒杯，微微一晃。

恶魔靠在那片角落中，冲夏一成邪气地一笑，他深邃的双眸似乎能够看到人的心底深处。

整个包间的喧哗都从夏一成的耳边散去，他的眼睛直直地看着恶魔，没有畏惧，没有害怕，而是充斥着一片狂热与赢的欲望。

夏一成知道自己会赢，半小时后，那个嚣张的邱明磊将会一败涂地。

恶魔咧开嘴笑了，雪白的牙齿泛着令人心惊胆战的寒光，他无声地吐出几个字："真是个小坏蛋。"

嘀嗒，嘀嗒，嘀嗒。

五分钟过去，十分钟过去，二十分钟过去……

随着时间一点点流逝，房间里的气氛渐渐变得有些怪异。有几个胆子不大的同学表情都紧张了起来，但大多数人都是轻松的。

靳明笑嘻嘻地来到邱明磊身前，谄媚地说："邱少，今天这夏一成可是我喊来的，如果您真空手得了一千万……"

邱明磊无所谓地摆了摆手："给你十万。"

"哎哟，谢谢邱少，谢谢邱少！"

其他人都羡慕地看着得意扬扬的靳明，后悔自己没去邀功。

随着时间的临近，看似什么事情也没发生。同学们对邱明磊的献媚声再次响起。

突然爆发的吵闹声如潮水般向夏一成涌来，而恶魔的身影化作雾气，倏忽不见了。夏一成眨了眨眼睛，真实的世界瞬间回到身边。

"夏一成，你输定了！"邱明磊恶狠狠地笑着。

夏一成低头看了看手表，漫不经心地应了一声："是吗？"

时间已经过去二十六分钟了。

"你不会不敢认吧？"邱明磊眸中的恶意看得人心慌。

靳明带头起哄："就你这个衰样还去赌？你真嫌自己死得晚。"

在喧哗声中，邱明磊的手机响了又响，连续数次后终于被邱明磊察觉到了。看到手机上父亲的名字，他心里莫名咯噔了一下。他将电话接起来，里面传来父亲暴怒的声音："给你打了这么多电话，你怎么现在才接？"

包间中的吵闹声太大，邱明磊根本听不到父亲在说什么，"喂喂喂"了几声后，他也怒了，对还在起哄的靳明等人吼道："闭嘴！"

闹得正起劲的几个人被吓了一跳，顿时连话都不敢说了。孙雪梅看了一眼拿起手机的邱明磊，很有眼色地将房间中播放的音乐给关了。

整个包间顿时安静下来，连大声呼吸一下都能听见。这种安静让其他人心中不安，他们纷纷看向打电话的邱明磊。虽然听不到电话中到底说了什么，他们却能够看到邱明磊刹那间惨白下来的面容以及震惊又恐惧的眼神。

"怎么会这样？"邱明磊有些惊惶无措地问电话那边的父亲，"是不是什么地方弄错了？怎么会这样？"

父亲的声音听起来很疲惫，带着浓浓的无奈与挫败："小磊，我们家，我们家是真的破产了。"

好似被雷霆轰击了一般，邱明磊脑子里全是嗡嗡嗡的声音。他失魂落魄地坐在沙发上，那副样子吓得其他人更不敢说话了。

如果说包间中还有谁是悠然自得的，那就只剩下夏一成了。

沈露露清润的眼睛从邱明磊身上一转，心中明白了几分，心情很好地啜了一口酒。夏一成嘴角带着淡淡的笑意，将邱明磊一系列的神情变化全部看在眼中。

"可是，怎么会呢？"

"我们家一直在炒期货，但是从半小时前开始，不知道为什么一直在赔，情况很快超出了控制，我们，赔了，大赔……小磊，我们，完了……"

"怎么会这样？怎么会这样？"邱明磊瘫坐在椅子上，一动也不动，如同死了一般。

砰！就在众人有些不知所措的时候，门被人撞开，三四个身穿西服的中年人从外面冲进来。他们看到邱明磊后顿时松了一口气，无视包间中的其他人，几步跑到邱明磊身边："邱少，终于找到你了，快点把这份合同签了吧！"

"邱少……"

看到来人，邱明磊不知道哪里来的力气，一把抓住其中一人的衣领问道："是真的吗？是真的吗？"

"唉！邱少，这下明浩集团是真的完了，不仅破产，而且背负了五十多亿的债务……”

“什么？”

巨大的震惊在包间中散开，所有人不敢置信地看着邱明磊，都像是被人打了一棍子般，脑袋晕晕的，有些不明所以。

“怎么会这样？”

谁都不知道怎么回事，难道本市的龙头企业真的在短短半小时内破产了？不可能吧？这根本就是不可能发生的事情吧？

众人无不震惊。

靳明等人心里慌得不行，再看一眼安静地坐在沙发上、面色淡然无波的夏一成，更觉得不妙。这个向来被大家嘲笑的赌徒，什么时候变得这么……可怕了？

邱明磊看着眼前的文件，黑色的印刷字瞬间映入眼帘。明浩集团、破产、负债……一个个词就如同从天而落的陨石，把他的脑子砸成了糨糊。

送文件来的几个经理是明浩集团的老员工，谁也没想到好好的公司说破产就破产了。

“谁也不知道发生了什么事，半小时前，期货市场突然大变。等我们注意到的时候，连脱手的机会都没了，情况急转直下，再也无力回天。”

邱明磊抬起头，眼睛有些发直，耳朵里嗡嗡作响：“怎么可能呢？”

其他人全都石化了一般，恍如梦境。

这次的同学聚会原本就是本地的同学为了能够与富二代邱明磊搭上关系才举办的，前来参加的十三位同学中，最起码有八位想要进明浩集团工作。

靳明、孙雪梅等人相互看了看，均是面色难看，心中惶恐。为了讨好邱明磊，这间房间里的人大多都曾经以取笑夏一成为乐。如果邱家真的倒了，夏一成却摇身一变成为有钱人，那么他们岂不就……

“邱少，您赶紧签名吧。”见邱明磊手里拿着合同，失了魂一般一动不动，其他几个经理也着急了，不住地劝说。

“为什么会这样？你们联合起来骗我的，对不对？你们都是骗子！”邱明磊挥舞着手上的合同，激动地大声说道。

几位经理的脸色已经不太好看了：“邱少，公司会变成这样与你整日的作为也有关系，而且这份合同你父亲已经签了，希望你不要浪费时间。”

“相信邱总已经嘱咐过你要签署这份合同了，希望邱少不要让我们为难。”

眼看事情已成定局，谁都知道邱明磊是彻底完了。

众人惊疑不定的目光从落水狗般的邱明磊身上转移到了从进入这个房间开始就很安静的夏一成身上。夏一成自始至终淡定地坐在那里，无论是大明星沈露露出现时，还是与邱明磊打赌时，他都带着一种胸有成竹的自信。

细细想来，也许这一切都是他安排好的。如果真的是这样，那夏一成将会是比邱明磊背景更强、来头更大的存在。

靳明脑中各种思绪闪过，胸膛快速起伏了两下，最后终于下定了决心。他端起桌子上的酒杯就来到夏一成面前，面上挤出谄媚的笑：“成哥，不，夏少，以前是我们玩笑开过了，您大人有大量，别跟我们一般见识。为了表示诚意，这杯酒我干了，以后……”

靳明话还没说完，夏一成就从沙发上站了起来，嘴角带着弯弯的笑，看起来心情还不错的样子：“你要跟我喝？”

靳明端着杯子，用力地点了点头：“夏少，能跟您喝酒是我的福气。赏个面子吧，以后任凭您差遣。”

孙雪梅、董如兰等人一看，也连忙走过来，虽然心中忐忑又惶恐，面上却都带着大大的笑容：“夏少，我们之前也有做得不对的地方，真是对不住了。那都是玩笑话，都是邱明磊指使我们做的。您可别往心里去，喝了这杯酒，咱们还是同学。”

“对，对！喝酒，喝酒。”

夏一成嘴角带笑地听着这些人急切又热络的话，然后微微倾斜了身子，看向被这一大群人遮挡的邱明磊。屋子里的灯光有点暗，他看不清楚邱明磊面上的表情。

不过也无所谓了。

夏一成无视做小伏低的同学们，双手插兜朝门外走去。沈露露姿态优雅地起身，往前走了两步，挽住夏一成的胳膊。

靳明等人面面相觑，忍不住开口："成哥，夏少，我们以前真的做错了，您大人有大量……"

夏一成走到门口，突然停顿了一下。

屋子里的人都期待地看着他。

夏一成转过头，目光冷冷地从这些人身上扫过，然后微微一笑："我，向来只跟人喝酒，不跟狗喝。"

说完，他离开了房间。门在脸色惨白的众人面前关上了。

03

步履平稳地出了门，夏一成的嘴角高高扬起，转过走廊来到大厅的时候，他终于抑制不住地大笑起来。

"哈哈哈……爽啊！那群傻子，果真傻出了境界。"夏一成拢了拢自己的衣服，笑着说。

沈露露靠在一旁，看着这个男人就跟赢了游戏的小孩子般欢喜地笑着，也忍不住笑了出来。

大厅中的很多人都看到夏一成摇头晃脑地蹦跶出来，惊讶地张大了嘴。更令众人惊讶的是，明星沈露露亦步亦趋地跟随在这个好像喝多了的人后面，不仅没有半点儿嫌弃，还一脸乖巧的模样。

出了娱乐厅的大门，沈露露见夏一成发泄够了，走上前挽住他的胳膊，笑着道："既然那群人能让成哥你这么高兴，以后多多把他们找来给你耍耍不就好了？"

夏一成轻笑一声："那群傻子？他们还不够资格给我耍。以后我不会再见这群人了，跟他们装样也就爽这一次，以后再装就是降低我的档次。”

沈露露掩唇一笑：“成哥，你真帅。”

大街上车水马龙，夏一成从昏黄的路灯下走过，一直到十字路口才停下来。

沈露露看了看人潮汹涌的十字街头，冲夏一成柔媚一笑：“成哥，我们要去吃东西吗？”

夏一成转头看了她一眼，化着淡妆的沈露露很漂亮，皮肤在灯光下呈现出一种瓷质的嫩白，只是与想念中的人还是不同的。

“你先回去吧。”夏一成抽回自己的胳膊，懒洋洋地看着远处的大桥。

沈露露一愣：“那成哥……”

“我自己走走。”夏一成双手插兜，踢踏着脚步，径自朝大桥走去。

沈露露站在路边，望着夏一成远去的背影良久没动，夜风吹过，扬起她的衣角。

这座大桥很宽，桥上往来的车飞似的从夏一成的身边驶过。他来到上次遇见恶魔的位置，那里有一对年轻男女正在说笑。

夜色好像并不如想象中那么黑，大桥两侧的灯光能够将桥边照得很清楚。夏一成慢吞吞地从桥上走过，总觉得会有一股浓墨般的黑雾将自己包围，可是直到走到了桥另一边的小超市门口，恶魔都没有出现。

重新站到桥边，夏一成被浓重的夜色包围。这里是自己新人生的起点。想着那夜之后自己无限得意的人生，夏一成先是低笑，然后声音越来越大，变成了狂笑。

“哈哈哈哈哈哈哈哈……”

夏一成的声音在桥上回荡，最终融入看不见的夜色中。

他就像一个酩酊大醉的酒鬼，形态癫狂，笑了个彻底。看着如墨般的天空，他大声吼道：“还有谁？还有谁能挡我？”

不知道过了多久，夏一成终于笑够了，慢慢地直起腰，站在大桥上，望着远处波涛汹涌的江水，久久没动。

自从看见夏一成从娱乐厅出来，陈斌就开着车一直跟在他的身后。

“哥，夜里风凉，别伤了身子，咱们回去吧。”陈斌拿着一件风衣披在了夏一成的身上。

“阿斌啊。”夏一成转头看着陈斌，拍了拍他的肩膀，“好好跟着哥混。”

陈斌笑了：“那是当然，我不跟着成哥你混，跟谁混啊？”

“走！”

夏一成随着陈斌朝停靠在一旁的车走去。那里一共有三辆车，七八个人站在车外面，一动不动地等着他们过去。

“哟，这就是你找的人？”夏一成问。

陈斌道：“对啊，这几个都是上得了台面的，我先带来给成哥你看看。”

夏一成走近了，挑了挑眉：“还行。”

“成哥好！”众人齐声说道。

夏一成一下子就笑了，眉毛得意地挑起。

见夏一成过来，早有麻利的家伙小跑两步来到车门前，弯腰为他打开车门，还把手放在车门上方以防夏一成碰头。

夏一成看了那人一眼，长得很精神，浓眉大眼的，就是太瘦了，将近一米八的个子，跟竹竿似的。

那人见夏一成看自己，立刻笑了：“成哥，请。”

夏一成点了点头，坐进去。

陈斌坐在司机的位置，车里只有他们两个，他从后视镜看了夏一成一眼，问道：“成哥，咱们接下来做什么？”

夏一成支起胳膊肘靠在车窗上，看着车窗中倒映出的自己的面容，勾了勾唇角：“接下来，当然是有仇的报仇了。当初谁赢过我的钱，欺负过我，我要一个一个地清算，百倍奉还。还有那个害得我倾家荡产，害得媛媛离我而去的家伙，我绝不会放过他，绝不。”

陈斌点点头：“好，现在我手下的人多，两天就能把这些人全都给你找出来。”

夏一成点了点头，随口问道："刚刚给我开门的是谁？"

陈斌开着车拐上了大道："他叫张志科，原本在一个舞厅看场子。他认识的三教九流的人也多，一听说我要招人，第一个就跑来了。人挺机灵的。"

"不错。"夏一成夸奖了一声。陈斌看了看他，随即懂了。

三辆漆黑的轿车驶入夜色，很快就不见了。

这天晚上，Z 市的媒体都疯了，争先恐后地报道市内最大的龙头企业明浩集团破产的消息。天还没完全亮，铺天盖地的消息就传遍了整个 Z 市，无论是商界，还是娱乐界，都在热火朝天地讨论着这件事。

听说邱家破产后，他们的房子、车等所有的财产全部被充公，一家人潦倒不堪地去投奔了远房亲戚。

而这时候，夏一成在别墅中见到了陈斌为自己带来的保镖。

清晨的薄雾还未完全消散，四十七个身穿统一黑色西装的人就列队站在了别墅花园中。

夏一成从屋子里出来的时候，这群人已经在院子中站了近三小时。一见到夏一成，他们依旧中气十足地喊道："成哥好！"

夏一成比谁都明白，一切才刚刚开始。

之后的每一天，他的人生将会如一曲高昂的乐谱，从按下第一个音符开始，音调就会不断地拔高，响彻层云，好似进攻的号角，一往无前！

看着那些人，夏一成不自觉地提高了声音道："只要你们在我手下好好做事，把你们的老大——也就是我——保护好了，钱，不是问题。"

"谢成哥！"

整齐响亮的口号惊起了林间的鸟，一群小鸟惊慌地从他们头顶掠过，飞向天际。

晚上，夏一成包下了 Z 市最大的富蕴酒店，带着自己新收的保镖，浩浩荡荡地走了进去。

顶级豪华的房间中，硕大的玻璃灯光闪耀着钻石一般的光彩，硕大的餐桌能够容纳几十人，夏一成双眸带笑地看着自己手底下的人。

来了这么一位财神爷，酒店老板施运强亲自上阵为夏一成服务。夏一成嫌照着菜单一个个点菜太麻烦，脸上露出了些许不耐烦。

这时候陈斌还没到，一直跟随在夏一成身边的张志科立刻很有眼色地走上前，对施运强道："还点什么啊！我们夏总既然来了，那就上你们酒店最好的菜、最好的酒，这样才配得上我们夏总的身份。"

施运强今年四十岁出头，每日跟各种人物打交道，早已经精明得跟老狐狸似的。他当即会意，对夏一成赔笑道："是我糊涂了，夏总能够赏光来富蕴是我们的荣幸。请您稍候，我们后厨一会儿就把热菜端上来。"说完，他就出去了。

夏一成笑眯眯地看着张志科，对他勾了勾手。张志科立刻乐呵呵地弯着腰跑了过去："夏总。"

夏一成拍了拍他的肩膀："你小子不错，跟着我好好干。"

"是！"张志科眼睛亮亮的，脸上的欣喜藏也藏不住。

夏一成大大咧咧地坐在沙发上，他的手一动，张志科就殷勤地拿起一旁的雪茄盒子，动作小心地取出一根放到夏一成的手上，然后给他点上。但夏一成并没有吸，就那么让雪茄在指间燃烧。

"来，都跟我说说，你们是谁。"

列成一排站的保镖们听到夏一成的话，便开始依次介绍自己。夏一成听着听着就笑了，这群人的身份还真是五花八门。

段浩青，三十六岁，退役运动员，是陈斌为夏一成选的贴身保镖。

张志科，二十七岁，在舞厅看过场子，最会看人眉眼行事，据说本人也好赌，有一屁股的赌债。

林峰，陈斌的哥们儿，原本是给富商开车的，但因为富商破产而失业，见陈斌发达后就主动投奔了过来。

……

其中甚至还有两个高才生，但夏一成对高才生没兴趣，反而笑眯眯地看着张志科："你也会赌？"

张志科赔着笑："算不上会，就是喜欢这个。"

夏一成哈哈大笑起来，把手里燃烧了一半的雪茄往张志科面前一递："来，赏你的。"

张志科立刻接了过去："谢谢成哥，谢谢成哥。"

"成哥！"陈斌这时候推门走了进来。

夏一成挑眉："你干吗去了，怎么现在才来？"

陈斌擦了一把额头的汗："如果不是被几个人拦了路，我早来了。"

"有人拦路？什么人啊？"

陈斌灌了两口水，抹了抹嘴道："我也不认识，但他们说是成哥你的朋友。咱们不是把这个酒店给包了嘛，闲杂人等进不来，他们非让我给带进来。"

"我朋友？"夏一成想了想，"谁啊？叫什么名字？"

"我真是一成的朋友！就让我们进去吧，我们是来投奔他的。"

"一成，一成，老朋友来投奔你了。"

酒店门口传来争吵声，夏一成走到门口看过去，在看到那些人的时候就笑了，还真是老朋友。

"大兄弟快让我们进去吧，你没看见一成都笑了吗？"

孙耀祖仗着自己力气大，从门口几个保镖的夹缝中挣脱了出来，一溜烟地跑到夏一成身边。

"你懂不懂规矩？不是说了成哥不想见你们吗？"陈斌有些不满地看着那家伙。

孙耀祖长得人高马大，但身上的衣服皱巴巴的，不知道几天没洗了，头发也乱糟糟得如同鸡窝，板正的脸上带着谄媚的笑，看着就让人觉得不舒服。

"哈哈哈，我这不是着急想要见成哥吗？"孙耀祖挤开站在夏一成身边的段浩青等人，来到夏一成身边说，"成哥，听说你发达了，我们几个可都来投奔你了。"

夏一成上上下下地打量了孙耀祖一眼："看起来你小子最近混得不行啊。"

孙耀祖愁眉苦脸地叹了口气："唉，倒霉！我都连输三晚了，裤子都快输光了！"

抱怨完，孙耀祖一瞥夏一成，立刻又道："哪里能跟老兄你比！你的大名在兄弟间都传开了，谁不知道当初一起玩牌的兄弟现在成赌王了，把你传得那个神啊！我听了心痒痒，这不赶紧来投奔你了。"

这时候，门口另外三个人也被放了进来，同样谄媚地说："是啊，成哥，您现在可算是发达了，我们哥儿几个就觍着脸来了。看在以前交情的分上，成哥您也收下我们吧。"

陈斌与其他人都看向夏一成。夏一成摸着下巴，眼睛随意地落在孙耀祖等人身上。

以前的交情？他们以前有什么交情？不过是曾经一起在地下赌场玩过，都是赌场中的常客，一来二去混了个脸熟罢了。

不过，看着以前的赌友如此战战兢兢地恭维自己，夏一成不可抑制地感觉到了兴奋，比赢了钱更让他兴奋。曾经，他们都是被人唾弃的赌徒，多少所谓的正经人对他们冷嘲热讽，可是现在……

夏一成放眼看去，所有人都对自己毕恭毕敬，这是为什么？因为他赌赢了。输了，所有人都嘲讽你；可一旦赢了，所有人都会来巴结你。夏一成从来都不认为赌博有错，错的是输。输了，自然就是错了。可他再也不会输了，他会永远赢下去，因为他和恶魔签了契约。

孙耀祖等人摸不透这个昔日的赌友在想什么，见他直勾勾地盯着自己却又不说话，不由得惴惴不安起来。几个人相互对视一眼，最后孙耀祖不得不硬着头皮道："如果给成哥添麻烦了……"

"不，不麻烦，"夏一成突然笑了，"不麻烦。你们能来投奔我，我还是很高兴的。"

犹如从寒冬被拉进了暖春四月，孙耀祖等人瞬间高兴得不知道该说什么，有一种受宠若惊的感觉。

夏一成手一挥："都留下吧，如果还有其他人想来投奔我，让他们来。"

"哎哟，成哥大气！"孙耀祖立刻打蛇随棍上，热情万分地说道，"成哥，您不知道，您的名字在地下赌场都传疯了，多少人都想跟着您，认您这个大哥，只是苦于没有门路罢了。"

听了这话，夏一成顿时飘飘然起来："想来都让他们来，你去安排。"

"是是是！"

见夏一成都拍板了，陈斌也不好再说什么，于是笑着道："行，以后都是兄弟了。"

"兄弟，兄弟！"孙耀祖立刻跟陈斌握手。

有了夏一成的保证，孙耀祖第二天就把夏一成要收小弟的消息放给了一帮熟悉的赌徒。从这天起，Z市内最底层的赌徒仿佛找到了人生的指路明灯，一个个全都投奔了过来。

"陈哥，我觉得那些人真不是好东西。我查了几个，要么为了赌倾家荡产，要么就是渣滓，这些人……"段浩青欲言又止地看着陈斌。

陈斌手上点着雪茄，看着别墅中新开的闹哄哄的赌场以及坐在一边笑得开心的夏一成，吐了一口烟圈后才道："算了吧，这群人也翻不出天，左右不过是给成哥逗乐子的。"

段浩青还想说什么，陈斌冲他摇了摇头："无所谓了，咱们现在这么有钱，也正是用人的时候，先留着他们吧。"

段浩青无奈地说："好吧。"

抽完一支烟，陈斌拍了拍段浩青的肩膀，朝夏一成走去："成哥，收购明浩集团的事情已经办好了。现在您是公司老板，董事要求开会都两天了，您看是不是该去一趟？"

夏一成正无聊着，听了陈斌的话觉得去自己的公司玩玩也不错，于是耸了耸肩道："那就去吧。"

04

搞垮邱明磊一家之后，夏一成就以极其低廉的价格收购了处于破产清算中的明浩集团，并将其改名为一成集团。

经过产权重组等法律程序，这个曾经为邱家创造了无数财富，一度将邱家送上Z市首富的公司，彻底地改名换姓成了夏氏集团的一个下属公司，并且会在接下来的时间里为夏一成创造出更多的财富。

公司总部还设在原来的大楼中。

夏一成这一迅猛的动作震惊了Z市很多掌权的人物，于是继邱家破产后，大家将讨论的焦点全都放在了这个突然出现的神秘富豪身上。当夏一成的车开到公司大楼门前的时候，相机的快门声噼里啪啦地在车外响起，直到出动了数十个警卫，夏一成才顺利进入公司。

一成集团的高层会议，偌大一个会议室坐得满满当当，大大小小的管理者都来了。

一个这么大的公司竟然在一夜间发生如此颠覆性的变化，东家破产，他们也面临失业的危机，这是谁都没有想到的，每个人都被打了个措手不及。

在座的公司管理者偶尔低声交谈，气氛很是沉重。尤其坐在最前排的几个董事，他们面色凝重，一言不发。山雨欲来的气势令整个会议室都呈现出一种低气压。

那些在明浩集团工作了一辈子的老人，他们的利益早已经与明浩集团绑在一起。而现在，他们所拥有的一切都摇摇欲坠，可能未来的一切都会因为新老板的一句话而改变。

时间一点点地过去，会议室焦灼的气氛也越发明显，所有人都想见识一下这个新老板到底是什么人。

咔。会议室的大门被推开，穿着休闲服装的夏一成在陈斌的陪同下迈步走了进来。

"抱歉，来得有点晚了。"夏一成冲大家咧嘴一笑，然后坐到了那张空着的真皮椅子上。

一瞬间，一众西装革履的精英全都看向了夏一成。

会议室里出现了一阵骚动。集团最高层的几个老狐狸还算克制，只将夏一成上下打量了一番就收回了目光。其他人的目光却十分放肆，他们不仅审视着这个看起来吊儿郎当的家伙，甚至小声地议论了起来。

“这就是我们的新老板？这也太年轻了吧？”

“对啊，看样子也就二十多岁。他是怎么得到我们公司的？难道真如传闻所言……”

“看他的样子也不像什么大人物……”

议论的声音如蚊子哼哼般传遍会议室的每个角落。夏一成笑眯眯地扫视过去，整个会议室瞬间安静下来，所有人都低下头。

夏一成对众人说道：“虽然这家公司的姓氏换了，但我不会裁员。只要大家认真工作，曾经的福利以后都不会变，而且年底的分红谁都少不了。”

这几句话稍微打消了一些人的疑虑，但是很多人对夏一成的能力还是存疑的。会议室的气氛有些凝滞沉重，众人看着自己手里的文件，虽然都没有说话，但是心里却在不住地打鼓。十几双怀疑的眼睛从四周看向夏一成，沉默的空气中满是无声的质疑与谴责。

夏一成眉梢一动，嗤笑一声：“你们这是什么意思？说话啊？”

为首的几个董事安静地坐着，一言不发，看都不看夏一成，但是不合作的态度清清楚楚地传达了出来——他们对这个新上任的老板并不满意。

夏一成用手点着自己的太阳穴，耷拉着眼睛扫视了在座的这群人一眼。他其实并不喜欢这样的会议，这些人只要好好地给自己工作，把公司打理好，能够像以前一样发展就行了。但是他们现在什么话都不说，还玩起了心理战……

嗒，嗒，嗒……

夏一成有些无聊地敲击着桌子，笑了笑，然后猛地一拍桌子，把在座的心思各异的公司管理者们全都吓了一跳，他们惊讶地看向夏一成。

“这样吧，咱们来打个赌。”

打赌？参会人员实在摸不准这个新老板葫芦里卖的是什么药，打赌？打什么赌？

夏一成看着坐在会议圆桌最前面的几个董事，笑吟吟地说：“就跟你们赌，从现在起，整个公司的员工都会忠于我，而且所有人都会比以前更加努力地工作。”

所有人都无语了。

“打赌总会有赌注的。如果我输了，就把自己现在拥有的股份分给在座的每个人；如果我赢了，你们就好好地工作。怎么样？很合理吧？”

“夏总的意思是，但凡公司有一个人背叛您，不好好工作，就是您输？”一直没有开口的董事吴正可慢吞吞地说道。

夏一成笑了笑：“对，就是这个意思。”

吴正可跟自己身边的几个人交换了眼神，说：“好，那就赌了。”

夏一成笑得更开心了。

会议室很多人突然觉得这个老板虽然有点疯，但是比那个太子爷邱明磊要好很多，最起码还能够为公司着想。而且这个赌看起来就必输，他竟然敢把自己所有的股份押上，单凭这份魄力就很让人信服。

看来一成集团的前途并没有他们想象中的那样令人忧心，还是很光明的。

“行了，咱们也相互认识了，这个赌也打了，没什么事就散会吧。”夏一成从椅子上站起来，拿起手机就要走。

其他人却是一惊，立刻道：“夏总，咱们的会议还没开始呢。”

夏一成动作一顿：“什么？”

接下来的十几分钟里，夏一成充分理解了什么叫“会议还没开始”。

从他的左手边起，公司各个部门的一把手开始依次向夏一成汇报工作。而每个人的手里都拿着厚厚的一沓文件，站起来后就开始滔滔不绝地说，大有说个天荒地老的架势。

夏一成百无聊赖地坐在椅子上，耳朵里进进出出全都是那些人的专业术语，听得令人心烦。

不仅如此，这些部门经理为了在新老板面前表现，个个声音洪亮，语调抑扬顿挫，还自作主张地加长了自己的汇报时间，让这一场本就冗长的会议变得更加遥遥无期。

耐着性子听完一个人的汇报后，夏一成就已经有点坐不住了。他将手机滑开，开始噼里啪啦地玩游戏。

偌大的会议室中，本来除了正在汇报的人的声音，并没有其他动静，可是渐渐地，这些人耳朵的都竖了起来：这是什么声音？仔细听了会儿，有的人脸色就变了。众人看着坐在最前方认真玩手机的夏一成，不约而同地沉默了。

玩了两局后，夏一成又无聊地点开微信，无视了沈露露给他发的语音，又随便翻了翻朋友圈。突然，他的手一顿，手机画面上正是靳明发的最新自拍照——他穿着一身保安服，背景就是一成集团的大楼。

夏一成静静地看了那张照片一眼，然后笑了，突然开口道："咱们公司有一个叫靳明的保安吧？"

正在汇报的人一愣："什么？"

会议室里的人也都摸不着头脑。

夏一成抬了抬眼皮，手机往桌子上一扔："一定有这么个人，把他给我换个岗位干活儿……"说到这里，夏一成想了想，"让他干什么好呢？哦，就让他倒垃圾吧。"

"倒垃圾？"人力资源部的经理疑惑地问。

夏一成勾起嘴角："嗯，大楼里所有厕所的垃圾都让他倒，干得不好就扣他工资。"

人力资源部的经理一头雾水地点了点头，他连这个"靳明"是谁都不知道，可大老板已经发话了，就必须得办好。

夏一成把这件事交代完，整个人也舒坦了，懒洋洋地靠在椅背上，手指敲击着桌子，一字一句地对整个会议室的人道："我这个人小气得很，谁要是得罪我，我就会把他往死里整，懂了吗？"

那些管理者脑门儿上的汗都流下来了："懂了，夏总。"就在这时候，会议室的门被打开了。陈斌探头探脑地看进来，刚冲夏一成笑了笑，就发现所有人都在看着自己，顿时一愣，立刻就要退出去。

夏一成一眼就看见了陈斌，冲他招招手，道："阿斌，什么事啊？进来说。"

会议室中，原本看着门口的人又齐刷刷地看向夏一成。

"夏总，我还没汇报完。"举着一堆材料的经理很是震惊地看着夏一成。刚刚因为一个小保安打断他，现在还让一个闲人进来……

夏一成不耐烦地摆了摆手："你们都出去。"

会议室内顿时安静下来，所有人都瞪大了眼睛，诧异地看着夏一成。作为管理层的人员，这些董事、部门经理还从来没有遇到过会议才刚开始就被赶出去的情况。正在汇报的经理翻着自己手上精心准备的会议材料，皱着眉道："可是我说的这些很重要啊，这都是下一季度的……"

夏一成的脸色一下子沉了下来，他敲了敲桌子，手指着会议室的大门："滚出去。"

那经理愣了一下，脸色瞬间涨红，手有些发抖地把桌子上的材料整理好，然后第一个走出了会议室的大门。想到刚刚夏一成说过的话，其他人也不敢多待，立刻带着东西离开了。等会议室的人走光后，陈斌走了进来，有些忐忑地问："这样好吗？"

夏一成靠在椅子上，漫不经心地说："有什么不好的，那些乱七八糟的东西我就不爱听，他们只要能给我挣钱就行了。"

陈斌深以为然地点点头。

"对了，找我什么事？"夏一成问他。

陈斌道："嘿嘿，成哥，告诉你个好消息，当初害你输得倾家荡产的家伙找到了。"

夏一成猛地坐直了身子："周锦光？"

"对，就是他！"陈斌道，"而且我还打听到了一些你不知道的内幕。"

"什么内幕？"

“就是你跟他的那场赌局，根本不是他赢了你，而是他联合其他人出‘老千’！”

“你确定？”

“确定！是他们的一个同伙说的！”陈斌信誓旦旦地说道，“你要是需要，我把那个同伙给你找来。”

夏一成沉思了一会儿才笑出声：“呵。”

会议室内的冷气十足，可此刻夏一成身上的冷意更浓。他直直地望着身前一片空白的墙壁，目光涣散，没有任何焦点。

周锦光，周锦光……

那个把自己带进圈子的人，那个令自己从此沉沦赌场再也出不来的家伙，那个让自己输光全部家当直到债台高筑的人，那个直接导致嫒嫒与自己分手的罪魁祸首。

原来是出老千啊！

夏一成自嘲地一笑，可笑他还以为真的是自己赌运不济。

人在怒到极致的时候，总会出奇地平静。夏一成觉得有一股怒火从心脏中流出，随血液奔涌到全身，可他面上仍一派平静，平静到令他自己都觉得惊奇。

“成哥，要不要我找人把那家伙先揍一顿，给你出出气？”陈斌压低了声音说。

夏一成眼眸一动，回过神来，轻轻地摇了摇头：“不用，打人做什么？我不是早告诉你了，咱们又不是黑社会。”

陈斌疑惑地看着他：“那要怎么着？”

夏一成微微转过身子，看向会议室那扇巨大的落地窗。窗外的天空湛蓝，万里无云。他的手掌轻轻拍着座椅，慢慢说道：“他啊，我本来只是想让他也输得一无所有。现在，我不仅要让他倾家荡产，更要让他债台高筑，这辈子都翻不了身。”

陈斌站在夏一成的身后，小声地说：“是。”

会议室内一时安静了下来，夏一成没有说话，陈斌自然也不好开口。

又过了一会儿，夏一成口中冷冷地吐出了三个字："周锦光。"

虽然不认识这个周锦光，但陈斌非常确定，这家伙要倒大霉了。

就在这个时候，陈斌的手机响了，看到是张志科的来电，他想了想，当着夏一成的面把电话给接了起来："喂，小张啊，什么事？"

夏一成偏头看了陈斌一眼。不知道听到了什么，陈斌脸色有点不太好："真的？好好好，我知道了，我会告诉成哥的。"说完，陈斌挂了电话。

"怎么？"

"成哥，刚刚张志科得到消息，说邱明磊正在找人修理你。"

夏一成突然大笑："他找谁了？他现在可是负债几十亿的穷光蛋，有钱吗？"

"他是真没钱，但是找的那些人也不要钱，好像跟你有过节。哦，对了，领头的叫郑强。"

"郑强？"略微一思考就记起来了，夏一成轻轻笑了笑，"又是个傻子。"

陈斌道："那个郑强好像在到处打听你，然后邱明磊就把你现在在这里的消息告诉他了。"

夏一成摆了摆手："你去安排吧，我要一次性解决他们。"

"是。"

一成集团的地下车库分三层，每一层都很大，车库里虽然有灯，但光线依旧有些昏暗。夏一成带着陈斌去取车的时候，身后突然响起了一阵脚步声。

勾了勾嘴角，夏一成转过身看去。

郑强带着十几个人气势汹汹地站在他面前，手里都紧紧握着砍刀或者钢管。

"郑强，好久不见啊。"夏一成靠在自己的车上，冲郑强微微一笑。

郑强皱了皱眉，夏一成的反应并不在他的预料之中，但现在已经面对面了，比的就是气势。

"小子，你现在混得不错啊。"郑强用手里的砍刀拍了拍手，一脸威胁地说道。

“还成吧，饿不死。”

“可我们兄弟几个都要饿死了。当初你抢走的三百多万，现在该还了吧？”郑强脸色不善地看着夏一成，“加上利息，现在你给我一千万，我就放了你。否则的话，不小心把你胳膊腿儿砍了，就不能怪我们了。”

夏一成没有说话，只是淡淡地看着郑强，眼神轻蔑而嘲讽。

被夏一成的目光一激，郑强眉毛都竖了起来：“你别给脸不要脸！这次老子绝不会跟你打赌了！”

“噗。”夏一成突然就笑了，“哈哈哈哈……一群傻子，哈哈哈……”

郑强怒气直冲脑门儿，他再也忍受不了，举着砍刀就要冲上来！

第四章

复仇

01

啪啪！

陈斌拍了拍手，夏一成的身后如黑水一般拥出两队人。

一个、两个……十个、二十个……五十个……

数不清的黑衣人不知道从哪里冒出来，密密麻麻地占了地下车库的大半空间，把郑强他们团团围了起来。

郑强带来的小弟们瞬间慌了，惊疑不定地看着把他们包围住的那些人，手都在发抖。

“这，这……”郑强脸上血色尽褪，畏惧地看着夏一成。夏一成带来的人，手里全都是明晃晃的警棍。郑强知道，自己这次完了。

夏一成对陈斌使了个眼色，然后自己就进了车里。

他悠然地点上一支烟，深深地吸了一口又吐出来，在一片烟雾缭绕中，车外面一片鬼哭狼嚎。警棍打在人身上的闷响与人惨烈的呼喊声夹杂在一起，连绵不绝。不一会儿，郑强那群人带着绝望与恐惧的求饶声就响了起来，可是，已经晚了。

偶尔有人从电梯下到车库取车，看到这场景，立刻连滚带爬地返回电梯，生怕跑慢了自己也会被群殴。

等夏一成抽完一支烟，外面混乱的动静也小了，只剩下若有似无的哀号。

陈斌敲敲车门，对夏一成点了点头。

夏一成从车里下来，看着满脸血污趴在地上的郑强笑了。他走上前，居高临下地嘲讽道："你以为我还是以前那个被你们追得满巷子跑的夏一成？"

郑强一句话也说不出来。

夏一成踢了他一脚："傻子。"

接着，他又狠狠地踢了一脚："傻子！"

"傻子，傻子，傻子！"

连踢郑强数脚，夏一成才停下来。然后把郑强那群人扔到地下车库，夏一成带着自己的兄弟去了娱乐会所，疯玩了一夜。

而与此同时，前明浩集团的继承人邱明磊被人发现全身赤裸、满身伤痕，奄奄一息地躺在大街上。

解决了郑强、邱明磊这两个人，夏一成就把矛头指向了周锦光。

周锦光今年刚刚三十四岁，事业小有成就。他有车有房，有妻有儿，生活富足安康，在一家不小的公司做部门经理，无论走到哪儿都是昂着头、挺着胸。

当然，周锦光有一些不大不小的毛病，比如说嗜赌。他非常敢玩，最开始的身家就是赌出来的。虽然大家都说十赌九输，可是周锦光不一样。他输的次数不少，但是输的钱少；赢的次数不多，但是赢的钱多。因为他惯会出老千。

会出老千的赌徒，身边定然会有沆瀣一气的狐朋狗友。每次周锦光想坑人的时候，都会叫上自己会出老千的铁杆好友，再喊上那个被他盯上的倒霉蛋，凑一桌赌局。他一晚上就能够赢上十几万元，运气好的话，赢更多的时候也有。

今天早上，刚刚将车停在地下车库，周锦光就接到了一个电话。

“喂，周哥吗？我是小夏啊，夏一成。”

一听到这个名字，周锦光的眉头就皱了皱。

才过去几个月的时间，“夏一成”三个字周锦光自然不会忘。在他眼里，夏一成曾经也是一头肥羊，只是……那已经是曾经了。自从上次赌到借高利贷之后，夏一成便不再是他的提款机，也不再是什么肥羊了。

就在周锦光回味着上次出老千痛宰“夏肥羊”的场景时，电话那头又传来了夏一成爽朗的声音：“周哥，周哥？你听见我说话了吗？”

周锦光清了清嗓子，装作才回过神儿来：“哦，小夏啊，咱们可是好久不联系了。”

“这不是老家的兄弟做了笔生意，我去帮忙了嘛，哈哈哈……”夏一成满不在乎地说，“这段时间一直没在市里。还是做生意来钱多，我现在已经把以前的工作都辞了，专心跟着老家的兄弟做生意呢。”

“是吗？那还挺好，哈哈哈……”周锦光搞不清楚这小子想做什么，只能一边谨慎地寒暄着，一边朝公司走去。

“是这样的，周哥，上次咱俩分开后，小弟我这些日子又赚了一点钱……”夏一成很不好意思地说道。

“哟，又有钱了？是不是想玩两手？”周锦光的脸上有了笑意。

“那是那是。这几个月我挣了一些钱，也有十几万了，回来后想玩两把，却找不到场子了。我现在手实在痒痒，周哥，要不你再组织一场？”

周锦光笑了笑：“哦，你想再赌啊？哈哈，到底什么买卖让你几个月挣下那么多钱，哥哥我也想去干呢。”

夏一成没有任何犹豫地说道：“折腾房子啊，除了这个还有什么别的？不过，嘿嘿，不过这些事吧，要真说起来也是有点长。周哥，这样吧，咱见面谈？你攒个局，咱玩玩。”

“不巧了，我最近的确没有局……”周锦光玩起了欲擒故纵。作为一名职业赌徒兼做局者，他知道如何能将赌徒的瘾头勾到最大。

"没有局就凑一个呗，周哥。说真的，我这次连老板都带来了，说带他玩。我牛皮都吹出去了，没有局可不行啊。"

听着电话那头夏一成急切的声音，周锦光脸上的笑容越发灿烂："这样啊，要不我帮你问问吧，看其他人有没有空。他们要是有空，就攒一个局。"

"好嘞，周哥，靠你了。说实话，还是跟你们玩有劲。"

"哈哈哈，说的什么话。但咱先说好了，如果这次你再输钱，可不许借高利贷了。"周锦光假装好心地劝告，自从上次差点儿"杀鸡取卵"后，他明白了什么叫细水长流。

夏一成略带不满的声音从那边传了过来："这还没赌呢，怎么就我输啊？前段日子我跟老家的人玩了两把，手气可旺呢。"

"行行，等找到人我再联系你。"

两人寒暄了几句后，各自挂了电话。

周锦光对着手机哼笑一声："傻子年年有，今年特别多啊！"接着，他拨通了电话，"老林，有一头大肥羊非要让咱们宰。"

老林笑哈哈的声音从手机那头传了过来："不宰白不宰啊。"

"说得好，他都送上门来了，那咱们就大发慈悲把他宰了吧。"

约好了周锦光，夏一成心情大好，看了看日期后更觉得犹如神助，当即让陈斌把自己第二天的时间空出来。

他要约会。

第二天是周末，赵媛媛接到夏一成电话的时候，正在打扫房间。

在近一个月的时间里，夏一成虽然没有再次出现在她面前，但每天的礼物送不停，手机里更是攒满了他的语音。赵媛媛将礼物都退了回去，微信也从来不看，甚至连手机号都拉黑了……

没想到，夏一成现在学会了用陌生号码联系她。

"媛媛，是我。你先别挂电话，听我说，"电话一接通，夏一成就语速极快地说，"今天是我们在一起八周年的纪念日，我今天想跟你在一起。”

赵媛媛握着手机的手微微攥紧。

她自然知道今天是什么日子。过去的七年里，每一年，他们都会在这一天约会。

“媛媛，我知道你还心存芥蒂，但是我要告诉你，我真的不赌了。我想跟你在一起，我想我们两个好好的。”夏一成放轻了声音，“我一会儿就到你家楼下，我们去学校看看吧，这么多年没回去了。”

挂断电话，赵媛媛呆立良久，长长地叹了一口气。她跟夏一成在一起八年了，自己岁月中最好的年纪都与夏一成有关，那些记忆深藏进骨髓，融入血液，已经成了她生命的一部分。

这个请求，她没有办法拒绝。

Z 大在市中心最繁华的位置。周末，学生多数出了校园，校园里面反而安静下来。

夏一成接上赵媛媛，驱车来到 Z 大。

赵媛媛一路没怎么说话，靠着车窗，望向外面。熟悉的环境呈现在眼前，即便是一直冷漠的赵媛媛，神色也缓了下来。

夏一成将车停靠在路边，与赵媛媛一起走进校园。

大学四年，他们几乎走遍了学校的每一处角落，像所有平凡的男女朋友一样，一起上课、上自习、去图书馆……

校园里很安宁，路两旁茂盛的树木遮阴纳凉，斑驳的光点从树叶缝隙间落下。

看着身边的人，赵媛媛有种时空错乱的感觉，好像离开校园后的四年时光消失了，他们还是这所学校里最普通的情侣，每天最大的烦恼不过是三餐吃什么，去哪里上自习……

中午的时候，夏一成带着赵媛媛去了食堂，坐在他们曾经最爱的窗户边上，吃着食堂里被吐槽了一遍又一遍的饭菜。

“唉！这么多年了，食堂大厨的水平竟然如此稳定。”夏一成夹了一筷子菜，叹了口气，同时把西瓜炖茄子放在赵媛媛面前，“你的最爱。”

每个学校的食堂总有爱好推陈出新的厨子，那些出人意料的创新菜品总能享誉各大高校社交网站。赵媛媛最爱尝试每一道新品，无论好吃与否，都能坦然接受。当然，作为试验所需要的小白鼠，夏一成非常尽职尽责，四年来他的味蕾经受住了考验。

老习惯，夏一成身先士卒夹了一筷子，以一副赴死的表情吞咽下去。赵媛媛一直绷着的脸不禁绽放出笑意，像是阳光突然穿透厚厚的云层照耀在大地上。夏一成看着笑起来的赵媛媛，心都暖了。

这一天，他们逛了很多以前常去的地方。学校外面的小吃店已经翻新，老店家走了，新的美食店驻扎进来，时间在这个时候突然显现出来，没有什么是不变的。

晚上八点，夏一成将赵媛媛送回家。这一整天，他的心都是飞扬的。终于，赵媛媛对他不再是冷眉冷眼，一切都这么美好。

“就到这儿吧。”

夏一成要送赵媛媛上楼的时候，被她拦了下来。

“不请我上去坐坐？”

面对赵媛媛的拒绝，夏一成知道自己应该礼貌地离开，可他不舍得。

赵媛媛偏头看着他，清秀的容颜在暖黄的灯光下仿佛有一抹玉质般的温润，她迟疑地说：“我不信你戒了赌。”

赌，是横亘在他们两人之间最大的深渊，谁都跨不过去。

夏一成的脸色没有任何变化，他早已把话想好了。

“我之前投资赚了点钱，现在辞职了，开了自己的公司。媛媛，我不会再赌了，你相信我。”

赵媛媛看着他，没有说话。

在过去很长的一段时间里，夏一成发过很多次誓要戒赌，可每次都让赵媛媛失望了。这一次，她应该相信他吗？赵媛媛不知道，但她的心已经动摇了。万一他真的戒了呢？万一他真的不赌了呢？

“媛媛，我爱你，我是真的爱你。”夏一成看着她，认真地说，“我现在以及未来的所有努力，都是为了你，你要相信我。”

赵媛媛低头，再抬起的时候，眼睛里多了一抹笑意："我现在还不能相信你。我要考察你，如果你被我发现……"

如同一个被赦免死刑的人，夏一成满心的欢喜雀跃，他一把抱住赵媛媛："我爱你，你要相信我。"

赵媛媛将头靠在夏一成的肩上，与他抱了一会儿后，挣脱了夏一成的怀抱，往楼上走去。

"你要考察多久？"被关在门外的夏一成问。

"考察到我相信你的时候。"赵媛媛冲他挑眉。

夏一成眉梢眼角的笑意一直没消失。

作为从小玩到大的死党，陈斌对夏一成甚为了解，他看得出来，夏一成现在的心情是真的好。

当然，在赌城赢钱、收购大公司之类的事情也会让夏一成高兴，但那种高兴绝不是现在的样子：笑起来眉眼弯弯，嘴角翘着，对着手机傻乐……一看就是，他恋爱了。而且这种状态，明显是跟沈露露在一起的时候不会有的。

陈斌在夏一成的别墅里环顾了一番，发现那女明星不见了，心里便有了数。他来到夏一成面前，悄悄地问："哥，你跟媛媛姐复合了？"

正在跟赵媛媛发微信的夏一成一把将手机收起来，不让陈斌看。

"去去去，你懂什么。"

陈斌想，看来他是和媛姐复合了。

眼见距离跟周锦光约定的日子还有不到一星期，陈斌不得不过来提醒一下这位似乎已经将其他一切忘光、完全陷入甜蜜恋爱中的先生。

"我知道，没忘。"夏一成脸上的笑意一点点淡下去。

他当然不会忘。几个月前，就是周锦光那群家伙合伙做局，在赌桌上骗光了他的钱，并最终导致赵媛媛跟他分手。

这群骗子，夏一成自然不会放过他们。

"他们答应跟我赌，那我肯定要玩死他们。"

这时，夏一成的手机嗡地响了一下，是赵媛媛发来的语音。

自从上次约会后，夏一成就天天跟赵媛媛腻在一起，即便分开了，也是微信、电话不断。他将自己待在办公室的照片一张张地发给赵媛媛，告诉她自己每天都在认真工作，再也不会赌博了。

在夏一成连续不断的攻势下，赵媛媛的拒绝终于出现了松动。

“今晚我会陪媛媛出去玩，跟姓周的赌局的事情，你安排一下。”

“嗯。”

“公司运行得怎么样？”

“咱们请来的那几个经理人真不是吃干饭的，这些天对公司进行了资源重组，公司的盈利也增加了。”说到这个，陈斌就抑制不住地兴奋。

“那就好。”夏一成倒没真的把公司放在心上，偶尔问问罢了，“去公司走一圈，然后我去接媛媛吃饭，走吧。”

赵媛媛觉得自己快要原谅夏一成了。

这段时间以来，在赵媛媛的眼中，夏一成认真工作，努力上进，对待她也更加用心，不再处处撒谎，也不再去乱七八糟的地方赌博。他们像以前一样，夏一成风雨无阻地接送她上下班，下班以后一起吃饭、看电影，或者只是单纯地散步。那些激烈的争吵似乎真的远离了他们，一切似乎已经无可挑剔。

但赵媛媛始终没有松口，直到夏一成将一枚戒指举到她的面前。

装饰精美的餐馆内，气氛安宁，空气中流动着轻柔的音乐。

面对突然出现在眼前的戒指，赵媛媛抬眸看向夏一成。

“媛媛，我爱你。嫁给我好吗？”

赵媛媛说不出自己心里是怎么想的。

两个人在一起这么久，不可能没有谈论过未来与婚礼，但那都是在发现夏一成沉迷赌博之前。当初幻想得多美好，现实带给她的毁灭就有多惊心。她早已心灰意冷，对两人的未来不再抱有任何期待。然而，这些天夏一成无微不至的关心、浪子回头一样的表现，又让她看到了希望。

尽管如此，这枚戒指出现得依旧太过突然。她还没有想好。一年多的争吵是横亘在两人之间的巨大裂痕，需要时间去弥补，现在谈论婚嫁太过仓促。

赵媛媛将戒指推了回去，笑着低下头："吃饭。"

夏一成面上闪过失落，苦笑道："以前是我错了。这枚戒指，我会一直为你留着，直到你把它戴在手上。"

赵媛媛动作一顿，却没有接话。

接下来的几天风平浪静，赵媛媛的心却像被什么勾着。每天她都在思考那枚戒指以及戒指背后所代表的意义。她不敢轻易下决心，只能不断地权衡，脑海中仿佛有两个小人在不停地撕扯——一个告诉她原谅夏一成，他们会幸福；一个却在不断地发出警告，提醒着她过往的一切。

几天后，到了与周锦光约定的时间。

夏一成带着陈斌来到一栋看起来很普通的民房。他抬头看了看四楼亮着灯光的那间房子，嘴角一勾，问道："安排好了吗？"

陈斌挑了挑眉，答道："必须。"

"那咱们走吧。"

楼道里的灯随着夏一成他们的脚步声亮起，等他们走远，又缓缓回归黑暗。

嗒嗒嗒。

敲门三声，周锦光透过门上的猫眼看了一下，笑容满面地将门打开："哎呀，小夏你来得够早啊。"看到夏一成身后的人，周锦光似乎有些惊讶，"小夏，你还带人来了？"

"这就是我刚刚认识的工厂的老板。"夏一成靠近周锦光，压低了声音道，"这人有钱，他脑子不错，玩得也溜。"

周锦光打量了陈斌几眼，见这家伙穿着一身名牌，脖子上还挂着明晃晃的金链子，眼里顿时多了几分蔑视，但是面上依旧和气地笑着："行，进来吧。你们来得早，其他人还没到。"

"我们俩在市里也没事干，又手痒痒，就比预定时间来得早了一些。"

夏一成搓着手进屋，视线一直黏在已经开赌的赌桌上。

陈斌神情有些高傲，对周锦光笑了笑，也一脚迈进了屋子。

这间房子里摆着几十张桌子，看起来规模不小。现在这些赌桌并没有全部坐满，有的已经开赌，也有的如周锦光他们一样在等人。为了防止赌徒作弊，泛黄的墙壁上安装着几个摄像头，也算是记录下证据。

周锦光预订的是一张足够坐五六个人的圆桌，在靠近客厅窗户的位置。桌子上摆着两盒还没开封的扑克，旁边的小茶几上零散地放着瓶装酒、杯子、香烟以及一些零食。圆桌旁坐着一个夏一成没见过的中年光头男子。男子一身肥肉，正在摆弄手机，见到夏一成进来，抬头冲他笑了笑。

“这是胖哥。”周锦光不动声色地看了光头男子一眼，寒暄道，“小夏，你们应该没见过吧？”

“没有，第一次见。”夏一成随口问道，“周哥，其他人几点到啊？”

陈斌也附和着说：“这都几点了，打电话催催啊。还有咱们今天玩什么？”

周锦光装模作样地看了眼手表：“人到齐了再决定玩什么吧，那两个家伙应该快到了，我催催他们。”

“好嘞，让他们快点，就说我这兄弟等不及了。”

十五分钟后，其余的两个人也到了。这两人和夏一成都见过，一个名叫吴鹰，一个名叫刘龙，都三十岁上下的模样。

夏一成一看到这两人，就想起几个月前的那一幕，自己被他们骗光了所有的钱，还被揍了一顿扔到街上。这些人的嘴脸曾经多次出现他的在噩梦中。

夏一成的眼中隐藏着冷意，嘴角却弯起了弧度，他从座位上站起来，冲两人点点头：“上次真是不好意思了，是小弟不懂事，冲撞了。”

吴鹰是一个地道的东北汉子，笑哈哈地拍了拍夏一成的肩膀：“大老爷们儿谁没点脾气，兄弟你上次输急眼了，我们都知道。”

“还是几位大哥敞亮。”夏一成看着他，笑眯眯地说道。

“人全了吧，老周？”吴鹰喊了一声，自顾自地坐到位子上。

周锦光也跟着落座：“全了全了。”

这时，吴鹰看到了陈斌，挑了挑眉，问道：“这大兄弟眼生啊，新来的？”

周锦光不动声色地递给吴鹰、刘龙一个眼神：“这是小夏带来的，可是一个阔老板。”

陈斌朝吴鹰伸出手：“陈斌。”

吴鹰哈哈一笑，抓着陈斌的手握了握：“你好你好，我是吴鹰，旁边是我兄弟刘龙。来到一张桌子上都是一家人，玩好玩好。”

陈斌笑了笑：“以后咱常玩着。”

“对，常玩。”夏一成开始动手拆扑克。

周锦光坐夏一成的左边，陈斌坐右边，吴鹰挨着陈斌，胖哥、刘龙依次坐了过去。

陈斌看着桌子上的扑克，问：“咱们今天玩什么？我会的可不多。”

“陈兄弟你会玩什么啊？”周锦光一边洗牌一边问。

陈斌思考着说：“德州扑克、扎金花、二十一点，这三个我玩得还行。”

“要不还是扎金花吧？”刘龙坐下后就点了根烟，吞云吐雾地说道，“上次咱们不就玩的这个？”

“行啊。”

“可以。”夏一成也笑着点头。

周锦光动作熟练地洗好牌，同时笑着道：“下注啊，兄弟。”

胖哥也把烟点上了，叼着烟道：“这次怎么玩呢？小点还是大点？”

“我都行，手头还宽裕。”吴鹰大着嗓门儿道。

夏一成笑了笑：“那要不玩大点？”

“必须是大的，注太小有什么意思！”陈斌狂妄地说。

吴鹰顿时笑了，对其他人道：“看到没，小夏他哥儿俩这是憋着气想把上次输在咱兄弟手里的钱拿回去呢。”

“有这想法是好，就是别等输了钱又急眼。”刘龙斜着眼看夏一成。

夏一成连忙摆手："哎哟，那事怎么就过不去了？"

"钱有的是，输几个怕啥？"陈斌也点了根烟，吐出一口烟雾后，说道，"一万的底，怎么样？"

这话一出，其他人都微微一愣，毕竟以前打过最大的底也不过两千上下。

"我没问题。"夏一成耸了耸肩。

周锦光等人交换了一个微妙的眼神："看来这位陈兄弟的确是有钱人，而且小夏你最近真发了啊。"

"是啊，哥儿几个以前可没怎么玩过这么大的。"刘龙垂着眼皮，淡淡地说。

吴鹰瞥了夏一成一眼："这么玩，也不怕输个底儿掉？"

"事业红，赌运更红。"夏一成嘴角勾着，信心十足地说。

"也行，好久没玩这么大的了，要不咱今天就玩玩？"胖哥肥嘟嘟的脸上泛着油光。

"行啊。"周锦光眼睛和手都没离开手上的扑克，他在一片朦胧的烟雾中轻笑，"那今晚可都得仔细着点，好好玩了。"

"是得好好玩。"刘龙点着头应和。

周锦光洗完牌，将它们放到桌子上，同时一偏头对夏一成道："小夏，切牌。"

"不用不用。"夏一成连忙摆手。

"哎呀，让你切牌你就切。"急性子的吴鹰道，"别扭啥。"

夏一起笑着道："那好吧。"

切好牌后，周锦光开始发牌，一人三张，底注一万。

02

由周锦光的下家夏一成开始，夏一成没看牌，直接从银行卡上转了五万元放到第三家户头上。

一秒钟后，其他人收到了消息，顿时心里都微微一惊。

“呵呵，小夏你是真阔气啊。”周锦光淡淡地看了一眼夏一成手上扣着的牌。

夏一成无所谓地说道：“咱们玩这个不就图个刺激吗？我有直觉，这次能赢。”

陈斌也很利落地把钱转了过去，同时有些新奇地说：“没想到是这么下注的，在家里我们都直接拿现钞。”

“这样更安全。”看了看陈斌，周锦光眼中带着兴奋。

吴鹰打开自己的牌看了眼，然后考虑了几秒，也将钱转了过去。胖哥同样跟了。

刘龙却是翻了一倍，直接转了十万元。他那双细长的眼睛盯着夏一成，就像蛰伏在草丛里的蛇，不知道什么时候就会蹿出来咬人。

轮到周锦光时，他叹了口气:“今天这才刚刚开场，你们就玩这么大，难道要一局定胜负？”

“周哥真是说笑了，凭你的家底，这还不是小意思。”夏一成道。

“小夏啊，你真是高看你周哥了。”周锦光看牌之后，掏出手机，跟了个十五万。

夏一成还是没看牌，又直接转了三十万。

众人惊讶地看着手机上传来的消息，莫名地开始有点紧张。而更令他们紧张的是，陈斌轻笑一声，转了五十万。吴鹰作为夏一成的下家开始有些焦躁，他再次看了看自己的牌——同花黑桃，虽然并不是最大的牌，但已经很值得下注了。

但是五十万……赢了，就能够挣得几十万；输了，自己可就输了十一万，甚至会更多。

吴鹰转头看了夏一成一眼，却只看到他双眼放空，不知道在想什么。而一旁的陈斌更是一副吊儿郎当的模样，见自己看过去，他还皱了皱眉，把自己手里的牌捂得更紧了。看到他们两个人的样子，吴鹰心里更没底了，思前想后，最后狠了狠心，大手一挥，转过去六十万。

而吴鹰的下家胖哥没有任何犹豫就弃牌了。他生性保守，虽然好赌，但赌注一旦越过自己的底线，他就会毫不犹豫地撤退。

刘龙用眼角的余光看了周锦光一眼，却没有得到任何回应，想了想，跟上了。

“都豪气得很啊。”夏一成感慨道，又好像很高兴的样子，“这样玩才有意思嘛。”

夏一成话音还没落下，周锦光就跟了八十万。

“哟，还是咱周哥更大气。”夏一成靠在椅子上，似笑非笑地说道。

将钱转出去的瞬间，周锦光心中就隐隐有种不好的感觉，但这感觉一晃而过，快得像是错觉。听了夏一成的话，周锦光也没太多的表示，只是平淡地说：“不就是求个刺激嘛。”

现在桌上赌注已经逼近一百万，夏一成不耐烦地说：“要不我直接来一百万？”

周锦光转头看夏一成，随即目光又落在夏一成面前的纸牌上，他轻轻一笑：“牌你都不看，怎么敢下这么大的注？”

“因为我敢玩啊。”夏一成笑得很自信。

周锦光又看向陈斌：“陈先生也这么敢玩？”

陈斌随手把自己的纸牌倒扣在桌面上，重新点了一根烟：“小钱，小钱。”

夏一成笑吟吟地看着周锦光，眼中是抑制不住的开心，就好像这次的赌局已经赢定了似的。

周锦光微微皱眉，觉得夏一成似乎不一样了，好像有点无所畏惧，而他带来的陈斌似乎也不像看起来那么傻。

弃了牌的胖哥和下了大赌注的吴鹰、刘龙都看着他们，面色并没有多好看。

夏一成滑了一下手机，其他人都收到了提示——

一百万元。

吴鹰等人吸了一口凉气，觉得夏一成绝对疯了。周锦光平时从不抽烟，此刻也没忍住，从刘龙手里接过一根烟，深深地吸了一口。

底注一万，第一轮十万，第二轮三十万，第三轮直接到了一百万。一个小小的赌局，赌注高到如此离谱，而且夏一成还没有看牌。他依旧一副漫不经心的模样，好像刚刚划出去的不是一百万元而是一元钱，无关痛痒。

更令众人震惊的是，坐在夏一成下手的陈斌又转了一百五十万。

看到手机提示后，几个人都有点不淡定了。吴鹰的额头开始冒汗，胖哥却暗暗松了一口气。

这次，吴鹰和刘龙没有任何犹豫就放弃了。他们俩面色难看得要死，一双眼睛无比紧张地看着周锦光。

周锦光眉头紧蹙，事情的发展太诡异，完全出乎了他的意料。他再次看了眼夏一成，摩擦着手里的牌，不住地思量。

“周哥，你别光看我啊，跟牌不？”夏一成好笑地看了看眼睛一眨不眨盯着自己的周锦光，挑了挑眉。

周围嘈杂的声音第一次让周锦光感觉有些烦躁。他扶了扶架在鼻梁上的眼镜：“跟，当然跟，我这么好的牌，为什么不跟？”

“好气魄。”夏一成真诚地赞叹了一声。

“我两百万，开牌。”周锦光声音有些暗哑地说道。

夏一成看着他，点了点头：“那就开吧。”

陈斌身子往后一靠：“开吧，我没意见。”

“呵呵。我三张 K，‘豹子’。”周锦光将手上的牌翻了过来，果然是三个 K，他冲夏一成笑了笑，“我的运气不错。”

陈斌嗤笑一声：“三个 K 装什么？”

周锦光把自己的牌往桌子上一推，淡淡地说：“三个 K 不是最大，但是能赢牌，这就值得让我装。”

“哦，是吗？你为什么这么自信？”夏一成挑了挑眉，“如果我是三个 A 呢？”

“你是吗？”周锦光擦了擦自己的眼镜，讥讽地说。

吴鹰跟胖哥都笑了。出老千的手段非常多，周锦光等人已经驾轻就熟，只要不是故意紧盯他们，他们就绝不会出纰漏。

三个A？想得太美。

通过刚刚的跟牌，周锦光已经知道这副牌中两个A的去向，一个在吴鹰那儿，一个在胖哥那儿，夏一成想凑三个A，除非在他们几个眼皮子底下作弊。

"开牌，快开牌。"吴鹰耐不住性子地说道。

陈斌摆了摆手："催什么啊，开就开。"他攥着手里的牌一伸手，是一张梅花5，再一伸手，是一张方块3。

其他人的呼吸都乱了，周锦光脸色发白地看着，如果下一张是2……

陈斌对着其他人笑了笑，又一伸手——红桃7。

"我去！你耍我们？"吴鹰一拍桌子站了起来。

这间屋子里的其他人都看了过来，胖哥赶忙转头笑着道："没事没事，大家玩大家玩。"

陈斌懒洋洋地靠在椅子上，笑了："唉！手气不好。"

"那你们是愿赌服输了？"周锦光的心终于落到了肚子里，他笑得很开心。

陈斌看了他一眼："你瞎啊，没看到我家一成还没开牌？"

吴鹰不耐烦地敲了敲桌子："反正是输，赶紧开，磨叽什么？"

夏一成撇了撇嘴，露出一副无奈的样子，他的手指放到了第一张牌上，翻开——红桃A。

周锦光等人眸中顿时露出嘲讽与得意。果然是想诈他们，这次他们赢定了。

夏一成看到同桌几个人松了一口气的样子，笑了。

不知道什么时候，恶魔出现在谁都看不到的地方，他饶有兴趣地打量着屋子里的赌徒们。在与夏一成对视的时候，他咧开嘴笑了，露出的瓷白的牙齿给人一种寒气森森的感觉，就像随时能撕裂人类的野兽。

夏一成的视线晃晃悠悠地落在恶魔身上，同时伸手翻开了第二张牌——黑桃A。

“行了，小夏你磨叽什么？这么怕输啊？”胖哥抹了一把头上的汗，拿夏一成取笑，“先说好，输了别闹，赌桌上都这样，有输有赢。”

夏一成煞有介事地点了点头：“好，我肯定不会闹的，就怕你们闹。”

陈斌无声地笑了笑。

“你放心，我们都是有素质的，绝不会闹。”吴鹰玩着自己手里的牌，慢悠悠地说道。

“那就好。”

第三张牌被夏一成风轻云淡地翻了过来——梅花 A。

桌子上其他几个人顿时一愣，没反应过来似的看着桌上的三张 A，过了一会儿，才狠狠皱起眉头。

三张 A？！怎么可能？这小子耍诈！

这是众人脑子里的第一个想法。

叮。手机传来消息，数百万元钱全部划入了夏一成的账户中。

夏一成拿着手机，看着上面新入账的数额，笑得异常刺耳。他拍了拍身边的陈斌道：“兄弟，今天的饭钱有了，哈哈哈……”

“出老千出到你鹰爷头上来了？嫌命长吗？”吴鹰第一个拍桌子站了起来。

吴鹰的动静太大，一下子将这间屋子里其他人的注意力给吸引了过来。

“怎么了？怎么回事？”

“你们那桌怎么老吵啊，能玩就玩，不能玩就滚。”

其他桌子上的抱怨声传了过来。

这些地下赌场虽然拘束并不多，但都有约定俗成的规矩。如果谁坏了规矩，比如在场子里被人抓到出老千或者在场子里捣乱，就会被看场子的人赶出去。一旦坏了名声，被这些地下赌场列入黑名单，可能就再也不能进来了。

每家地下赌场都会有看场子的人，夏一成他们今晚所在的这一家也不例外。所以，马上就有人出来了。

“你们怎么回事？”说话的是一个四十多岁的男人，国字脸，个子高大，外露的胳膊上还有刀伤，看起来很有震慑力。

见看场子的人过来，胖哥站了起来，对那人点了点头，而其他人依旧一副剑拔弩张的模样。

胖哥笑着对看场子的人说：“就是一点小摩擦，没事。”

那人也没什么管事的心思，只是口头警告了他们一番就离开了。

周锦光这才冷冷地看着夏一成：“小夏，打牌手脚不老实可不是什么好习惯。”

“臭小子，把刚刚的钱交出来，不然让你吃不了兜着走。”吴鹰身上的狠劲在这一刻暴露无遗。

夏一成笑了笑，靠在椅子上斜眼看着几个人：“什么意思？输了就诬陷我出老千，你们就这么输不起？”

“说谁输不起呢！”吴鹰一把抓住夏一成的衣领，恶狠狠地瞪着他。刘龙跟胖哥也围了上来。

陈斌上前一步，拉开吴鹰的手，冷冷地扫了他们一眼：“怎么？人多欺负人少？”

吴鹰还想上前，周锦光却拦住他，同时看着夏一成：“今天你不把刚刚收下的钱交出来，就别想出这个门。”

夏一成冷冷一笑：“说我出老千？有证据吗？”

“夏一成啊夏一成，你可真是不见棺材不掉泪。”

周锦光眯着眼睛看了夏一成一眼，然后把视线转到桌面上，夏一成的面前有三张牌——三个A。周锦光屈起手指敲了敲那三张牌：“这就是证据。”

夏一成坐在椅子上，一挑眉：“这不过是我赢你的牌，有什么问题？”

“太有问题了。”吴鹰点了点那张梅花A，“一副牌里出现了两张梅花A，能不是问题吗？”

“哦？还有另外一张？”夏一成惊讶地看着吴鹰，“这不是你们准备的纸牌吗？难道牌有问题？”

“装什么装？”吴鹰怒目看着夏一成道，“是你这个人有问题！”

陈斌指着吴鹰，一字一句地说道：“你小子嘴巴放干净点，说有问题就拿出证据来，拿不出来就闭嘴！”

吴鹰扫开陈斌的手，冷冷一笑， 一把抓起自己的牌，将正面朝向众人：“看，真正的梅花 A 在我这儿！”

周锦光、胖哥跟刘龙看到吴鹰的纸牌时，眉头立刻紧紧皱了起来，露出一脸的震惊。

原本得意的吴鹰看到众人的表情，顿时觉得有些不对劲：“怎么了？梅花 A 在我这儿啊。”

夏一成扑哧笑了出来，故意凑近去看，同时满是疑惑地问：“那梅花 A 在哪儿，我咋看不见呢？”

陈斌抱着胳膊，看傻子似的看着吴鹰。

“你们怎么了，这不在这儿吗？”吴鹰看了看纸牌，脸上顿时现出惊诧，“怎么会这样？我的梅花 A 呢？”

出现在他面前的三张牌，赫然是红桃 Q、方块 7 以及红桃 J。

没有梅花 A。

“我，我真的有梅花 A 的！我真的有！”吴鹰难以置信地看着手上的牌，语无伦次地说，“我看牌的时候还在的，我有那张梅花 A，他那张一定是假的！”

“哦，你的意思是我从你眼皮底下把梅花 A 给偷出来了？”夏一成认真地问。

吴鹰咬着牙道：“一定是你用了什么手法！”

“真是冤枉啊，我能用什么手法？”夏一成夸张地摊开双手，“这张桌子上一共六个人，四个是你们的人，我能有什么手法？”

周锦光看向吴鹰，吴鹰也是一脸的茫然：“周哥，你相信我，我手上真的有梅花 A 的！”

周锦光烦躁地敲了敲桌子：“那你告诉我，梅花 A 去哪儿了？！”

吴鹰张口结舌，把手上的牌翻来覆去地看了很多遍，急得满头大汗：

“我……”

夏一成笑了，对吴鹰道：“开局前，你们不是告诉我别输不起吗？轮到你们了，你们就是这么输得起的？”

“谁输不起？你找死吗？”吴鹰恶狠狠地看着他，抬高了声音威胁道。

胖哥、刘龙也围了上来，看样子是不想善了了。

这一局，周锦光砸进去将近三百万，吴鹰、刘龙也有七八十万，合起来输了这么多，也怪不得几个人会急眼。

房间里的其他人再次好奇地看过来，可是周锦光等人已经完全顾不上了。

夏一成坐在座位上，陈斌就站在他的身边。夏一成从下往上看着那些人，明明是仰视的姿态，气势却很足。他的视线从这四个人身上掠过，头微微一歪：“怎么？仗着你们人多就想动手？”

吴鹰伸手指着夏一成威胁道：“我警告你，臭小子，今天不把钱吐出来，就别想走！”

周锦光脸色阴沉得吓人，他压低了声音道：“别给脸不要脸，趁着哥儿几个还愿意跟你说话，赶紧把钱给我送回来。”

夏一成表示听懂了，点点头，歪头对陈斌一笑：“还真想仗着人多欺负我们呢。”

陈斌冷笑道：“是吗？那就比比谁的人多吧。”说着，他拿出手机，手指一滑，对着电话说了两个字，“进来。”

“别在这装神……”

吴鹰的话才刚开了个头，就听到外面的楼道里突然响起了一阵急促而猛烈的跑步声，那整齐的动作让这栋楼都跟着一震。

“怎么回事？什么情况？”

砰！房间的门被人从外面踹开，一群黑衣人呼啦啦拥进来，迅速占据角角落落，把整个房间都站满了。而且从被踹开的门口看出去，外面楼道的灯光还没灭，黑压压的都是人……

03

这是什么情况？

房间里玩得正欢的赌徒们还以为进来的是警察，但是仔细一瞧，却发现这些人不像警察，于是暂时安下心来。

周锦光等人都惊呆了，空白的大脑完全无法处理眼前的状况。

夏一成身后站着七八个黑衣人，而他自己依旧坐在椅子上，脸上笑意满满地看着周锦光，享受着周锦光这些人的惊慌失措。

“这……”周锦光身体僵硬，看了看把自己包围起来的黑衣人，有些说不出话。

陈斌邪邪地笑着：“不是比人多吗？那咱们就比比吧。”

胖哥咽了咽口水，干笑着说：“那啥，我突然想起来自己还有事，今天就不玩了，改天，改天啊……”说完，胖哥就要往外走，却被黑衣人拦了下来。

“夏、夏老板，您看……”

夏一成坐在椅子上，手指点了点桌子：“今天，这张桌子上，谁都不能走。”

拦住胖哥的黑衣人一伸手，就把他推回到桌子旁。

周锦光看着夏一成，知道自己今天完了，害怕得手都在发抖：“成哥，不，夏爷，我们几个知道错了，真的……”

夏一成掏了掏耳朵：“废话怎么那么多啊？继续玩！”

几个黑衣人上前一把抓住周锦光等人的肩膀，把这几个人硬生生按在了座位上。这下，连最嚣张的吴鹰也吓得脸色发白，不敢反抗。

陈斌看了夏一成一眼，然后挥了挥手，如黑水一般拥入这间房子的黑衣人一下子又退了出去，干净利落，只留下几名保镖站在夏一成身后。但是这房子里的气氛却变得很怪异，原本闹哄哄的场子，现在谁也不敢说话了。

夏一成将手机揣进兜里，诡诡然看向其他人：“接着玩呗。”

周锦光非常勉强地挤出一个笑容：“夏老板，我们、我们没钱了。”

“没钱了？”夏一成漫不经心地洗着牌，“没关系，我给你们准备了。”

一个黑衣人从外面走进来，将一沓文件放到周锦光和吴鹰等人的面前。他们才看了一眼，脸色就瞬间大变。

那是他们的房子和车子的转让书以及贷款说明书。

“这……”周锦光不敢置信地看着夏一成。

几支笔被扔了下来，意思很明显，是要他们签字。但是周锦光等人谁都没动笔，因为他们清楚，如果签了，他们就真的完了，这辈子都不可能翻身。

夏一成笑了，看着周锦光惨白的脸，他心中那股无处发泄的怒火终于找到了出口。

“还记得当初你拉我进赌场说过的话吗？”夏一成坐在椅子上，笑得很开心，“你说，进了这里面，就是图个乐嘛。”

周锦光的脸色越发难看，全身微微颤抖着，恐惧蔓延至全身。

夏一成慢慢地直起身子：“我没想到啊，为了这个乐，你把我彻底拖下了水。”

周锦光嘴唇哆哆嗦嗦的，话都说不利索了：“对、对不起……”

夏一成摆摆手：“没关系，我很享受自己现在的状态。没有你，也就没有今天的我。”

周锦光灰暗绝望的眼睛一点点亮了起来，他刚要说话，却见夏一成做了个手势，身后的黑衣人往桌子上放了一个鼓鼓囊囊的大包。

夏一成把包打开，竟是一整包的现金。

“不过呢，后来你设局出老千算计我，那可太不地道了。”夏一成皮笑肉不笑地看着周锦光，“你知不知道因为你的算计，我最爱的女人都离开我了？”

周锦光的心仿佛坐过山车般忽高忽低，现在他只能愣愣地看着夏一成，什么话都说不出来。

夏一成倒是很满意周锦光这副失魂落魄的模样，他拍了拍装满现金的包：“我这里有五千万元，咱们再玩一局。你们赢了，拿走这五千万；我赢了，你们签了名的这一切都给我。当然，你们也可以不玩……”

夏一成脸上的笑容带着七分轻蔑，他知道，作为赌徒，到了这个地步，一定会赌。

周锦光回过神来，目光直直地看着那堆现金，呼吸开始变得粗重，其他几个人也全部被眼前的钱吸引。

五千万元！那是他们几辈子也赚不到的！

周锦光心一横，虽然感觉这次的赌透着邪性，可他对自己和几个朋友的千术依然很有信心，只要接下来谨慎一些，五千万……足够他们拼一把了。拼赢了，这辈子就不愁了！

“玩！”吴鹰应了一声。

周锦光向吴鹰、刘龙等人使了个眼色，然后道：“我签。”

几个人签好字，合同就被收到了一旁。

夏一成洗好牌，放到桌面上：“这次咱们来点简单的，就比大小，怎么样？”

周锦光努力让自己镇定下来：“行，但是我要重新洗牌。”

夏一成做了个“请”的手势。

周锦光非常仔细地洗着牌，一双手在微微发抖。

夏一成百无聊赖地说：“猜大小靠的就是运气。这样吧，如果你们中有谁跟我平手，也算你们赢。”

“希望夏老板说话算话。”周锦光把洗好的牌放在桌面上，胖哥开始发牌。

这不是常规的赌局，是一次定生死的玩法。

对周锦光他们而言，赢，就是五千万；输，就是倾家荡产，还要背负难以承受的赌债。但他们还是有自信能赢。这张桌子上四个是他们的人，陈斌没有参与，只需要赢了夏一成就行。对他们而言，四个人赢一个人，很简单。

纸牌一张张落在周锦光的面前。几个人不动声色地将纸牌在手中转换，进行得很隐秘。这一系列动作经过成百上千次的演练，就连摄像机都捕捉不到。他们对自己很有信心，甚至能够左右夏一成手里的牌。

相比周锦光等人的紧张，夏一成显得无比轻松。他靠在椅子上，依旧没有看自己的牌，目光落在虚空中，在其他人看来好像在发呆。

他们不知道的是，一团黑色影子就飘荡在所有人的头顶，只是除了夏一成，没人能够看得见。

恶魔对夏一成眨了眨眼："我喜欢这个地方，每个人都很贪婪。"

夏一成缓缓地笑了。

屋子里非常安静，所以当夏一成的手机突然响起的时候，吸引了所有人的注意力。

夏一成低头，手机屏幕上跳跃着名字：媛媛。他给陈斌使了个眼色，起身出了门，在楼道内接了电话。

接起电话的时候，夏一成的心中还有些忐忑，但是当他听明白赵媛媛的话时，整个人瞬间被狂喜笼罩。

电话里，赵媛媛说："我不喜欢那枚戒指的样式，你换一种。"

重新走回屋子里的时候，夏一成被突如其来的喜悦砸得有些飘飘然，直到坐在椅子上，他的嘴巴还控制不住地咧开，露出雪白的牙齿。所有人都在看着夏一成，觉得他的笑很吓人。

"成哥，没事吧？"陈斌有些摸不着头脑。

夏一成抹了把脸，摆手："没事没事，发牌发牌。"

"已经发完了……"陈斌有点担心，这状态真的能赢吗？

"哦，发完了？那就开吧。"夏一成随意地坐在椅子上。

周锦光看着夏一成，咽了咽口水："如果你输了……"

"噗，哈哈哈哈哈……"好像听到了什么好笑的笑话，还没等周锦光说完，夏一成就控制不住地笑了起来，过了良久才止住，"抱歉，实在忍不住。来，开牌吧，老子还有事要去做呢。"

话说完，其他人还没反应过来，夏一成就把自己面前的牌亮了出来。

一个 J。

吴鹰等人非常兴奋地对视了一眼，是他们安排好的牌！

周锦光终于松了口气，他把手上的牌一翻，说道："夏老板，不好意思了，我赢了。"

牌翻了过来——红桃 10。

周锦光在看到自己的牌时，脸上血色唰地褪尽，不敢置信地看着眼前的一切。

怎么可能？！怎么会这样？

其他人心中一惊，纷纷立刻亮出自己的牌。结果就像是老天爷跟他们开了玩笑，其他人的牌全都比 J 小，而且依次是 9、8、7。

这怎么可能？他们刚刚看的时候手上的牌明明是 K。

夏一成冲这些人咧开嘴笑了："看来我运气不错。"

"你又出老千！"吴鹰怒气冲天，再也管不了其他，抡起拳头就朝夏一成打了过去。

但是夏一成身边保镖的动作更快，他一脚踹在吴鹰的肚子上，把人直接踹飞了。吴鹰撞倒了几排桌子，像青蛙一样趴在地上哀号着。

周锦光神情有些恍惚，看了一眼倒在地上的吴鹰，脑子里一直紧绷的那根弦一下子就断了，瞬间崩溃，抖着嘴唇："夏爷，您放了我，放了我吧。"

夏一成轻笑一声，没有说话。

周锦光看着他，毫无预兆地就跪了下来，两行泪唰唰地流着。他抱着夏一成的腿道："把钱还给我吧，求求你，求求你了……"

看着如丧家犬一般的周锦光，夏一成眉头轻轻一皱，随后立刻有黑衣人把周锦光踹到一边。

"不，不，把房子还给我，把钱还给我！"周锦光从地上翻过身，连滚带爬地来到夏一成身边，大声哭喊。

夏一成低头看他，惊奇地说："哟，哭了？"

周锦光放声大哭。夏一成却突然笑了起来，周锦光的哭声混杂在他的笑声中，滑稽又荒唐。

“求求你，求求你了……”周锦光不断地哀号着。

刘龙与胖哥失了魂一般坐在椅子上，吴鹰则躺在地上一动不动。

夏一成笑够了，脸色顿时冷下来。他低头看了周锦光一眼，抬脚把周锦光踹远了：“那天，你出老千把我骗惨了，今天我也让你尝尝倾家荡产的滋味。”

夏一成拍了拍手，起身出了门，一众小弟跟在他的身后，将满满的震惊留给地下赌场里的每一个人。

周锦光的大脑一直处于恍惚之中，他抬眼看着周围，在他的世界里，天地万物都离他远去，所有人的声音都被彻底隔绝。他踉踉跄跄地站起来，脸上是绝望到底时才会有的死气。

其他人看到了周锦光绝望的神色，但是没人做出反应。

周锦光不知道自己是怎么走出那间房子的，等他再有意识的时候，整个人已经处于高速下落的状态。风从他的耳边呼呼刮过，同时进入耳朵的还有其他人的惊叫声，但是他都不在乎了。

砰！巨大的声音从地面传来。

“啊！”受到惊吓的行人发出尖锐的叫声，划破了夜空。

恶魔飘荡在夜色中，整个城市都被他纳入眼底，有人在疯狂大笑，有人在绝望哭泣，所有人都在欲望的旋涡中沉浮。

“呵。”恶魔深深吸了一口气，对着这座城市咧开了嘴巴。

离开地下赌场后，夏一成便完全把周锦光抛诸脑后，他一路与赵媛媛打电话，恨不得立刻就见到她。

“你先把戒指给我准备好，那天你拿出的是什么嘛，我的结婚戒指要简单一点，能戴得久一点。如果戒指不合我心意，你也别过来了。”赵媛媛的声音里带着一点点的羞涩与对未来的坚定，“我希望我们能够长长久久地在一起，一辈子。”

夏一成坐在车里，一路灯光从他满是笑意的眼中掠过。他觉得，此时此刻的自己是这个世界上最幸福的人。

繁乱的剧场中，沈露露拍完一场戏后刚要休息，就接到了夏一成的电话。

沈露露的助理见她嘴角含笑地接起电话，眉眼中满是喜悦。可很快，助理就发现沈露露面上的笑意一点点淡了下来，虽然讲话的声音依旧温柔："一会儿我把路设计师的电话发给你吧。成哥，你们俩这是好事将近吗？"

"嗯，我要娶她，她是我这辈子最爱的女人。"

沈露露眉梢轻蹙，觉得心口那里传来一阵刺痛，面上的笑已经完全消失了。她问："你说我长得像一个人，是她吗？"

"其实，你比她漂亮。"

沈露露嘴里蔓延出一丝苦涩："我要拍戏了……到时候，别忘了给我发请帖。"

挂了电话，沈露露如一尊雕像般坐在椅子上。直到导演喊开拍，她才反应过来，给夏一成发了消息后匆忙赶过去。夏一成从沈露露那儿得到本市最著名的设计师的电话后，立即给设计师打了一个电话，要求对方第二天中午前做好戒指。

他已经等不及了。

第二天，路设计师亲自将一对造型简约却精美的对戒送了过来，戒指内侧刻着夏一成与赵媛媛的名字。

中午，夏一成等在赵媛媛公司的楼下，车里放着半车的玫瑰花，手里拿着那一对漂亮的戒指。

"你这个畜生！就是你！"

砰！突如其来一声巨响，夏一成惊吓回头，只见一辆面包车从后面冲过来，直直撞到了他的车上。

原本靠在车旁的夏一成被撞得一个趔趄，差点儿没站稳。

同一时间，面包车上冲下来五个人，手中都拿着长短不一的砍刀，奔着夏一成就砍了过去。

"找死吧，敢动我们成哥！"

一直跟在夏一成身边的段浩青如一头豹子般飞快地从路旁冲了出来，飞起一脚就把最前面的家伙踹飞了。与此同时，夏一成随身带着的几名保镖也全都冲了过来。

这些保镖手上虽然没有武器，但格斗水平特别高，不一会儿就把面包车上的那些人打倒在地上。

“夏一成你这个畜生！昨天赌局出老千！”一个长相跟吴鹰差不多的家伙嘴里叫骂不停，“要不是你出老千，我哥能输那么惨！你个畜生！把我哥的钱还回来！”

段浩青走到那人身边，几拳就打得那家伙进气多出气少，连句话也说不出来了。

这里闹出这么大动静导致围观的人越来越多，赵媛媛公司的保安也被惊动，远处还有警笛声传来。

夏一成脸色铁青，握着戒指盒的手也频频用力，他刚要说什么，眼角的余光就瞥到一个人影，登时神色大变，他快步朝路的另一旁冲了过去。

“成哥？”

段浩青被夏一成搞得一愣，刚要跟上去，就看到夏一成拉住了一个女人，而那个女人转身就给了他一巴掌。

赵媛媛出手极狠，打得夏一成半边脸都没了知觉，可他满心被恐惧包裹，已经顾不上脸上的痛了。他紧紧握住赵媛媛的手，不让她挣脱。

“媛媛，你听我解释，听我解释！”

“混蛋！放开我！”赵媛媛疯了一般挣扎，力气大得夏一成都有些控制不住。

“媛媛，我……”

夏一成看到赵媛媛脸上的泪水时，顿时愣住了，声音哑在喉咙里，再也说不出话来。赵媛媛眼眶通红，用一种近乎绝望的目光看着夏一成。夏一成无法承受这样的目光，手一松，赵媛媛趁机挣脱，往前面跑了。

夏一成要追过去，却被警察拦下要求协助调查，只能眼睁睁地看着痛哭的赵媛媛坐上出租车，很快离开了自己的视线。

夏一成满心愤怒，手都举起来了，才忽然想起手中握着的是戒指，气得太阳穴突突地痛，脸上满是懊恼。

面包车袭击事件很快就被解决了，因为夏一成态度坚决，行凶的几个人全都被刑事拘留，面临坐牢的危险。

从警察局出来后，夏一成开车来到赵媛媛家楼下。他一直打赵媛媛的电话，却始终没人接，打到最后，赵媛媛的手机关机了。

夏一成坐在车里，单手捂着眼睛，思考着如何才能挽回赵媛媛。

用红色绒面包裹的小巧戒指盒就在眼前，两枚相互依靠的戒指闪耀着一种冰冷却又温暖的光泽。

夏一成将戒指拿在手中，反复打量。他心中有种恐惧，突然觉得，自己再也没有机会把戒指戴到赵媛媛手上了。

天亮了。

安静了一夜的小区里逐渐传来声响，开门声、走动声、车声……

在车里待了一夜的夏一成用手揉了揉眼睛，盯着赵媛媛的楼房门。看到赵媛媛走出来的时候，夏一成有一瞬的愣神。

一夜没睡的不只是自己……

打开车门，夏一成握着两枚戒指，快步跑到赵媛媛身前。

"媛媛，你听我解释……"

赵媛媛站住，即便化了妆，也能看出她微微红肿的眼："解释吧。"

没想到赵媛媛这么好说话，夏一成要开口，一时间却又不知道该说什么。

赵媛媛站在那里，脸上表情冰冷，看着夏一成的目光也不带一丝温度："你想说你没赌？还是想说那群人找错人了？"

夏一成没有说话，赵媛媛转身就走。

"媛媛！"夏一成拉住了她的手。

赵媛媛甩开，一双眼睛凌厉地看向夏一成："同样的话非得我说第二遍吗？这辈子我都不想再见到你！"

夏一成满心的担忧在此刻突然转成了怒火。

又是这个问题，又是不再见面，又是分手！

“赌赌赌，赌有什么错？我现在的一切都是赌来的！”夏一成冲赵媛媛大声说，“房子、车子，甚至公司，都是我赌来的。是，我还在赌，从来没停止过。现在赌，以后我还会赌。赌会给我带来财富。”

赵媛媛满目震惊，她看着夏一成，像看一个疯子：“你没救了。”

“我有钱了，也有公司了，这些都是真的。赌会带给我更多的财富。”夏一成刚要把手里的戒指拿出来，却见赵媛媛转头就走，“媛媛！”

“滚！”赵媛媛几乎是用尽全身气力喊出了这个字。

夏一成停在原地，整个人愣愣的，不知道是因为那个“滚”字，还是因为赵媛媛脸上那满满的厌恶与恨。

接下来的日子，夏一成能够感觉到自己被彻底赶出了赵媛媛的世界，一切能够联系到赵媛媛的方式都被拉黑，就算再次去赵媛媛家楼下，对方也把他当成空气，逼得紧了就会得到要离开这个城市的回复。他身边能去劝的人都去了，结果连最好的兄弟陈斌都被赵媛媛拉黑了……

夏一成不知道该怎么办了。看来，这次她是真的要和他分手了。即便上次在电话里听到媛媛的分手通知，夏一成都没有像现在这样绝望。

赵媛媛是用尽一切办法离开自己，是真的打算至死不见。

为什么？就因为他赌吗？可他做的一切都是为了她。赌有什么不好？赌能给他带来财富和地位！为什么不能赌？为什么？

夏一成沉浸在痛苦中，找不到答案，也挽回不了赵媛媛。

当陈斌把他从酒瓶堆里拉出来的时候，夏一成颓丧得不成人形，眼睛凹陷，胡子拉碴，一身酒气。“阿斌啊，来，陪我喝酒。”

夏一成去翻找酒瓶，却被陈斌一把扔到沙发上，摔得头昏脑涨。

“成哥，你看看自己现在像什么样子！不就是分手，至于吗？你现在要什么没有，还怕缺女人？”受不了夏一成一副要为爱去死的样子，陈斌怒声说道，同时让人把客厅里的酒都给撤了。

“别动！”夏一成摇摇晃晃地站起来，一把将陈斌推到一边，冲他吼，

“你懂什么！”

陈斌踉跄了一下，重新站稳，毫不畏惧地回视夏一成，脸上的怒气仿佛下去了，很平静地说：“行，成哥，你要喝酒是吗？我陪你。”

这一晚，两人不知道喝了多少酒，偌大的客厅里充斥着刺鼻的酒味，空瓶子散乱一地……

陈斌醉了一天多才彻底清醒过来，而夏一成早已经把自己收拾妥当，见他醒过来，只摇头笑：“怎么你这个号称能喝的家伙比我醒得还晚？”

这算是发泄完了吗？

陈斌不清楚，只知道从此夏一成彻底变了，生活过得越发奢华而迷乱。

刚开始的时候，夏一成还会去注意一下自己账户上的金额，后来连后面的零都数不清了。

最初买下的豪宅很快就被弃置，他搬到了更好的地方，可去住那房子的日子也是寥寥。他流连在无数灯红酒绿的会场，见过一个又一个曾经只能在电视上见到的名流。

不出一个月，夏一成就成了权贵名流中的新贵，被无数人追捧。多少大公司都想与他这样资金雄厚的老板做生意，多少新兴企业都拉他做投资，耳边永远是奉承的话，眼前所见的一切非富即贵。

新世界的大门轰然打开，他大步行走其中，鲜花盛开，阳光明媚，野心从无到有，贪婪无限膨胀，眼睛终于高过头顶。这个世界上，已经没什么能够阻拦他的脚步。

金融、房地产……最能挣钱的产业一个个在他的名下成立。

商界、娱乐界……多少大佬排着队请他吃饭喝酒。

现在的夏一成出行，必然是豪车开道，数十个小弟随行，而陈斌无疑是夏一成最信任的人，每日为夏一成安排一切事务，尽心尽力。

“哈哈哈哈，夏总您真的很幽默。”

“咱们夏总不仅幽默，关键是长得帅，多少姑娘都芳心暗许呢。”

夏一成每次来娱乐厅，老板都会提前清场。莺莺燕燕都很喜欢这个年轻的富豪，他出手阔绰，长得又清俊，只凭这两点就足以让她们趋之若鹜。

陈斌、张志科、孙耀祖、段浩青……十几个西装革履的人分散在房间各处，身边全都围着一个个女人，他们酒意醺醺，她们娇笑连连，灯火辉煌的房间中尽显纸醉金迷。

夏一成随意地摇晃着酒杯，看起来没什么说话的兴趣。他不说话，就没人敢让他说话，这里所有人都得看他的脸色行事。

不过，此时夏一成的脸色并不好看，他的眼睛盯着自己的手机，没一会儿就皱起了眉头。手机屏幕上是他给赵媛媛发的微信，有语音，也有文字，可是赵媛媛从来没回过。

夏一成想了想，开始给赵媛媛发红包。见她还不理会，夏一成眉头一皱，随手就给她转了二十万，还想再转的时候却发现自己转不了了。

周围的女人们还在娇声说着什么，笑声频出，偶尔还会故意用丰满的胸部轻轻蹭着夏一成。她们用尽手段，只不过是想要引起这位富豪的注意。但是，这叽叽喳喳的声音让夏一成本来就不好的心情更烦躁了。

“闭嘴。”夏一成不耐烦地说道。

女人们顿时被吓了一跳，谁也不敢说话了。屋子里的其他人也注意到这边的动静，都愣了愣，连陈斌也搞不懂夏一成怎么了。

娱乐厅的经理立刻走过来，一边小声地跟夏一成道歉，一边狠狠瞪了那些女人一眼：“一群蠢货，惹我们夏总不高兴了，赶紧滚。”

那些女人也不知道发生了什么，但都低着头出去了。

“媛媛啊，你看到了吗？我现在真的有钱了，你想买什么就买什么，我可以给你提供最好的生活。”

夏一成没有搭理别人，自顾自给赵媛媛发着微信，一条接一条。但很快他就不发了，因为赵媛媛把他的微信删除了。

“啧，耍性子。”夏一成抿了抿唇，拿起手机给她打电话，电话没响几声就被挂了，挂了后再打就已经打不过去了。

夏一成盯着自己的手机屏幕，眸色深沉。过了几秒钟，他转头对自己身边的人说："把你手机给我。"

那个满脸赔笑的经理二话不说把手机递了过去。

夏一成看着这个胖子，本来就不顺的心更加烦躁："你谁啊？"

"我、我叫李华……"

那叫李华的经理还没介绍完自己，就看到夏一成摆手："滚滚滚！"

李华赔着笑起身，抹着脑门儿上的汗，小跑着出门。

夏一成面无表情地再次拨通了赵媛媛的电话。

"喂，你好。"赵媛媛的声音从手机中传了过来。

夏一成眉头轻轻一挑，尽量放轻了语气说："媛媛，干什么不理我？我想你了，我们去吃个饭怎么样，我……"

话还没说完，对方就挂了电话。

又是这样，总是这样……好像自己是一块带着病毒的脏东西，她甚至连话都不愿多说一句。

夏一成冷着脸在沙发上坐了一会儿，然后猛地将手机给扔了，站起来踹向身前的桌子。

哐！巨大的声音把本来就注意着他情况的人吓了一跳。夏一成站着喘了几口气，然后重重地坐到沙发上。他望着天花板，脸上少见地露出了挫败的表情。

怎么一个女人就那么难搞？他现在这么有钱，那个女人到底在想什么？

被激起的火气在胸中乱撞，夏一成愤愤地想：我到了现在这个地位，要什么样的女人没有？！这样想着，夏一成环顾房间，而后眉头就拧了起来："妞儿呢？怎么回事？"

偌大的房间中，只有他带来的小弟在担忧地看着自己，一个女人也没有。

陈斌回过神来，立刻叫道："大胖子呢？怎么回事啊？"

一直守在外面的李华叫苦不迭，本以为自己接了个肥差，现在才知道，自己半条命都要被折腾没了。

“您别生气，您别生气。”李华擦了一把脸上的汗，冲走廊一边的女人们招了招手，让她们赶紧进去。不一会儿，欢乐的笑声再次从房间里传出，李华这才松了一口气。

柔美的香气盈满身边，夏一成坐在沙发上，三四个女人陪在身边。红酒盛在玻璃瓶中，映射着灯光，每个人都笑得无比乖巧听话。

看，这些人多听话。

夏一成懒洋洋地笑着，无论谁敬酒都一口喝掉。很快，他的眼神就变得迷离。陈斌朝夏一成看了看，心中还是有些担忧。

嗡嗡嗡……

夏一成的手机响了，陈斌看了眼，是沈露露的电话。他想了想，接起了电话。

“成哥，我拍完戏啦，去看看你吧？”沈露露温柔的声音在电话里响起。

看了眼夏一成那边，陈斌突然失声，不知道该说什么。

“成哥？”沈露露察觉到不对劲，“你现在在哪儿呢？”

“啊，露露啊，我是陈斌。”陈斌有点后悔接这个电话了。

“陈哥？成哥呢？”

“他在忙。”

沈露露敏锐地察觉出了异样，问：“你们在哪儿？”

“迷醉……”陈斌艰难地说出了这个名字。

手机那头没了声音。

“露露，你……”

陈斌刚要说话，沈露露打断了他：“我马上过去。”

说完，电话就断了。

“唉……”

陈斌看了看手机，又看了看夏一成。他想了想，给沈露露发了个微信，将夏一成与赵媛媛之间的事大体说了一遍。

沈露露来得很快。她来到包间的时候，大家都有些意外。当然，她也一眼看到了被女人围住的夏一成。

陈斌看着沈露露冷着脸大步朝夏一成走去，心顿时一紧，想拦一把，却被沈露露一个眼神给击杀，只好退避三舍。

沈露露一袭黑色长裙，乌发高挽，精致漂亮的五官化着淡淡的妆，神色冷漠如高高在上的女王般随意扫过夏一成身边的女人。

那些女人被她的气场震慑，眼睁睁地看她来到身前，却一个字也不敢说。沈露露凑近夏一成，闻到了他满身的酒气。她轻叹一声，白玉般的手伸出，想要把他扶起来。

夏一成抬眸，沈露露的五官在娱乐厅柔白色的灯光下显得更温顺，乍一看，他以为自己眼花了：“媛媛？”

“成哥，你醉了，我们回去吧。”沈露露垂眸。

夏一成反应过来：“露露啊……我没醉，也不回去，今天我要好好快活一下。”

沈露露拉不起一个喝醉的男人，又觉得现在还依偎在夏一成身上的那些女人无比可恶，便转头对陈斌道：“把她们弄出去。”

陈斌这次反应很快，立马应下，喊来经理李华将女人们领走。

然而，夏一成生气地拍桌子大喊：“把她们都给我叫回来！”

沈露露抿了抿唇，来到他身边，轻声说：“成哥，你醉了，我们回家。”

夏一成一把甩开沈露露的胳膊：“回什么家？今晚我就在这儿睡了！”

陈斌等人大气不敢喘地站在一旁。沈露露的手被打得有点痛，但这些都比不上她心中的痛。她看着眼前趁着酒气上头闹性子的夏一成，蹲下身子，盯着他的眼睛，说：“你想找人陪你是吗？我来，我陪你。”夏一成皱了皱眉，刚要说话，却被沈露露拦住，她苦笑一声，“最起码我长得像她，不是吗？”

夏一成被酒精熏染的脑袋有些晕，他看着凑近的沈露露，往后仰了仰头，将胳膊搭在了眼睛上。

“回家吧。”

良久后，夏一成说。

第五章

膨胀

01

刺耳的铃声响起，夏一成猛然从床上坐起来。他满头大汗，剧烈地喘息着，脑中还残留着惊悚的骇意。他知道自己做了噩梦，却想不起到底在梦中遇到了什么，只记得一片浓郁得令人无法喘息的黑色。

心脏在胸腔中激烈地跳动，咚咚咚，一下快似一下，夏一成坐在床上，脑中一片空白。醉酒的感觉还残留在他的身体里，太阳穴突突地痛。

这时候，手机再次响了起来。

瞥了一眼来电人的姓名，竟然是父亲。夏一成抹了把脸，把电话接起来。

“小成啊。”父亲的声音从手机那头传来，硬朗而响亮。

夏一成打了个哈欠，道：“爸。”

夏父听出了夏一成声音里的鼻音：“这都几点了你还没起床，太懒了。那个，我打电话也没什么事，就问问你最近咋样？前段时间给我打了那么多钱，你换了什么工作啊？自己还需要钱吗？”

听着电话中父亲带着关切的絮叨，夏一成笑了：“那钱您随便花，您儿子我现在有钱了。”

“有钱也不能随便花啊，你这孩子不懂事。最近要降温，你自己记得多穿点。”

“哎，您随便花就行。”夏一成心烦地说，“我现在钱多得不知道怎么花。”

“你这孩子就会说大话。那啥，都这么久了，你也不回家看看？”

夏一成随便地应着：“过几天就回去看您。”

夏父不依不饶地问：“你跟媛媛怎么样了？你年纪也不小了，是不是该考虑结婚的……”

“这些事您就别管了。”

“我就随便问问。”夏父道，“男大当婚，女大当嫁，我看媛媛这姑娘不错，你要是有本事就给我娶回家。”

楼下有说话声传来，夏一成对着电话笑了笑：“您不知道儿子现在多牛，想要什么女人没有啊，这事您就别操心了。”

“你这臭小子能不能有点谱儿？咱们街上的老张都要抱第二个孙子了……”

夏一成望着窗外的阳光，突然就想回家看看。他打断父亲的话：“我这几天回去看看您吧。”

“行啊。”夏父突然就高兴起来，“你也好久没回来了，回家看看也好。”

夏一成也笑了：“那就明天吧，明天我回去。”

“好，好嘞，爸给你做鱼吃。”夏父乐呵呵地说道。

这个时候房门被打开，一身白色连衣裙的沈露露站在门口，合体飘逸的衣服衬得她身材修长，容颜娇嫩。

夏一成挂断电话，慢吞吞地把被子拉过来遮住自己的身体，再抬头看她的时候，揉了揉额头。

他酒量浅，但不会断片，昨晚发生了什么他记得清清楚楚。他实在没想到，沈露露会说出那样的话。但也正因为如此，他不想辜负她。

夏一成心中清楚地知道自己喜欢的到底是谁，他能出去和别的女人玩，但沈露露，他不能。

“怎么还害羞？我早就看光了好吗？”沈露露脸上带着一如既往的笑，“头痛不痛？先去洗个澡，然后下来吃饭。”说完，她转身就走，连说句话的机会都没给夏一成。

夏一成抓了抓头发，从床上下来，朝浴室走去。

一楼的厨房里，沈露露正穿着围裙在煎蛋，她眉眼弯弯，一脸温柔的模样。一旁白色瓷质的煲汤锅冒着热腾腾的雾气，食物的香气传出来，不由得让人食欲大振。

干净明亮的客厅中，空运来的鲜花散发着醉人的香气，雕刻着淡雅花纹的桌子上摆放着几碟精致的小菜，煎得色泽明黄的鸡蛋配上新鲜出炉的小笼包以及熬制了数小时的养胃粥，只是看着、闻着就让人胃口大开。

夏一成从楼上走下来的时候，沈露露刚刚从厨房走出来，冲他一笑，将盛好的粥放在他面前。

“好香啊。”夏一成喝了一口，舒了一口气，“厨艺不错。”

“从小练的，你喜欢的话，我可以天天做给你吃。”

夏一成看着沈露露圆滑白嫩的下巴与温润清亮的笑眼，微微一愣，这个笑容真的很像赵媛媛。

她没有去谈昨天的醉酒，没有谈曾经的“好事将近”，甚至没有说一句让夏一成觉得不舒服的话……这样的沈露露，除了让夏一成觉得舒服，还有了一点愧疚。

餐桌上气氛安宁，夏一成专注地吃着饭，偶尔抬头总会看到沈露露眼中的笑意。

“你这几天忙吗？”夏一成擦了擦嘴角问道。

沈露露摇头：“刚拍完一部戏，有两周的空闲时间。”

夏一成坐在椅子上，思考了一会儿道：“你明天陪我回趟老家。”

沈露露笑眯眯地问：“见父母吗？”

夏一成警告性地瞪了她一眼。

沈露露吐了吐舌头，尽显娇俏："既然是见父母，那我们总得带点礼物过去。成哥，你陪我去买吧。"

胳膊被沈露露晃来晃去，夏一成无奈地答应了。

"走吧，逛街去！"沈露露露出灿烂的笑容，活像清晨枝头的百灵鸟。夏一成逛街和别人不一样，他与沈露露走在商场里，保镖列队两侧，将商场的人与他们分隔开。到任何一个店面，无论是穿的用的吃的喝的，只要夏一成觉得还可以，就几乎把店里的存货都买光。

他们一行人一路上收获无数行人的议论与注视，连媒体都闻风赶来，但被保镖拦在了外面，只能远远地拍照。

沈露露看到外面的记者，笑着对夏一成道："完啦，明天他们又要写我的报道了。"

夏一成戴着墨镜，轻轻一笑："怕什么，他们不敢乱写的。"

沈露露嘴角的笑意浅了一些，她深吸一口气，拉着夏一成去了其他地方。

第二天出门时，因为东西太多，陈斌让手下的人去买辆大一点的车。

半小时后，小弟带回来三辆房车。张志科跑到陈斌身边，说："陈哥，现货就这三辆了，要不先凑合着用吧？"

陈斌看了看，问道："这三辆车多少钱啊？"

"一共花了一千多万。"

"是有点便宜了。"陈斌皱了皱眉，"算了，就这样吧，去把东西装上。"

夏一成在外面等着，孙耀祖的声音从对讲机里传过来："夏总，咱们那辆最新款的保时捷还没开过，要不这次咱们开保时捷？"

夏一成没说话，孙耀祖接着道："还有两辆劳斯莱斯、一辆迈巴赫……"

夏一成打了个响指，孙耀祖立刻明白了，将迈巴赫开出来。

全部收拾完毕上路的时候已经是十一点了，又正值周末，宽阔的路上排起了长长的车龙，一眼望不到头。夏一成跟他的迈巴赫就这么被堵在了路上。

在车里坐了十多分钟，车愣是一动没动，夏一成不耐烦地咒骂了一声。正在开车的孙耀祖立刻回头道："夏总，别急，要不咱们直接把前面的车给撞开吧。"

啪！前座的陈斌立刻打了孙耀祖后脑勺一巴掌："臭小子出的什么馊主意！"

孙耀祖赔笑道："陈哥别生气，小弟错了。"

陈斌想了想，眼睛一下子亮了："成哥，咱家后院还有两架刚买的直升机，要不飞过去吧？"

"还不快开过来。"沈露露看了眼面色不善的夏一成，立刻说道。

三分钟后，两架直升机从远处飞来，直直地落在夏一成被堵地方的路两边。同样被堵在这里的路人，看到两架直升机从天而降，纷纷从车里出来围观，不少人都拿起手机开始拍照。

夏一成与沈露露被保镖护送着上了直升机。不一会儿，两架直升机腾空，往远处飞去。直升机飞得很快，半小时后就来到了林山村。

村子里正在玩耍的小孩看到一架直升机从天上落下来，兴奋得不行，全都朝直升机落地的地方跑去。村子里的大人也没见过这种场面，一个个新奇地围上前。直升机落地，剧烈旋转的机翼刮起剧烈的狂风，扬起一片尘土，把围观的人喷了个灰头土脸。直升机安稳地落地，夏一成坐着闭目养神，等舱门打开后，他才带着沈露露下了直升机。

四周里三层外三层地围着很多人，村委会主任也在其中诧异地观望。这么多人愣是没在第一时间把戴着墨镜、穿着西服的夏一成认出来。

夏一成走在前面，身边的沈露露挽着他的胳膊，而陈斌则带着六个保镖跟在后面。

直升机降落的这片土地是林山村放秸秆的场子，黄土地上坑坑洼洼的不平整，夏一成一个没注意就被地上的小土坑绊了一下，踉跄了几步才站稳。

沈露露惊慌地扶着夏一成，后面的保镖也哗啦啦围了上来。

被这一绊，夏一成顿时烦了，甩开沈露露的搀扶，一把将墨镜摘下来："这什么破地，还能不能让人走路了？"

"咦？这不是夏一成吗？"

"哎哟，还真是。这小子出息了，感觉他现在跟在拍电影似的，哈哈哈……"

村子里很多人都认出了夏一成，又是一阵惊讶哄笑。

当然也有人看不惯他，叫嚣道："装什么，成子？你还不是从小在这破地上长大的，现在有钱就开始嫌弃了？有本事你修条路！"

这话一说出来，立刻有两个保镖上前站在那个说话之人的面前。这两个保镖身材魁梧，又全身包裹在黑色西装中，往人前那么一站，非常吓人。

"干吗？干吗？还想打人啊？快来看啊，夏一成要打人了！"刚刚说话的夏爱国先是被吓得身体一颤，然后看了看周围的村民，胆子又立刻大了。

夏一成偏头看了一眼不断吆喝的家伙，轻轻一挥手，制止了保镖的下一步动作，然后慢悠悠地重新戴上墨镜，冲夏爱国笑了："说得好，这路是得修了。"

夏爱国一下子睁大了眼睛，围观的人也都有些难以置信地看着夏一成。

夏一成对陈斌道："明天就找人来这里修路，把村子里大大小小的路都给我修一遍。"

陈斌点头应下："是，成哥放心，我们一定找人把路修好，也方便老爷子出门散步。"

"哦！修路！修路！"孩子虽然小，但是也懂修路的意思，他们顿时欢呼起来。

夏爱国看着扬长而去的夏一成，一时回不过神来。

早早就有人告诉了夏父，他儿子坐着飞机来了。夏父还不相信，一头雾水地往门外走："坐什么飞机？我儿子回来了？"

"回来了，而且是坐着飞机来的，身后跟着一帮子人呢。"

"坐飞机来的？"夏父摸了摸头，有点不敢相信。

夏一成径自在前面走着，身后跟着陈斌与保镖，而在他们的周围，村民们仿佛围观稀有动物似的跟着，时不时低声说点话，窸窸窣窣的声音响个不停。

"好漂亮的姑娘，我怎么觉得长得像明星？就像那谁……那谁来着……"

"老夏家的儿子真是出息了，瞧瞧人家那气派。"

"对啊，竟然还带着保镖，我只在电视里见过。"

沈露露从小在城市里长大，基本没来过真正的农村，跟随夏一成一路走来，看着那群好奇地跟着他们的村民以及一排排破旧的平房，漂亮的眼睛里满是惊奇。她无法想象，夏一成竟然是在这样的环境中长大的。

几个人一路穿过稻谷场，引起阵阵鸡飞狗跳，终于在一户人家门前停了下来。

02

这是一幢很普通的农村房子，与村里其他房子并没有什么两样。红色的铁门敞开着，一个看起来很精神的老人站在门口，正笑哈哈地看着他们。

夏树强今年六十三岁，一米七八的个头儿，身形稍微有些佝偻，一张长年累月经受风吹日晒的脸透着黑亮，皱纹爬满额头和眼角，但胜在精神头很足，身体也不错。当看到夏一成带着几个黑衣人朝自己走过来的时候，他忍不住笑了，老远就对夏一成喊："儿子，你回家怎么还带这么多人？"

"这不是带人来孝敬您吗？"夏一成急走几步来到父亲身边，指了指父亲，对保镖们道，"来，叫夏大爷。"

"夏大爷好。"七八个汉子一起喊道。

“哎哎哎，好好好。”夏树强笑得合不拢嘴，听着这整齐的叫声，他的脊背好像挺直了很多。他拍着夏一成的肩膀：“臭小子，你真给你爸争脸了。”

这阵势将村里人惊得不轻，他们看着夏一成的目光更加惊讶了。

“阿成，听说你坐飞机来的？”村头的王大爷问。

“对，市里的路太堵了，夏总心急见夏大爷，这不就把直升机给开出来了。”惯会说话的张志科笑眯眯地替夏一成回答道。

夏一成赞赏地看了他一眼。

“啧，还真是开飞机来的？”夏树强惊奇地看着自己的儿子。

“爸，您要是想坐飞机，今天下午就带您过过瘾。”夏一成满不在乎地说。

“好好。”夏树强哈哈笑着。

“老夏啊，你可有福气了，儿子这么出息。”

“从小就看出阿成是有大出息的。”

周围邻居的议论声进入了夏树强的耳朵，他更加开心了。

老张头这时候又问：“对了，听说你要给咱们村修路？”

“还要修路？”夏树强诧异地看着夏一成。

夏一成皱着眉看了看脚下的路：“这都破成什么样了？修！”

“啧！你这孩子，哈哈哈……”夏树强现在已经有点不知道该说什么了。

“好啊，阿成你这是给咱们村做贡献，到时候让县里给你发面锦旗。老夏，厉害啊！”老张头人虽然老了，可声音依旧洪亮。

“嗨！”夏树强提高了声音道，“主要是让咱大家伙儿过得舒服。”

“出息了出息了，真不错。”

夏一成看着笑得合不拢嘴的父亲，微微皱了皱眉：“您怎么还穿着以前的旧衣服？”

夏父低头看了看自己：“什么旧衣服？这衣服去年才买的，你这孩子……”

夏一成翻了个白眼。

“夏叔，成哥给您买了一车的衣服，还有大堆吃的喝的，都装在车里了，下午就能给您运过来。”陈斌笑着说。

“哟，一车的衣服啊，到时候给我们长长眼啊，老夏。”几个邻居羡慕地说。

夏树强虽然有点不愿意儿子这么花钱，但是现在周围人的恭维声让他也有些飘飘然：“行行行，到时候都来，看看我家这小子给我挑的衣服，哈哈哈。自从他娘去了，就很少有人给我买衣服了。”

沈露露这时候走了过来，很乖巧地对夏树强道：“叔叔好。”

“哎哟，你好你好，这姑娘真漂亮。”夏树强其实早就注意到跟在儿子身边的这个姑娘，可看着挺陌生的，一时间也不知道应该跟这个姑娘说什么，于是偏头看了自己儿子两眼。

“谢谢叔叔夸奖。”沈露露不好意思地笑了笑，看起来就像一个邻家妹妹，很讨家长的喜欢。

“爸，您叫她露露就行。”

夏父冲沈露露笑了笑：“露露是吧？姑娘不错，长得跟电视里走出来的明星似的。”

沈露露很爽朗地笑了：“我看叔叔您也跟明星似的呢。”

夏树强摆了摆手：“不不不，我一把老骨头了。”

“哪里老？您今年最多五十岁吧？”沈露露很认真地问。

夏树强顿时乐了：“叔叔我今年都六十三了。”

“呀，真不像。”

“哈哈哈……”

“露露……不会是明星沈露露吧？”

林山村的小孩子叽叽喳喳地讨论着，围在夏树强家门口的人越来越多。

“我也觉得挺像的。”

“怎么可能？大明星来咱这里做什么？”

“你看成哥这么出息了，人家可是开着飞机来的。我都看见了，老拉风了。”

眼看着门口的人越来越多了，夏一成对陈斌使了个眼色，让他在外面看着，然后对夏树强道：“咱在门口站着干什么，回家。”

“对对，回家回家。”夏树强赶紧招呼他们进屋。

见主角走了，围观看热闹的人才带着一肚子的好奇心离开了。

夏一成的母亲在五年前去世了，所以老家现在只有他父亲一个人。夏家的房子是典型的农村平房，已经住了三四十年，不仅老旧，而且也不太干净。

一进院子，家里养的狗就嗷嗷叫了起来，将正好奇打量着四周的沈露露吓得一声大叫。

那是一条大狗，皮毛很厚，见到陌生人就猛地蹿出来龇牙咧嘴地大叫。若不是脖子上拴着铁链子，可能会直接扑上来。

沈露露吓得脸色发白，直往夏一成身后躲。

夏树强赶忙训斥自家的狗，然后冲沈露露抱歉一笑，安抚道：“吓着了吧？这狗不咬人，就是叫得凶一点。”

沈露露攥着夏一成的衣服，半晌没说出话。

家里养的狗一直汪汪汪叫个不停，夏树强怎么训斥都没用。

“啧，这狗。”夏树强叹了口气。

沈露露立刻笑着道：“叔叔，我没事，没关系的。”

夏树强摆了摆手让他们先进屋，自己则去把还在叫唤的狗牵走。

夏一成翻了个白眼，问沈露露：“没事吧？那狗也就叫唤得厉害，不咬人的。”

沈露露摇头：“没事。”

夏一成的目光在熟悉的院子中掠过。

靠在门口的破旧的笤帚，排列在墙边的农具，摆在墙角还湿漉漉的钓鱼工具；葡萄架上的葡萄熟得发紫，因为没人采摘，很多都掉落在地上，引来很多蜜蜂蚊蝇；院子里唯一的一棵树已经开始飘下黄叶……

生活了几十年的家，眼前的一切与回忆重合，带着昏黄的叹息。

走进房间，可以明显看出父亲仔细地打扫过。只是男人终究不如女人细致，有的地方依旧没有收拾妥当，看着很破落。阳光透过窗户照射进来，令不大的房间亮堂堂的，却又因为有人的进入变得有些暗淡。

饭菜摆在桌子上，还飘着热气。

“哇，真香啊，叔叔您自己做的饭？”沈露露一进房间就惊讶地说道，声音中带着惊喜。

关好狗走进来的夏树强一听就高兴了，哈哈笑着：“随便做了点，你们这么一大早赶来还没吃饭吧，饿了没？”

夏一成瞥了沈露露一眼：“就会拍马屁。”

沈露露昂头一笑：“我说的是真的。被叔叔这么一说，我还真有点饿了。”

“那就去洗手吃饭。”夏树强笑呵呵地说，“洗手的地方就在外面，我去给你打点水。”

“不用，我自己来就行，叔叔您坐着吧。”

看着沈露露走出去的背影，夏树强这才有时间跟儿子单独说话：“儿子，发达了？又开飞机又修路的。”

“对啊，发达了。”夏一成随手从碗里揪了片肉塞嘴里，含混不清地说，“你儿子现在可厉害了，以后您享福就行了。”

听夏一成这么说话，夏树强在外面表现出来的高兴一点都没有了，反而忧心忡忡地说：“我怎么这么不放心呢？你说你前几个月还穷得吃不上饭，从哪儿弄的钱？我可告诉你，千万别做犯法的事……”

“说什么呢？我什么时候穷得吃不上饭了？”夏一成皱着眉道。

“那你半夜还来跟我要钱！”

夏一成被噎了一下：“那都过去了，反正您儿子我现在厉害了，而且也绝对没干犯法的事。您呢，就把心放肚子里吧。”

夏树强看了夏一成一眼，长长地叹了口气：“唉！反正你现在是大了，我也管不了你了。”

夏一成打量着屋子，一副若有所思的样子。

“对了，那个露露是怎么回事？媛媛呢？”夏树强压低了声音问道，“你们真分手了？”

夏一成脸上的表情一僵，随即烦躁地摆了摆手：“不要管这么多。”

“不是，我就觉得媛媛那孩子挺好的。”夏树强看着已经洗完手往屋子里走的沈露露，叹了口气，“算了算了，我也管不了那么多。这孩子也不错，长得是漂亮，你要真喜欢就定下来吧。你年纪也不小了，该结婚了……”

“结什么婚啊？怎么了你就说结婚？”夏一成一脸不爽的样子，最后无奈地对父亲道，“该结婚的时候我会结的，您就别担心这个了。”

“哎呀，你这个孩子，我这还不是为你好？”

“行了行了，我知道您为我好，不是说有鱼吗？鱼呢？”

知道儿子在转移话题，夏树强只是淡淡看了他一眼，也没再继续：“等着，我去给你端。”

沈露露擦干净手走过来，看夏一成好像有点不开心的样子，没多说话，只是对着往厨房走的夏树强一笑：“叔叔，有我能帮忙的地方吗？”

“没有没有，你快去坐着吧。”

屋子里就剩他俩了，沈露露冲夏一成一笑：“这是怎么了？回家还摆脸色呀？”

夏一成沉默地摇了摇头，没有说话。

“叔叔，我来帮您。”见夏树强端了鱼汤过来，沈露露脸上带着笑走了过去。

夏树强一共做了三个菜一个鱼汤，沈露露吃饭的时候一脸享受的表情，话语不断，却不会让人觉得聒噪。

“嗯，这道菜真好吃。叔叔，您手艺不错啊，我得好好学学了。”

“哈哈哈哈，你这姑娘真会说话，喜欢就多吃点。”夏树强笑得很开心。

“你不是要减肥？”夏一成把嘴里的饭咽下去，白了沈露露一眼。

沈露露娇俏地一笑："有这么好吃的东西，还减什么肥，是不是，叔叔？"

"对啊，减什么肥？我看你太瘦了，该多吃点。"夏树强道。

"这些菜这么好吃，肯定得多吃啊。"

一顿饭吃得宾主尽欢。

等吃完饭，从来没有做过家务的沈露露还热络地帮忙收拾。夏树强越发喜欢她，几次对夏一成道："这姑娘真不错，你可别耽误人家。"夏一成皱了皱眉，想说自己跟沈露露的关系不是那样，但又觉得麻烦，便胡乱地点点头。

饭后，三个人在院子里聊天，沈露露帮着夏树强从他们家的葡萄架上摘了几串葡萄，还亲自给两人倒了水。

"露露啊，你别忙活了，坐下来吃点葡萄。"

"好好。"沈露露听话地挨着夏一成坐了下来。

夏树强问儿子："今晚在家睡不？"

"有房间吗？"夏一成懒洋洋地说道，"我那间屋子不是被您放杂物了吗？"

"没，昨天就收拾出来了。"

"算了吧。"夏一成又环视了一遍房子，"这房子是不能住了，您跟我去市里吧，有的是房子给您住。"

"对啊，叔叔，去市里吧，我们也能照顾您。"沈露露在一旁搭话。

"不去不去，去什么市里啊，我在这里住得很好。"夏树强想也不想就拒绝了，然后对夏一成道，"这房子怎么不能住人了？你不照样住了二十年。"

"现在不一样了，我有钱了，有能力让您过上好日子。"夏一成皱眉看着自己的父亲。

"那我也不去市里。我觉得这儿挺好的，闲的时候还能跟人出去钓鱼。"

"去了我那儿也能让您钓鱼。我专门给您挖个大湖，您想要什么鱼没有？”

“不去不去。”

不论夏一成怎么劝，夏树强就是一副彻底拒绝的模样。最后夏一成没办法，无奈地说：“好，不去。这样吧，我去给您买套房子。”

夏父想了想，勉强道：“行吧，现在你当家。”

夏一成笑了。

舒舒服服地休息了一中午后，夏一成给陈斌打了电话：“阿斌，帮我打听一下附近有没有好房子，我要给我爸买套房子。”

“现在买吗？”

“对。”

“好。”

没多久，陈斌的电话就打了过来，语气有点为难地说：“成哥，村子里没几套像样的房子。要不，你跟叔叔也来看看？”

夏一成的眉头一下子皱了起来：“没合适的？”

“不是太简陋，就是二手的，我觉得都不太好……”

陈斌是真为难了。

夏一成想要买房子的消息一传出去，整个林山村都被惊动了，接连不断的电话打到陈斌那里。但陈斌转了一下午，越看越不满意。

夏一成在电话那头没说话，陈斌知道他肯定不高兴了，顿时脑袋也大了，抓着头发道：“成哥，这里毕竟是农村，想要跟市里一样的房子也不现实。”

夏一成轻哼了一声：“怎么不现实了？要不咱俩打赌？我就要在这村里给我爸买一套顶级豪华的别墅。”

“不不不。”陈斌在手机那头连连摇头，“我不跟你赌，肯定你赢啊。”

“你们先回来吧。”挂了电话，夏一成心里却有了个想法。

不到十分钟，陈斌就回来了，与他一起回来的还有那塞满五花八门东西的三辆大房车。

这又一次让林山村的人惊呆了。

看到这么多东西，连夏树强也傻眼了。他看了看自己的儿子："怎么、怎么这么多啊……"

"这才多少啊。"张志科对夏树强道，"夏大爷，您不知道，我们夏总差点儿就要把整个商场给您搬过来。"

"这小子真是乱花钱。"夏树强的眼睛一动不动地看着那三辆车，嘴里不断地喃喃说道，"哎哟哟，这得花多少钱啊。"

"夏大爷，您就等着享福吧，咱们夏总有钱，这才哪儿到哪儿啊。"从房车上下来的孙耀祖笑哈哈地说道。

虽然嘴里说着东西太多，夏树强脸上却笑开了花。

孙耀祖跑到夏一成身边问："成哥，车里的东西现在就往下面搬吗？"

夏一成摇了摇头："别动，先让它们在车里吧。"

"是，那我们就先把车停在不远处的空地上？"

"去吧。"

"阿斌，"夏一成把正在忙活的陈斌叫了过来，"你去把村里管事的人叫过来。"

"村委会主任？"陈斌问道。

夏一成想了想："对，再给我找个能吃饭的地方。"

张志科在这时候笑着道："成哥，陈哥都安排好了，今晚给大家在一家农家乐订了房间，厨子都是我们自己带来的，做饭的厨具也是。"

"行啊你小子。"夏一成拍了拍陈斌的肩膀，"等我回去好好赏你。"

"应该的。"陈斌摸了摸头道。

03

林山村附近不可能有太高级的酒店，陈斌包了一家农家乐，花了一下午的时间把院子打扫得干净雅致。房车开了过来，厨师也到了，把新鲜的食材从车里拿出来。

夏一成等人去的时候，明亮的院子内秋风阵阵，花草摇曳飘香，热腾腾的菜肴正好摆上桌，香气四溢。

即使见过那么多豪奢的地方，夏一成此刻眼前也不由得为之一亮。

夏树强诧异地看着已经完全变了模样的农家乐，有点说不出话。如果不是因为自己从家里坐车过来，他几乎都要怀疑这家农家乐根本不是林山村的了。

外面那片灿烂的秋菊他是知道的，但是院子里铺着的昂贵地毯、大气的桌子、四周摆放的花卉、竖立在角落中的漂亮灯笼，这可都是从来没见过的……

“哎哟，这里真好看，怎么变化这么大了，漂亮漂亮。”夏树强不住地赞叹。

带着父亲坐到桌子旁，夏一成笑着说：“喜欢这里？”

夏父搓着手，点头道：“喜欢，这院子还能这么漂亮啊。”

夏一成笑了，对身边的陈斌打了个响指：“把这个农家乐买下来，厨子留下，我爸喜欢什么就给他做。”

陈斌点头应着，转头就去找农家乐的老板商量。

看着一脸理所当然的儿子，夏树强在这一刻才清晰地意识到夏一成真的成了一方人物。

“夏总？夏总来了？”爽朗的笑声从外面传来。

夏树强下意识地想要站起来，却被自己的儿子拉住。他疑惑地看了看儿子，夏一成冲他笑了笑：“爸，坐着，没事。”

话音刚落，县里的民营企业家王建国跟村委会主任赵东带着几个人就风风火火地走了进来。

夏树强诧异地看到，那个传闻中向来风光傲慢的王总小跑着来到自己儿子身边，热情地跟儿子握手：“夏总，您好您好！来了也不知会一声，是我们怠慢了，怠慢了。”

跟夏一成客套完，王建国又对端坐着的夏树强点头谄笑着说：“夏老爷子好。”

夏树强从来没见过王建国如此低姿态地跟人打招呼，下意识地看了儿子一眼，才回应道：“哦，好，好。”

夏一成就那么坐着，伸出手跟王建国握了握就收了回去，随手一指桌子旁的位子："坐吧。"

王建国带着赵东等人坐下后，笑着道："您看，本来应该我们做东的，怎么能让您这么破费？"

夏一成笑了笑，没说话，倒是作陪的陈斌开口了："谈不上破费，都是小钱。"

王建国笑得更开心了："那是，夏总可是了不得的人物，能够吃到夏总的饭菜，可是我们的荣幸，荣幸啊。"

厨子做好的菜看流水般送上桌，鲜嫩的鱼汤、白玉般的丸子、煎炸得外酥里嫩的羊肉，还有一盘盘时鲜的瓜果蔬菜，偌大的一张桌子上，颜色鲜亮的菜品摆得错落有致，单单只是看着就让人赞不绝口。

"夏总真是会享受。"王建国赞叹着说，"这菜只瞧着就胃口大开啊。"

夏一成跟夏树强动了筷子后，其他人才动筷去吃。尝过了味道，他们这才深深明白，语言词汇再丰富，也无法表达这些菜的好吃程度。

"好吃好吃。"夏父不住地点头。

王建国赞叹不绝："鲜香味美，人间绝味啊！要不是夏总，我们怎么可能吃到这么好吃的东西？东子，还不赶紧给夏总敬酒。"

赵东咽下口里的饭菜，端起酒杯站起身："夏总，敬您一杯。"

酒过一轮，夏一成微微靠着宽大的沙发，斜眼看向王建国："老爷子不愿意随我去市里住，所以我打算给他买块地建套房子。"

王建国立刻道："夏总您说，要我们做什么？"

夏一成道："也没别的大事，就是买块地，大一点的，风景好点的。"

"夏总啊，您看上哪块地了？跟我说，我今天就能给您办了。"王建国拍着胸脯道。

夏一成笑了："痛快，明天我让陈斌去看地，看好了就去办。"

"行，随时恭候。"

沈露露好奇地问夏一成："可是建房子需要时间吧，这段时间夏叔叔住在哪里呢？难道还要住在老房子里？"

夏一成一顿，偏头看了看自己的父亲，一个念头突然冒了出来。

啪！院子里的人被夏一成拍桌子的声音吓了一跳，立刻看了过去："怎么了？"

夏一成看着夏父挑了挑眉："爸，小时候您不是告诉我，县里的那栋豪华大楼是咱们这里最好的建筑吗？还说让我以后出息了买下来给您住？"

夏树强摆了摆手，笑着道："那不是在跟你开玩笑嘛，逗你玩的……"

"买下来。"夏一成加重口气打断夏树强的话，对陈斌抬了抬下巴，"听到没？把那栋豪华大楼给我买下来，明天就让我爸住进去。"

夏树强一愣："啊？"

王建国跟赵东对视了一眼，都有点蒙。

听了夏一成的话，陈斌赶忙咽下自己嘴里的菜，一抹嘴道："行，这事交给我了。"

王建国："……"

赵东："……"

夏一成笑吟吟地看着他们两人："怎么？有问题？"

王建国反应最快，立刻道："没问题，没问题！我也觉得只有那栋大楼才够资格让夏老爷子住。"

夏树强心想，他真没想住那栋大楼啊……

沈露露看着桌子上其他人的样子，轻声笑了出来。

"那就好。"夏一成愉悦地夹了一筷子菜。

"但是夏总啊……"王建国又有点为难地说，"能不能宽限两天，楼里太乱了，我们总要收拾一下。"

"行，就给你两天时间，把那个大楼给我收拾出来。"夏一成很大方地说。

王建国其实有点为难，可话都说到这份上了，也不得不应了。毕竟眼前这个人可是能够随随便便就给村子里修路的财神爷，巴结好了，没准儿还能再给县上投资几个亿。

“好吧，夏总，您放心，这件事我会给您办妥的。两天后，那个大楼就归你们了！”王建国咬牙说道。

“痛快！来，喝酒！”夏一成把杯子举了起来，在场的其他人也赶紧举杯。

月上中空，酒桌上觥筹交错，杯盘狼藉。

王建国的秘书刘海洋见王建国已经喝得说不出一句完整的话，只能在心里叹了口气，调整面部表情，谄笑着对夏一成道：“夏总啊，您来我们这儿一次是真不容易，平常我们连话都跟您搭不上啊。”

夏一成打了个酒嗝，费劲地看着他：“哦？是吗？”

“是啊，我们县里，哦，包括您的家乡林山村，近几个月有几个好项目准备开工，一直都想得到您的支持。可是您看，到现在了，项目策划书都没递上去。”

刘海洋的话说得够清楚，但是这些话落到夏一成的耳中，却全都变成了一团糨糊，他脑袋晕晕的，看人都是重影，甚至不明白自己在做什么。

“项目，好，好！”

刘海洋看出夏一成醉得有些厉害，当即问道：“您是说愿意支持我们吗？”

“支持，支持！”夏一成大着舌头道。

“太好了，我就代表王总先谢谢您了！”刘海洋笑得眼睛都眯了起来。

沈露露跟陈斌的视线淡淡地从刘海洋身上掠过，眼神中带着几分嘲讽。

别看现在夏一成醉了好像很好说话的样子，但等他醒了知道有人套他的话，那这个人可就倒霉了。

“你们那些项目，都、都太小了。”夏一成靠在椅背上，手还指点着王建国与刘海洋。

王建国又闷了一口酒，笑着问：“怎么小了？”

“现在谁还建工厂啊？”夏一成一脸嫌弃地说道，“工厂能挣几个钱啊？”

“唉！”王建国叹了口气，看起来很发愁的样子，“兄弟，你说我们不建工厂能做什么啊？”

“开发旅游啊！”夏一成拍着桌子道。

“开不了。”王建国皱着眉摇了摇头。

夏一成哼了一声：“怎么，怎么开不了？我说能开就能开！”

“咱们这儿就是一个最普通的农村，一没山，二没水，连个历史名人都没有。夏总啊，我们是真开不了。”刘海洋小心地解释道。

夏一成醉得有些不清醒，觉得这些人是在跟自己抬杠，顿时就有点生气，用手指点着桌子：“我说能开发，就能开发！”

在座的人谁都不敢惹这位大财神生气，倒是夏树强问了句：“怎么开发呢？”

夏一成手肘撑在桌子上，努力思考着：“哦，怎么开发呢？”

已经醉糊涂的王建国这时候乐了，哈哈一笑：“我说开不了吧。”

夏一成眉毛立刻竖了起来，指着王建国道：“打赌！我跟你打赌！这里一定能开发旅游，而且会很火很挣钱！”

王建国摆了摆手：“不可能。”

“我跟你打赌，你敢不敢跟我赌？”

夏一成伸手一拍桌子，不小的声音把整个院子里的人的目光都吸引了过去。

沈露露见夏一成这般模样，微微一愣，放轻了声音道：“成哥，你醉了。”

“我没醉。”夏一成很快地说道。

王建国直愣愣地看着夏一成，也不知道哪根筋抽了，脱口说道：“行，赌，就打赌了。”

“这里肯定能成为旅游胜地！肯定能！那我们就打赌了，打赌了！”夏一成站起来用指点江山的气势说完，自己就笑了，“哈哈哈，你们敢跟我打赌，哈哈哈，打赌我怎么可能会输？”

王建国也想跟着站起来拍桌子，但被刘海洋眼疾手快摁住了。同时，刘海洋赔笑着对夏一成和其他人道："对不住啊，对不住，我们王总喝多了就爱说大话，都是开玩笑，什么赌注都算不得真的。"

夏一成醉眼迷离，本来还因打了个赌而愉悦，嘴角都挂着笑意，但是一听到刘海洋的话，他顿时就不干了："都已经打赌了怎么能耍赖呢？这个赌必须打！"

刘海洋被夏一成严厉的语气吓到，连忙点头："打，打。"

这时候，王建国终于挣脱刘海洋的控制，如愿以偿地拍了拍桌子："对！必须打！"说完，他就趴在桌子上睡着了。

赌约既然定了，夏一成也心满意足了。他坐下来，懒散着身子坐在椅子中，任思绪昏沉着飞舞。

夜色沉沉，凉风习习，在这放松而舒适的环境中，似乎所有人都醉了。而头顶那片明月高悬的夜空，似乎在夏一成说过打赌后越发黑了。可谁会去在意呢？

被清风一吹，本就意识昏沉的夏一成彻底醉了。他靠在椅背上，眼睛散乱无神地看着天空，也不知道看到了什么，笑了。

"哎呀，这里还挺干净的。"

一道清脆的女声从门口传来，如一枚石子落入安静的湖面，顿时激起阵阵涟漪。紧接着，几道不同的声音从农家乐的门口传来。

"哇，没想到这里还有这么精致的农家乐啊。"

"真的好漂亮啊。"

"齐峰，你快来看呀。这里真没咱们想象中的那么差，今晚就在这儿吃饭吧。"

叽叽喳喳的声音如同几十只黄鹂鸟在叫唤，刘海洋皱了皱眉，挥手让人把他们赶走。

正当农家乐的主人要出面的时候，那群年轻人已经从门口拥了进来，也不知道是谁先尖叫了一声。

"啊！我的女神！沈露露，你是沈露露吧？"

尖锐的充满喜悦与不可思议的声音划破了夜空，将刚刚那短暂的黏稠的舒适安静打了个破碎。“沈露露，请问你是沈露露吗？”一个女孩子小跑着来到沈露露身边。一举一动都表明她是沈露露的狂热粉丝，眼眸中的热切挡也挡不住。

沈露露没想到会在这里遇上粉丝，但她没有丝毫的慌乱，嘴角带着最漂亮的笑容，冲自己的小粉丝眨了眨眼睛，调皮娇俏之色尽显，同时伸出手，比了一个“嘘”的手势。

“真的是……”那女孩声音抑制不住地拔高，但很快又降成了窃窃私语。她捂着嘴，眼睛亮晶晶的，急促地小声道：“我、我很喜欢你，你真的很好。我、我叫许悦，你、你能帮我签个名吗？”

见许悦真的跟大明星搭上了话，她的同伴也都乍惊乍喜地走了过来。

桌子上的多数人都醉了，嘴里还时不时地说着醉话。沈露露想了想，对许悦比了个手势，然后与他们一起走了出去。

那些年轻的女孩子偷瞄着打量了一下院子里的人，仿佛发现了什么秘密，一个个眼睛更亮了。

这家农家乐外面是一片开得正艳的菊花，黄澄澄、白嫩嫩的颜色在灯光下显得更漂亮。

许悦与同伴随沈露露来到院外，终于能够尽情地表达自己的喜欢。

“我特别喜欢你演的凌贵妃！太美了，真的！我觉得你的演技比女主角好太多了！”一来到外面，许悦就忍不住说道。

“谢谢。”沈露露永远都知道在什么样的场合露出什么样的表情，此刻的她笑意蔓延到眼中，真心诚意地对那些年轻的姑娘说，“能在这里遇上你们，也真是缘分。”

“对啊对啊！”许悦激动得舌头都在打结，“我也没想到！”

“哈哈哈，你今天如愿了吧？”许悦的朋友调侃她，“一天在宿舍念叨八百遍的明星见到了，什么感觉？”

“感觉要上天了！”

“哈哈哈……”

欢快的笑声在农家乐的院子外飘荡。看着他们喜爱的眼神，沈露露的心情也飞扬起来，她感觉到一抹久违的温暖从心底涌起。“真的非常感谢你们的喜欢，但这一次我是陪朋友来的，所以，恐怕相聚的时间不会太长。”沈露露满含歉意地说。

“没关系没关系。”许悦立刻摆手道，“能见到你，我就很开心了！”

“再次感谢，谢谢。”

“女神，你能跟我拍张照片吗？”许悦期待地看着她。

正常来说，女明星在没有准备的情况下是不愿意与粉丝合影的，但是现在的氛围实在太温暖，沈露露不忍心去拒绝自己的粉丝。她笑了：“当然可以啊。”

“啊！太好了！谢谢，谢谢！”

两人站在怒放的菊花前面，沈露露姿态从容，眉眼含笑，许悦紧张而局促，但是一双眼睛亮晶晶的，满是欢喜。她们背后是一整片空灵的夜色，巨大的令人惊叹的月亮挂在天边。昏黄的灯光从斜侧面的半空流泻而下，洒在她们身上，恍如为两人披上了一层华美的外衣。

咔嚓。闪光灯一闪，安静而美丽的画面被永远定格。

“哇！好漂亮啊！”

照片上，两人如同从浓稠夜色中走出来的精灵，漂亮得不似凡人。

“我也要照！”许悦的同伴按捺不住了。

“不行，女神要回去了。”许悦瞪了她一眼。

沈露露笑了笑，对他们说道：“没关系的，那我们大家一起来个合照吧。”

“可以吗？”五个年轻人感觉自己今天被幸运之神砸到了，不敢置信地问道。

沈露露笑得很开心：“可以啊。”

与五个年轻人告别后，沈露露走回农家小院，酒桌上饭菜已凉，主客皆醉，而夜色也深了。

“多谢这次的款待，我们成哥也喝高兴了。”

得到沈露露的提示，陈斌带人从外面进来，将已经醉倒的夏一成父子扶回家里。

有些微醺但头脑还算清醒的刘海洋与陈斌握了握手，笑着说："您看，不仅喝高兴了，还都喝高了呢。这次喝得痛快，咱们下次再聚！"

"好，好，下次再聚。"明月西移，农家乐中的热闹随着夜风的吹拂渐渐散去，徒留满室的酒香。五个年轻人也如愿地住进了这座院子里。

就在这安静的夜里，五个年轻人在各大社交平台上引爆了关于沈露露的话题，顺带地，将那片清雅秀美的菊花与安静祥和的村庄夜色送入了千万网友的眼中。无数人追问那是哪里，女神跟谁在一起，女神在做什么……

沈露露的真爱粉、黑粉还有路人，齐心协力地将"沈露露"的名字送上了热搜第一，并且久居不下，连带着也捧红了从来都默默无名、无山无水的林山村。

这一切，睡梦中的夏一成与沈露露毫无所觉。

04

这一觉，夏一成睡得很沉很沉，直到下午两点多才睁开眼睛。

宿醉的眩晕感还残留在脑中，他睁开的眼睛里尚且带着茫然。望着生活了十几年、已经烙印在生命中的家，夏一成有种时空错乱的感觉，他仿佛还是那个习惯赖床的大男孩，等着母亲几次的呼唤才会不情愿地爬起来……

吱呀。开门的声音吸引了夏一成的注意，他转头看去，一个女孩走了过来，带着屋子外面阳光热烈的温度。

那一瞬，夏一成的心脏怦怦地跳了起来，一个埋在心中很久的名字脱口而出："媛媛？"

沈露露脚步一顿，有些诧异地看向夏一成，很快意识到什么。以她的聪明，立刻猜到那个名字所代表的意义，诧异只维持了一秒，便化作酸涩，倒进了心底。这抹酸涩她无法在夏一成面前表达，只能笑着问："成哥，你醒了？陈斌他们带来了早餐和醒酒汤。"

不是她。

喊出那个名字的时候，那种温暖的如梦似幻的感觉就消失了，夏一成有些懊恼地用手捂住眼睛，心也渐渐沉了下去。他烦躁地摆了摆手，表示自己知道了，然后重新躺到了床上。

沈露露将手中的温水放到床头柜上，看了一眼夏一成，想了想，最终还是转身离开，门又吱呀一声重新关上。

很快，外面就传来了夏树强与沈露露小声的对话。

"这臭小子还没醒啊？"

"喝太多酒了，让成哥多睡会儿吧。"

沈露露想帮夏树强收拾屋子，可夏树强说什么也不让她动手。无奈之下，她只好百无聊赖地坐在沙发上玩手机。可她心绪难平，刚刚夏一成将她错认他人的情景一次次出现在脑海中，勾起无限的烦恼，但她思来想去也不知该如何是好。

在与夏一成的关系中，她不敢进，也不愿退，只能在原地等待。

外面说话的声音很快就消失了，夏一成睁着眼睛看着天花板，想要抓住刚刚醒来时那一瞬的感觉，可那就像划过夜空的流星，眨眼间就消失，再也捕捉不到。

不是她。怎么可能是她？

一种无力的带着苦涩的情绪在夏一成心中蔓延。他长长地吐出一口气，不想承认，却又不得不承认，自己真的很想她。

很想很想。

重新在床上躺了一个小时，夏一成才慢吞吞地起床。从房间出来，他看到客厅中已经摆好了温热的米粥与水果。

沈露露脸上的笑依旧灿烂，与他打招呼："成哥，你终于醒了，快来吃点东西。"

在院子里摆弄渔具的夏树强也笑呵呵地问："儿子，你酒量不行啊，才喝那么点就醉到现在。"

"赶不上您，老当益壮啊。"夏一成打着哈欠道。

昨晚喝了那么多酒，一直没怎么吃东西，直到坐到饭桌上，夏一成才发现自己已经饿得前胸贴后背了。他风卷残云般扫荡完桌子上的饭食，才长长地舒了一口气。

沈露露坐在沙发上玩手机，目不转睛，时而微笑，时而蹙眉。

夏一成摸过一个大白梨，啃了一口，问道："看什么呢？这么入迷。"

沈露露立刻将手机递给夏一成："在看网友怎么说我，成哥你看看。"

夏一成啧了一声，拿过沈露露的手机一看，果然各大热搜都是沈露露，伴随着沈露露火了的还有林山村。

"这有点意思啊。"夏一成翻着评论，看到沈露露昨晚的照片，赞许地点了点头，"这张照片不错。"

沈露露立刻就笑了："哈哈，我也没想到会有这么好的效果。"

夏一成并没有很在意，百无聊赖地看了看外面的父亲，发现父亲还在认真地摆弄渔具，这才撇了撇嘴懒洋洋地说道："明星效应不错，把我们这个村子都带火了。"

"好多人说这里是世外桃源呢。"沈露露看着那些评论笑了。

夏一成嗤笑一声："什么世外桃源，就是一个小村子，要什么没什么。"

沈露露抬眼看着夏一成："那你还跟人打赌说这里会成为旅游胜地。"

夏一成啃大白梨的动作一顿，转头看向沈露露："什么？"

"你忘了？"

夏一成皱着眉，认真思索了一番，但是脑子里的记忆空空荡荡。

沈露露见他一脸茫然的样子，扑哧一声就笑了出来："哎呀呀，这下糟糕了，哈哈哈哈……"

夏一成咽下嘴里的梨："到底怎么回事？"

沈露露笑着说："昨天晚上，你在酒桌上跟那个王建国打赌，说这个村子会成为旅游的好地方，能大力开发旅游业。果然是喝醉了啊。"

夏一成沉默了一会儿才继续啃大白梨，努力想了想，还是一点印象也没有，问："我跟他打赌了？你确定是打赌？"

沈露露很坚定地点头："是啊，你就是和他打赌了。"

夏一成的目光从沈露露脸上移开，定格在刚刚看过的手机上。良久，他才发出意味深长的声音："哦，是吗？"

沈露露眨了眨眼："你会输吗？"

夏一成将梨核扔到垃圾桶里，站起身，拍了拍手，反问沈露露："我会输？"

沈露露福至心灵，笑嘻嘻地说："当然不会，你可是赌神！"

"是吗？你这就知道了？"夏一成捏了捏她的鼻子。

两人在房间里嘻嘻哈哈闹了一番，夏一成原本烦闷的心情顿时被抛到了九霄云外。

他让沈露露去收拾东西，说今天就回市里。

看了看院中还在认真摆弄渔具的父亲，夏一成弯了弯嘴角，走回自己的房间，把门从里面锁上，从斑驳的抽屉中取出一张装裱好的照片。

照片泛着黄色，旧时光的感觉扑面而来。年轻的父母抱着一个六岁的幼童开心地笑着，隔着无法跨越的时间距离，夏一成依旧能够感受到那时候的欢乐。

手指抚摩过照片上还年轻的母亲，夏一成声音低低地说道："妈，您儿子终于出息了，有钱了，但是没办法孝敬您。"

年轻的母亲笑着看向镜头，就好像她在温和地笑着，看着自己的儿子。

"您放心，我会好好孝顺爸的，会让他过上好日子，住最好的房子，吃最好的东西，想做什么就做什么，安稳无忧。"

"妈，我挺想您的。"

沈露露收拾好东西，正在院子里听夏树强讲解钓鱼的技巧，陈斌从外面跑进来，跟两人打过招呼就进了房间。

"成哥，那个大楼已经买下来了，他们的人正在收拾，夏叔明天就能住进去。"

正在穿衣服的夏一成听了，点了点头："知道了，让咱们的人都麻利点。"

到了院子里，夏一成对父亲道："爸，我们今天先回去了，那个大楼明天就能收拾出来，那是咱的了。"

正对沈露露讲解得兴高采烈的夏树强听到儿子的话，笑容立刻收了收，站起来问夏一成："这才住多久就回去？"

"要不您跟我去市里？"夏一成道。

夏树强立刻摇头："我不去我不去，城里不自在。"

夏一成叹了口气："好吧，那您就去那个大楼住吧。"

夏树强瞪大了眼睛："还真买了啊？"

"手续都办妥了。"夏一成耸了耸肩。

一直以为那是酒后玩笑的夏树强彻底震惊了："不、不是，那可是县里的豪华大楼啊，我……"

"县里的豪华大楼怎么了？"夏一成嗤笑一声，"现在，那楼已经跟咱姓夏了。"

"哎哟，可是那得多少钱啊……"夏树强有些心慌地问。

夏一成皱起了眉头："我就不爱听您说钱，多少钱我都有。我会让人把屋子给您收拾好的，到时候您就去住吧。"

夏树强有些无措地说："可那么大的房子，我一个人住啊？"

夏一成想了想，也对，那个大楼里有几十间房子呢，父亲自己住进去一定会寂寞的。他转头对陈斌道："回去后，找上几十个手脚麻利的人给我爸送过来，好好照顾他，再在大楼里弄一些电影院之类的娱乐设施。哦，对了，再找几个做饭的厨师过来。"

陈斌笑嘻嘻地说："好，我记下了，成哥你放心吧。"

沈露露这时候对夏树强笑道："夏叔叔您可真幸福，成哥这么孝顺您呢。"

夏树强也觉倍有面子："这孩子，哈哈哈，弄这么多事。"

夏一成看了看自己的父亲："还有没有别的要求？爸，现在您想要什么都行。"

夏树强的心里五味杂陈，欢喜雀跃是有，毕竟儿子现在出息了，但也有担心。这一切来得太突然，好像自己的儿子一下子就从穷光蛋变成了有钱人，总觉得有点不踏实。

而且夏树强觉得自己这日子过得有点像以前的地主。他摇了摇头，道："我没什么要求了，只希望你自己好好的。"

夏一成笑了："我现在好得很，以后肯定还会更好。爸，您就别担心了。我们现在得走了，您有什么要求就给我打电话，而且我把钱都打在您卡上了，您随便花。"

"我没什么花钱的地方，倒是你，怎么这么快就走啊？"

"回去还有事呢。"夏一成随口道，"我会留下人来陪您的。"

见儿子非走不可，夏树强也没办法，只好说："好吧，我去送你。"

出了家门，父子俩在前面走着，有一搭没一搭地说着话，坑坑洼洼的土路偶尔还会带起尘土，陈斌跟沈露露等人隔着一段距离跟在后面。

走过街头，正好碰到几辆大卡车从远处开过来，车上全是穿着施工服装的人。

"夏总啊，给我们修路的人来了，这是于经理。"领着施工队的赵东看到夏一成等人，异常热情地介绍道。

于洋跟夏一成握了握手："夏总好，我们的人明天就会到全，肯定会为村子修一条好路。"

夏一成指了指身后的整个村子："修一条哪够？要把整个村子的路都翻修一遍。"

"是，您放心。"于洋连连点头说道。

"行了，去干活儿吧。"夏一成摆摆手。

村子里的人都跟在卡车后面看着，兴奋又激动地议论着，小孩子们到处跑来跑去。

夏一成的目光从那些人身上扫过，看到站在人群中的夏爱国有些畏缩的眼神时，他笑了。他戴上墨镜，朝自己的直升机走去。

夏一成手攀在直升机舱门上，回头对夏树强道："爸，您回去吧，我走了。"

夏树强看了眼站在他们后面几步远的沈露露，对儿子说道：“我看露露这姑娘挺不错的，而且看得出来她喜欢你，你俩……”

夏一成有点不耐烦地说：“您怎么看出来的？”

“这明摆着的事啊。”

“行了行了，这事您就别管了。”夏一成摆了摆手。

夏树强观察了一下自己的儿子：“我看你还是放不下媛媛。儿子啊，你别耽误人家姑娘，喜欢媛媛就把她追回来嘛。”

夏一成更烦了：“如果能追回来我早追了。这些事您都不懂，别管了行不行？”

“行行行，我不管，我不管。”夏树强叹了口气，也不想在这时候跟儿子吵，“那你走吧，路上一定注意安全。”

“知道了，您照顾好自己，缺什么跟我说。”

“嗯。”

夏一成进了直升机，对父亲摆了摆手，就在村民的注视下飞走了。

夏一成回到别墅的时候，太阳还没落山。他痛痛快快地泡了个澡，然后去了按摩室。

“成哥。”陈斌从外面走进来。

夏一成指了指另一张按摩床，随口说道：“你也按按，舒服。”

陈斌没有客气，也躺在了床上，继续说道：“刚刚已经把三十七个保镖跟四个保姆、四个厨师给夏叔送过去了，而且我确认了，那个大楼明天就能住。”

“嗯，不错。”夏一成一边享受着按摩，一边说，“让那些人都机灵点。”

“他们走的时候我都嘱咐过了。”陈斌舒服地闭上眼睛，但很快又睁开了，“对了，跟那个王建国打赌的事我跟他说了，如果林山村真的成了旅游胜地，那么那地方的旅游开发权给咱们，合同都已经拟好了，明天就能送过来。”

夏一成懒懒地笑了，陈斌欲言又止地看了看他。

“怎么了？”

“成哥，你说，林山村真的能成为旅游胜地吗？”

夏一成眯着眼睛笑了：“我说能，它就能。”

陈斌也笑了：“哥，我信你，你跟别人打赌，从来就没输过。”

庆城县里，秘书刘海洋把打印好的合同送到王建国的办公室。

王建国看着合同满脸疑惑不解，实在是搞不明白那些有钱人是怎么想的。说到底，那个赌约也不过是两个醉汉吹牛吹出来的，而且怎么看都是自己赢。他指着合同对刘海洋说：“我都已经准备把这件事当作醉话给忘了，怎么这个必输的人还提起来了呢？”

“想不明白。”刘海洋也摸不着头脑，“反正是给咱送钱，咱接着不就行了，也没必要想那么多，您说是不是？”

王建国无比认同地点了点头。

无论是林山村还是庆城县，几十年如一日的贫穷落后，即使外面的世界翻天覆地地飞速发展，好像都影响不了这里的慢节奏。一望无际的平原上，大大小小地分散着村庄与农田，普通得没有半分特色。

没有山水，没有遗迹，没有美食，没有名人……这样的地方，怎么可能成为旅游胜地？

“那个夏总真的说，他输了就给咱们投资两个亿盖工厂？”说到那个数字的时候，王建国下意识地吞了吞口水。

“嗯，说了。”

王建国与刘海洋对视一眼，都笑了。

夜渐渐深了，陈斌离开的时候，夏一成道：“建房子的事也上点心，地都买好了。”

“嗯，这件事我已经让手下的人去弄了，建一栋别墅这么大的事情，总得慎重点。”

夏一成点点头：“行，那你去吧。”

夜已经深了，今天沈露露没有回去，而是住在别墅中。

两人靠在绵软的沙发上，一起看电影。中途沈露露接了个电话，之后整个人的情绪就不对了。

夏一成转头，看到她有些发红的眼睛，眉梢一挑：“怎么了？”

沈露露轻轻叹了口气，苦笑着：“娱乐圈啊……”

“被欺负了？”

沈露露被这句话逗得一笑：“对啊，被欺负了。”

“怎么欺负的，告诉我，我给你找回场子。”

夏一成这话说得真心实意。从老家回来后，夏树强的话就一直回荡在他的耳边。难道连常年不出村子的老人都能看出沈露露喜欢自己吗？可她喜欢我什么呢？

钱。这是夏一成能够想到的唯一理由，并且也是他希望的理由。

“不用……”沈露露摇头要拒绝。

夏一成的脸色顿时有些难看：“什么不用？你是我罩着的人，就不能被人欺负，跟我说怎么回事。”

沈露露愣愣地看着他，低下了头，藏住嘴角的苦涩。她何尝不明白夏一成的用意，钱与情，分得这般清楚。不过，如果这是他所希望的，她只要配合就好了。

沈露露简单把刚刚那通电话讲了一遍。

“所以，你的角色被人抢了？”

沈露露没精打采地点了点头：“嗯，而且刚刚公司的人打电话给我，说不会去争取了。”

夏一成笑了：“又不是主角，看把你愁的。”

“我不能总演电视剧。那电影的机会真的很好，是国内名导徐刚的贺岁片，而且还能跟很多大明星合作。本来都说好了，结果却变卦了，不就是觉得那个顶替我的人来头更大吗？”

“来头更大？”夏一成把这几个字咀嚼了一番，冷冷地笑了。他给不了沈露露感情，只能尽量从物质上补偿，而且这件事来得正是时候，他不想欠着她。

“一个破公司不待也罢。”

沈露露眨了眨眼睛，她现在所在的公司可真不是什么破公司，而是娱乐圈排得上名头的大公司。

夏一成看着她认真地说："我要为你成立一家影视公司。"

第六章

狂妄

01

第二天，陈斌一到别墅，就被夏一成叫去了书房。

“成立一家影视公司？”陈斌惊讶地看着夏一成，说话的时候因为太诧异，还差点咬到自己的舌头。

“对，我们把名字都定好了，叫浩淼影业。”夏一成说道。

陈斌看了看一旁的沈露露，拼命地忍住想翻白眼的冲动。他刚刚那么惊讶倒不是因为这个任务太难，只是觉得为了讨好一个女人要去成立一家影视公司，实在太大手笔了……

“哦，名字不错。”陈斌有点不知道该说什么了，头痛地盘算着影视公司的事情。这种公司哪是说成立就成立的？公司的地址、员工的选择，还有其他乱七八糟的事情……陈斌发愁，心想夏一成怎么说一出是一出。

“等公司成立后，露露就是公司的签约明星，你给她安排个电影，能赶上贺岁档的。”

陈斌瞪大了眼睛：“啊？”

“臭小子，啊什么？做不到吗？”

陈斌有些为难地说：“又是成立公司又是拍电影的，还得在贺岁档，是不是有点急啊？”

夏一成眉头一挑：“哪里急了？有钱什么事办不了？花多少无所谓，尽快把这两件事给我办好。”

陈斌无奈地答应：“好吧。”

看他愁眉苦脸的样子，夏一成笑了：“阿斌啊，你愁什么？我教你怎么去做。你啊，先把公司注册了。员工不到处都是吗？实在找不到就去别的公司挖人，只要你给的钱够多，那帮势利眼绝对会过来。至于拍电影，放出话去要投资，保准那群导演什么的一窝蜂地凑上来。”

陈斌眼睛一下子亮了：“成哥，高明啊，听你这么一说，也很容易啊。”

夏一成靠在椅背上：“说到底不就是钱，有什么难的！”

“是，是，那我现在就去办？”

“嗯，去吧。”

将书房的大门关上，陈斌走到客厅，几个电话打出去，张志科、孙耀祖等人全都来了。

“陈哥，有什么吩咐？”

陈斌给了他们一人十张银行卡，又把要成立影视公司的事情说了，让他们去找这一行的人才，不管花多少钱都要挖过来，同时要他们找一部能在贺岁档上映的电影。

几个人领命而去。

孙耀祖离开了一会儿，又折了回来，对陈斌道：“陈哥，您看我那事……”

陈斌瞥了他一眼：“那可是件大事，你还真敢揽活，不怕办砸了？”

孙耀祖一脸真诚地说：“陈哥，瞧您说的，没有那金刚钻，我也不会来揽这瓷器活儿啊！我手下真有个人，还是咱们市里最好的建筑学校毕业的，而且人家盖过不少房子，您要是不信，我把他的证书拿来给您看看。”

“真的会建房子？”

“肯定会啊！”孙耀祖睁大了眼睛说，“这事包我身上绝对妥妥的！万一没做好，那也是我一个人担着。”

陈斌不太信任地看了看孙耀祖，勉为其难地说道：“行吧，我跟成哥说说，得他同意才行。”

“哎哟喂！谢谢您了陈哥！”孙耀祖顿时眉开眼笑，“有您出面事情就妥了，您可是咱们夏总最信任的大红人啊！”

“滚你的，就会拍马屁，赶紧去把我刚刚吩咐的事办了。”

“保证干得漂亮。”孙耀祖一边笑着往外走，一边回头道，“陈哥，今晚兄弟们又凑了一个局，玩玩去？我正好把那个建筑师介绍给您看看！”

陈斌想了想：“行，晚上定在哪儿？”

“就老地方吧。”

“成哥，你想看什么样的电影啊？”沈露露一边看书一边问。

“没什么想看的。”夏一成对这些没什么兴趣，以前去电影院也都是陪赵媛媛，片子都是她挑，自己无所谓。

沈露露不依不饶地问：“那你好好想想呀。”

“行，我想想啊。”夏一成敷衍地说道。

喜欢什么？思维一发散，夏一成就不由自主地想起了赵媛媛。

那是个冬天，外面飘着雪，寒风凛凛，赵媛媛心血来潮地想去电影院看喜剧片。两人冒着寒风去了，却发现影院中上映的影片里没有一部是喜剧，直到现在夏一成还记得当时赵媛媛郁闷的模样。

“成哥你笑什么呢？想好了没？喜欢看什么片子？”沈露露眨着眼睛问。

夏一成以手支额，有些怀念地说：“喜剧片吧，要爆笑的那种。”

沈露露欢喜地点了点头：“那我就演喜剧片！你给陈斌打电话，告诉他找的片子要是喜剧的。”

夏一成躺在宽大的沙发上闭上了眼睛，懒懒地说：“你打吧，我要睡一会儿。”

“好吧，我打给他。成哥，我一定要演一部把你逗得哈哈大笑的电影。”沈露露一边拨手机，一边喜滋滋地说。

浩淼影业的事情，陈斌忙活了半个月，砸进去数亿元才彻底办好，包括公司的选址、工作人员的招聘等一切都办妥当了，连给沈露露拍电影的导演团队也筛选出来了。

今天，是国内著名导演徐刚召开电影发布会的日子。

今天，也是夏一成的影视公司浩淼影业召开发布会的日子。

选这一天，是夏一成的决定。

一大早，偌大的别墅客厅里已经坐了七个人，除了陈斌与沈露露外，其余的五个人都是生面孔，但一个个都气势不小。

他们是浩淼影业花大价钱从各大公司挖过来的管理层人员，这些人来时也带了一些自己的得力干将。同时，浩淼影业还一口气招收了数位业内经纪人，一系列的手段可谓雷厉风行。沈露露也从原来的公司宇森影业离开，成为浩淼影业的第一位女艺人，也是第一位签约艺人。

不过浩淼影业的这一番动作，也在短短的时间内几乎将整个娱乐圈都得罪了。一时间风言风语不少，以宇森影业为首，很多老板私下都表达了不满。但夏一成毫不在意，他根本没将那些人放在眼里。

“咱们这个起点起得好啊。”新上任的影视策划经理陈默笑眯眯地说。他看上去不过四十岁出头，笑起来活脱脱一副狐狸模样。

夏一成一边穿着衣服，一边从二楼走下来，眼睛一扫客厅，人果然都全了。

“为什么起得好呢？”夏一成走下楼，坐在沙发上问客厅中的人。

“夏总好。”客厅里的人纷纷向他问好。公关部经理胡放笑了笑：“因为咱们相当于借了徐刚的势啊，古人不是说‘好风凭借力，送我上青天’吗？哈哈哈……”

“是吗？”夏一成摸了摸下巴，道，“可我不喜欢借别人的风，我要的是自己起风，你们懂吗？”

“夏总好魄力，我们自然懂，懂。”财务部经理钱越笑着道。

“只要你们安安心心地跟着我干，把浩淼影业做好了，钱，少不了你们的。”夏一成慢悠悠地说。

浩淼影业虽然成立了，但是他还没跟公司的管理层见过，于是趁着这个机会，好好敲打敲打。

“夏总您放心，我们明白您的意思，也愿意跟着您干。”技术部经理盛凯笑着说。

“嗯，那就好。”夏一成点头。

几位经理彼此看了看，陈默低头笑了，道：“老牌的影视公司毕竟都老了，无论他们的内部结构还是看待市场的眼光都已经落后。这个时代需要新鲜的血液，我相信凭我们几个人的能力和夏总的财力，一定会缔造一个新的影视王国。”

“之前也不是没人拿钱请过我们，但我们都在观望，直到今天。”钱越对夏一成笑了笑，“是浩淼选择了我们，也是我们选择了浩淼。”

夏一成看着他们：“几位也挺有想法，不错，如果能够做出业绩就更好了。”

五个经理中，最年轻的已经四十岁，最大的比夏一成年长了十多岁。然而此刻，他们都非常恭谨地对夏一成微微低头。

“请夏总放心。”

“哈哈哈，那我就等着几位给我带来好消息吧。”夏一成一拍手，从座位上站起来。

见夏一成起身，陈斌来到他身边，问道：“是不是要备车？”

“嗯，时间也不早了，咱们是不是应该出发了？”夏一成看向其他几个人。

陈默看了看手上的表，点头道：“确实该出发了。”

“走吧。”

夏一成与沈露露走在前面，率先出了门。

车上，沈露露好奇地问夏一成："刚刚那几个人，你感觉怎么样？"

夏一成想了想，道："一群老狐狸。"

"哈哈哈。"沈露露笑了，"那个彭明跟钱越，我以前也只是听说，从没见过。其他人也都很厉害的样子，有他们在，应该没问题。"

夏一成瞥了她一眼："知道的还不少。"

"哎，反正内部流传最多的就是八卦消息，你想知道谁的，我都能跟你说哦。"沈露露眨了眨眼睛，开玩笑地说。

夏一成还真的认真想了想，想起以前赵媛媛很喜欢的一对明星夫妇，于是问道："那个谁，哦，对了，王颖跟她老公……"

"离婚了。"沈露露脱口说道，"这个可是大新闻，只不过一直压着，外人不知道，业内早就传遍了。"

夏一成笑了笑："是吗？"

"没想到你对她感兴趣啊，喜欢她？"沈露露挑着眉问。

夏一成懒懒地靠在椅背上，没说话。

陈斌从后视镜看了眼，暗暗在心里叹了口气，他倒是知道夏一成为什么问这个。就在今年年初聚会的时候，赵媛媛跟自己老婆还很有兴致地讨论过这个问题。

一行人很快到达发布会会场。

夏一成将发布会的地点选在了市里最豪华的酒楼。他直接包下整栋楼，分别安排那些受邀和闻风而来的媒体记者以及公司员工入住，等发布会结束后，再就地举办一场大型的聚会。豪华阔大的场地里铺着柔软舒适的地毯，各类设备摆放在恰当的位置，最前面的主席台干净大方，背景是浩淼影视集团巨大的 Logo：一条腾飞的巨龙。

早有记者等在酒店外面，一见到沈露露与夏一成从车里下来，立刻围上前。

"沈小姐，请问您离开宇森影业有没有什么内情？"

"是他们对您不好吗？"

"听说您在徐刚导演即将开拍的电影中的角色被人抢了，有这回事吗？”

“刚刚跟您一起走下来的人是新老板吗？你们看起来关系很亲密的样子……”

“沈小姐……”

等在门口的记者不少，场面一度有些混乱，夏一成一下车就被陈斌护送进了酒店，只被拍到几个侧影与背影。

沈露露却被记者围了起来，所幸这样的经历多了，她应对起来也游刃有余。一路上，无论记者问什么，她都只是微微笑着，在经纪人林静的护送下走进酒店，而林静则留在外面应对记者。

“诸位，这些问题我们暂时还无法回答，而且公司发布会就要开始了，到时候可以随意提问。谢谢大家。”林静留下几句打太极的官方回应后，也匆匆进了酒店。陈默等人一进休息室就开始打起电话做安排，一副游刃有余的模样。

公关部经理胡放和经纪人彭明亲自出去见了已经到场的记者，与他们寒暄了一会儿才回来。

夏一成换了一身手工定制的西服，笔挺服帖的西服将他衬得玉树临风。他还化了淡淡的妆容，令原本柔和的五官变得立体，看起来竟然多出了几分凌厉。

夏一成坐到椅子上问道：“准备得怎么样了？”

“夏总您放心，跟各大媒体都打好招呼了，他们也已经来了。”胡放回答道。

陈默也说：“其实根本不需要我们去请他们，之前我们几个跳槽到浩淼的消息一放出去，就已经吸引了很多人的注意力。他们现在又知道了浩淼背后的老板是本市的新任首富，好奇心自然更重。”

“是啊，徐刚那边的媒体有好几家都确定来我们这里了。这个势借得好，还没露面，咱们就胜了一半。”

夏一成无可无不可地点了点头，对这些倒不怎么在意。

一直在外面打电话的彭明这时候走了进来，对夏一成道：“我在想，要不要直接把咱们即将开拍第一部电影的消息也乘势发出去。”

夏一成耸了耸肩：“发呗。”

沈露露确定参演的是一部武侠喜剧片，由商业片的大拿刘文风导演执导。刘导的上一部电影差点突破全国电影票房的纪录，他本人也很被看好。这一次沈露露带资进组，是名副其实的女主角，甚至压了男主角一头。

彭明点了点头，然后道：“发布会的时间快到了，记者现在应该已经准备好了，我们也入场吧。”

夏一成起身：“走吧。”

会场的大门被推开，夏一成带着众人走进去。瞬间闪光灯四起，主席台被照得一片通明。

夏一成坐到主席台中间，微微眯起眼睛朝下面看去。挤得满当当的记者全都举起相机，快门键不停地按下。

仔细感受了一下，夏一成觉得还可以，最起码高高坐在主席台上，并没有半点不适。算起来，这还是自己第一次在公众面前正式亮相。

其实相对于刚刚成立的影视公司，记者们对这位几乎不怎么露面的新首富更好奇心，所以无论相机的镜头还是提问的对象，全都对准了夏一成。

“感谢各位媒体记者朋友的到来，今天是我们浩淼影业正式成立的发布会……”作为公司的发言人，陈默表现得非常完美，先是正式致辞，而后几句妙语连珠的话逗得与会者都笑了起来，“一个影视公司的发展，需要的东西很多，我们作为业界的新人……”

陈默说到这里，在场的记者都笑了。陈默也笑，开玩笑地对众人道：“怎么？我们几个老面孔就不能当新人了？”

“我们几个虽然老，但是老板却很年轻啊。”彭明在一旁搭话。

陈默夸张地叹了一口气：“看来我们是讨不了媒体的欢心了，还是让我们老板来吧。夏总，您来说几句？”

其他人全都看向坐在中央的夏一成。

02

夏一成从正玩得开心的手机上抬起头，见场下的记者全都眼巴巴地看着自己，想了想，对着麦克风道："谢谢大家能来，希望咱们以后的合作能够愉快。"说完，他重新低下头，继续摆弄手机。

大家面面相觑，谁都没想到，这个大老板竟然只说了一句话。

位子相邻的陈默斜眼看了看夏一成的手机，连连看的画面非常清楚地出现在他眼前。

场下的记者觉得这是一个大新闻，快门声立刻咔嚓咔嚓地响起，全都在拍低头玩手机的夏一成。

"哈哈哈，咱们夏总是真的很忙，其实夏总能够出席这次的发布会也是百忙中抽出来的时间。"陈默见现场气氛有点怪，赶紧道，"而且咱们夏总一向言简，但这也给在座的各位记者朋友留下大量的提问时间，开心吧？现在，开始由记者朋友提问。举手提问，注意规矩哦。"

陈默话音刚落，记者们全都举起了手。

彭明的眼睛掠过这些记者胸口的公司铭牌，看似随意地点了一个。

那是一个看起来三十岁出头的男记者，一身笔挺的西装，口袋上别着自己的铭牌：朱轶晨。朱轶晨的背后跟着专业的摄影团队，他们都是老牌娱乐报《星周刊》的人。

被点到后，朱轶晨站了起来，看着夏一成道："请问夏先生，浩淼影业主攻的方向是什么？"

被点到名字的夏一成并没有抬头，似乎没听见。

朱轶晨又道："夏先生？"

陈默对坐在自己另一边的钱越使了个眼色。

钱越摆正自己身前的麦克风，风度翩翩地说道："这个问题还是我比较熟悉，就不劳烦夏总了，我来回答吧。现在的社会是一个多元化发展的社会，我们成立在这个日新月异的时代，如果还局限于某一领域，就是眼皮浅了。"

朱轶晨扶了扶自己的眼镜，冷光从镜片上一闪而过："钱经理，您的意思是，宇森影视、大业影视他们这些专攻一元化的企业是眼皮浅？”

这话一出，整个会场的记者都精神了，他们眼睛紧盯着主席台上的人，耳朵一下子竖了起来。

钱越一丝紧张也没有，嘴角带着笑，轻松地说道：“所谓术业有专攻，宇森、大业等是老大哥，我们作为新人自然不敢置喙。无论一元化还是多元化，都有各自的优点。也许我们会选择不同的经营方式，但这只是因为我们的理念不同，而不是认为它们之间存在优劣。”

这一番太极打出去，在座的记者虽然面上不说，心里却在暗骂这个老狐狸实在太狡猾。

朱轶晨笑了笑：“所以说，浩淼的前进方向是百花齐放，影视歌齐头并进？那浩淼还真有一个宏伟的蓝图。”

“任何想要在业内站稳并且怀有抱负的公司，都必须有一个理想化的目标，这也是我们公司前进的动力。”陈默接过钱越的话头，声线平稳，语调轻缓，一字一句说出来，带着令人信服的力量，“我们公司现在初步定下的方针是根据艺人的长处发展。比如我们签下了一个艺人，如果她比较适合拍戏，那就是个演员；如果她比较适合演唱的舞台，那我们会给她尽量多的歌唱资源。总而言之，就是贯彻以人为本吧，是不是很有觉悟呢。”

陈默几句话说出，原本有些紧张的气氛一下子缓和了很多。

发布会上，记者问答环节继续。

彭明又点了一位女记者：孙雅。同样是大公司——当代星光的记者。孙雅衣着得体，脸上化着淡妆，看起来比实际年龄要年轻几岁。

不同于朱轶晨，孙雅的话头直指坐在一旁的沈露露。

“请问沈小姐，您已经签约浩淼了吗？”

沈露露微微一笑：“是的，我很荣幸成为浩淼影业的第一位签约艺人，能够与浩淼一起成长。”

“沈小姐是因为发生了不愉快才与宇森解约的吗？”

沈露露稍微思考了几秒，然后看着这些记者，非常认真地说：“这件事我曾经在公开场合做出过解释，但好像还是有人误解了，那我就趁着这次机会再做一次声明。本人与宇森公司没有不愉快，只是合约到期了而已。”

“那为什么不继续续约呢？”孙雅紧接着问。

沈露露笑了：“个人的选择罢了。”

“您选择刚刚成立的浩淼影业而不是老东家宇森，是因为浩淼影业更强大，给您的资源更好？”孙雅的问题逐渐有些尖锐。

彭明这时候拿过身前的麦克风，笑着道：“孙记者的这些问题过于偏颇了，一个艺人对公司的选择会有多方面的考量，沈小姐也是经过谨慎思考后才选择我们公司的，而我们公司也秉承着为艺人提供最符合他们风格的发展路线的原则。露露她敬业又努力，自然值得我们公司好好对待。”

陆续又有几个记者站起来提问，不过这些人基本都是事先打好招呼的，问题不痛不痒。渐渐有些记者坐不住了，他们中有人是放弃了名导徐刚的新电影发布会专门赶过来的，并不想只听这些官方话。

夏一成靠在椅背上，视线落在自己的手机上，游戏的音乐偶尔飘荡出来，夹杂在记者的提问中。

“请问沈小姐，您与这位夏先生是情侣关系吗？”

一个男子的声音传入夏一成的耳中，他动作一顿，整盘游戏就输了。他眉毛拧了起来，抬眸看向刚刚说话的人。

提问的是专门关注八卦的报纸《一周乐事》的记者李浩然。他身形瘦削，一双眼睛过于狭长，看人的时候令人感觉非常不舒服，就像被毒蛇盯上一般。他可谓娱乐圈中众明星避之唯恐不及的人，各种爆炸性的消息基本都出自他，他甚至曾经将正当红的明星拉下水，并且让其长时间无法翻身。

彭明等人并没有邀请他，可他堂而皇之地站了起来，而在这样的发布会上，身为主人的浩淼影业还不能让他坐下，那样就失了面子。

沈露露下意识地看了夏一成一眼。

“看来传闻是真的了？”李浩然步步紧逼。

夏一成看着场下的摄影机，脸上的笑意一点点消失。

沈露露神色黯淡了几分，维持着面上的笑容，语气轻松地说：“我们只是最普通的上下级关系，外面的传闻都太过捕风捉影了。”

“前几日有驴友发现夏先生与沈小姐一起出现在一处农家乐中，请问当时是在约会吗？”

“沈小姐已经说明他们并非情侣关系，李记者难道听不懂吗？”彭明道。

李浩然看着沈露露，没有理会彭明：“我在问沈小姐，请问当时是在约会吗？”

吧嗒。手机被随手扔到桌子上的声音通过麦克风传遍整个会场，所有人都看向主席台中间的位置。

夏一成十指交叉，胳膊放在桌子上，目光冷冷地看着李浩然：“你是狗仔还是记者？”

李浩然直直地看了过去：“当然是记者。”

“谁把这样的记者请来的？”夏一成声音不大，整个会场的人却都听得很清楚。

陈默擦了擦额角的汗：“夏总，他并不在咱们的邀请之列。”

夏一成从桌子上拿起自己的手机，同时指了指李浩然，然后轻轻地摆了摆手。

众人都有些疑惑，但一直站在主席台一侧的陈斌立刻明白了，他对身边的保镖使了个眼色。一瞬间，几个黑衣人不由分说地把李浩然请了出去。

“怎么回事？你们干什么？放开我！”

李浩然的叫声还回荡在会场，但是人已经被扔了出去。

全场哗然。

在场的所有人都没有遇到过这样的事情，一时呆呆地忘记了说话，但出于记者的本能，他们拍摄下了李浩然被带走的一幕。

在这片寂静中，夏一成抬眸看了看那些记者："完事了？"

陈默这时候才找回自己的声音："那个，各位记者朋友还有没有其他想问的？"

记者们相互看了看，谁还敢问啊。还真有敢问的，又有一个人站了起来。

看到站起来的记者，陈默眼皮一跳。

因为那是《娱刊事》的记者严庆丰。《娱刊事》是与宇森影业关系很密切的一家娱乐刊物，而这个严庆丰又是出了名的刺头，他显然是来者不善。

严庆丰直直地看着夏一成，问道："听闻夏总您是打赌出身，因为在赌城赢了几场才发的家，这是真的吗？而且夏先生，曾有传言，您出老千，有这回事吗？"

"严记者，这是我们浩淼影业成立的发布会，请不要问无关的问题。"彭明站起来说道。

"我在问夏老板。"严庆丰得意扬扬地说。

夏一成把玩着自己的手机，头也不抬地说了四个字："关你屁事。"

"什、什么……你……"严庆丰被这四个字噎住，一时没说出话来。

在场的记者原本还因为严庆丰的大胆提问而兴奋，听到夏一成的回答后，脸上的表情全部变成了震惊。

严庆丰愣了好长时间，竭力控制住自己的怒气，硬邦邦地说道："不敢正面回答，那答案就是肯定了。"

夏一成放下手机，抬起了头。

严庆丰梗着脖子道："怎么？也想把我赶出去？"

夏一成从座位上站起来，伸了个懒腰。

无论主席台上浩淼影业的人还是台下的记者，瞬间都紧张了，他们无意识地挺直了脊背，好像下一秒就要失控。

"几点了？"夏一成问道。

坐在他旁边的沈露露一愣，她没戴手表，也没带手机，赶紧看向其他人。

“十点半了，夏总。”陈默回答。

夏一成点了点头：“走吧，吃饭去。”说完，他率先离开了座位，朝门口走去。

整个会场的人都惊呆了，只有陈斌以及夏一成的保镖反应迅速地为他打开了门。

“夏总，您这样也太不负责任了吧？”严庆丰在夏一成的背后大喊，“最起码也得尊重一下我们记者啊！”

走到门口的夏一成停下来，转身，上下打量了严庆丰一会儿，嗤笑一声：“别人我不知道，但你算什么东西，让我尊重你？”

说完，夏一成头也不回地出了会场。

整个会场一片议论声，记者们全都蒙了，他们怎么也没想到事情会发展到这种地步。很多人都偷偷看向严庆丰，并将满脸通红、气急败坏的严庆丰拍了下来。

陈默赶忙出来救场子：“那什么，我们夏总心直口快，各位记者朋友不要在意。”

严庆丰气得浑身发抖，二话不说带着自己的人离开了。他脑子里有无数恶毒的词要送给那个傲慢的家伙，等着瞧吧。

沈露露适时地抛出自己要参演电影的事情，企图转移记者的注意力，但是已经无力回天，只能匆匆结束了这场发布会。

夏一成离开后直接去了早已备好的酒宴。

陈斌跟在夹东西吃的夏一成身后：“成哥你别生气，那群记者就是嘴欠。”

夏一成一边往自己嘴里塞食物，一边道：“我跟一群狗仔生什么气。”

见夏一成真的没有生气，陈斌才放心。

没过多久，其他人也过来了，都看着夏一成欲言又止。他们对夏一成在发布会上的表现并不满，但因为这是自己的老板，又什么都不敢说。

夏一成根本没去注意这些人高兴与否，自己吃饱之后，便径自回房间休息了。

“唉！”陈默深深地叹了口气。

彭明苦笑一声：“好了，老兄，现在也不是叹气的时候，还是多多疏通关系吧。而且，没准儿咱们能把这次危机变成契机呢。”

其他人听到这话，也都苦笑连连，他们这才感觉到钱不好挣。

消失了大半天的夏一成直到晚上才再次出现。他看起来心情不错，进入已经有很多宾客的酒会时，脸上还带着笑意。

众人一见到夏一成，便立刻簇拥上前，想要套近乎。虽然在短短一天内，关于夏一成的负面新闻已经炸翻了天，但是他们清楚，这对于夏一成的财富以及势力根本无法撼动分毫。那些新闻只是将新成立的浩淼影业送入了公众的视线。

“夏总您好，恭喜浩淼影业成立，祝浩淼腾飞万里。”一个胖乎乎的中年男人笑哈哈地挤到夏一成面前，伸出手就要跟夏一成握手，却被保镖挡了回去。

这类人多数是来寻求投资的导演、制片人。除了他们，还有很多明星挂着灿烂的笑容想凑上来说话。

陈斌与彭明跟在夏一成身边，小声地告诉他哪些人可以交谈，而那些无须交谈的人都被一路跟随的保镖友好地请到了另一边。

其实，这些人都是多此一举。对夏一成而言，这里根本没有需要交谈的人，只有愿不愿意交谈而已。

作为这个会场名副其实的女主角，沈露露换了一身华丽的礼服出场，艳光四射，顿时吸引了许多人的注意力。沈露露微笑着与人交谈，在娱乐圈这么久，这样的场合她早已能够游刃有余地应付。

经纪人林静带着沈露露一路来到一个中年男人面前。这人戴着黑框眼镜，穿着普通的黑色西服，除了脑袋后面的一条小辫子，看起来并没什么特别的地方。

林静介绍道：“露露，这位就是刘文风导演。”

沈露露笑着道：“没想到刘导长得这么帅。我是沈露露，以后还请多多指教。”

刘文风身上带了几分文人气质，倒有点像文艺片导演。

“哪里哪里，我们的电影还多亏了夏先生的投资才能够开拍，就等着您这女主角到位了。”刘文风不说话的时候的确有一种文人气质，但是一开口，商人的本色就暴露无遗，说出的话圆滑又顺耳。

沈露露浅浅一笑：“最近事情太忙，一直没去片场报道，明天我就过去。”

“好好好，我们剧组的人早就迫不及待地想一睹沈小姐的风采了。您放心，这部电影我不敢说能叫好，但一定能够卖座，再加上沈小姐您的人气，夺得年度票房冠军不成问题。”刘文风大大咧咧地说道。

“那就借您吉言吧。到了片场，如果我们家露露有哪里做得不好，可要刘大导演多多包涵。”林静见沈露露没说话，立刻补上话头，并没有让对话冷下来。

刘文风一听，立刻摆手道：“这不用，沈小姐的电视剧我都看了，无论颜值还是演技，得奖都不成问题，更别说来参与我的片子了，而且沈小姐一看就非常适合大银幕。”

刘文风一丝停顿都没有，一连串的溢美之词脱口而出。林静都有些哭笑不得：“多谢刘导演的夸奖。”

沈露露抬眸的时候，眼角的余光扫到距离他们不远处，正在跟一个年轻小艺人说话的夏一成。远远看去，夏一成倒是没什么表情，但那个小艺人时不时地露出夸张激动的表情……

03

沈露露笑了笑，跟刘文风说了句稍等，然后步履款款地朝夏一成走去。

“露露姐。”等沈露露走近，小艺人纪筱乐怯生生地喊道。

沈露露扫向纪筱乐的目光中流露出几分嘲讽，明明早就看到自己走过来却装作不知，直到自己走到她跟前才做出这样一副小鹿受惊的模样，到底是做给谁看的，自然也是明明白白。

夏一成回头，看到了笑意盈盈的沈露露。

沈露露嘴角微微上扬，眼睛弯了起来，这样的神态最像开心时候的赵媛媛。想到赵媛媛，夏一成心口一痛，突然很想见她。

“什么事？”

“有个人介绍你认识一下，正好帮我把把关。”沈露露轻柔地说道。

“走吧。”夏一成将手里没有喝过的酒放回酒盘，随沈露露离开。

“夏总……”纪筱乐脸上带了几分着急，叫道。

夏一成只是摆了摆手。陈斌从一旁走过来，对纪筱乐道：“纪小姐想要签约我们浩淼吗？”

纪筱乐有些失望，看着头也不回的夏一成，轻轻点了点头。

沈露露带着夏一成来到刘文风面前。此时刘文风已经与林静坐下来商谈电影合作的细节，见到来人后，立刻从座位上站起来，热情地请夏一成坐下。

沈露露随着夏一成一同坐下，目光有意无意地扫过还盯着这里的纪筱乐，嘴角轻轻一勾。

“……我们剧本的情况大概就是这样，不知道夏总有没有什么好的建议？”刘文风恭敬地对夏一成道。

夏一成无所谓地耸了耸肩：“没有，只要能挣钱就行。”

“是是是，请夏总放心，我们这部古装喜剧，无论是剧本还是拍摄技术都臻于完美，到时候就请夏总看成果了。”刘文风笑着说道。

夏一成也笑：“刘导觉得最终票房能有多少？”

刘文风非常自信地说：“少说十个亿！”

夏一成脸上的笑容更盛，拍着刘文风的肩膀道：“行，我看好你！”

刘文风立刻道：“谢谢夏总，夏总您放心，这部电影绝对能大赚。”

夏一成朝刘文风举杯：“喝酒。”

沈露露、刘文风等人也立刻举起了酒杯。

酒会结束后，夏一成与陈斌回了别墅。沈露露因为明天就要赶去剧组，也因为门口被无数记者盯着，并没有随夏一成回去，而是坐上保姆车回了自己的住所。

一夜之间，“浩淼影业”“沈露露”等几个关键字，连带着“夏一成”都上了各大娱乐版面的头条，铺天盖地的宣传都是他们。浩淼影业才刚刚成立，就以势不可挡的劲头走进了公众的视野。

而徐刚导演精心准备的电影发布会在“浩淼”的热度下也被抢走了风头。据传，徐刚导演曾气急败坏地骂过浩淼，只是不知真假。

——《浩淼嘲讽老牌影业落后？》

——《浩淼影业亲口承认野心……》

——《当场将记者驱逐，浩淼影业张狂得过分？》

——《不尊重记者的影业，能走多远？》

——《老牌影业与新兴影业的对决，究竟谁能够问鼎龙头？》

——《沈露露与浩淼老板农家乐约会，他们的恋情究竟何时揭晓？》

一个比一个火辣的标题长久停留在公众的视野中，无论是褒是贬，都非常夺人眼球。

夏一成召开的发布会，不仅带火了浩淼与沈露露的新电影，连带着林山村都被好事者踏破，瞬间火了起来。

晚上，夏一成给赵媛媛打电话，不出意料，没有打通。

他靠在床上，看着手机屏幕上赵媛媛头像中她开心的笑脸，轻声问：“你应该看到了吧，今天的成就都是我赌来的，本来我的身边应该有你的。我很想你。”

“阿斌，让你修建的农家乐度假村怎么样了？”一个星期后，夏一成正在吃早餐，突然随口问道。

陈斌喝了口豆浆，将嘴里的食物咽下去，才道：“已经办好了，靠近树林的那片房子全都租了下来，收拾之后蛮像样子的。”

夏一成想起那个赌注，笑了：“王总现在恐怕要后悔莫及了。”

“哈哈哈……”一想到王建国肠子都悔青了的模样，陈斌也抑制不住地笑了出来。

“对了，成哥，我还在空地上种了秋菊，黄澄澄的一大片，还真挺好看的。”

夏一成挑了挑眉，赞许地说：“干得不错。”随即又问道，“孙耀祖他们干得怎么样？”

几个星期前，孙耀祖等人接下了帮助夏父建造别墅的任务。

“已经把头批款打过去了，咱们的人调了很多过去。孙耀祖手底下那人真有两下子，现在地基好像差不多快要弄好了。”

“嗯，这就好。一定要把房子建气派，就算不能跟这栋完全一样，也不能差太多，知道吗？”

“放心吧，成哥，孙耀祖那小子在那儿蹲着呢，每天都会拍照片发过来给我看。”陈斌取出自己随身带着的平板电脑，将图片调出来，送到夏一成手里，“你看看，是不是很像模像样？”

夏一成拿过来仔细看了看。

现在是打地基的阶段，偌大的工地上少说也有百把人，地基的形状、各种标识也都画了出来，重型机械正在打地基，孙耀祖亲自率领自己的手下在工地上讨论着什么，一副热火朝天的样子。

“嗯，的确有点样子。”夏一成把平板还给陈斌，“你去告诉孙耀祖，好好干，该给他的好处少不了。”

“好嘞。”

“还有那农家乐度假村的事情你也上点心，办好了，利润肯定不少。”

“行。”陈斌整理着手上的东西，若有所思地说，“没想到明星的影响力那么大，我发现去那里的人基本都是追星的，年纪不大，劲头十足。我听人说，咱们当初去喝酒的那家农家乐现在火爆到不行。”

“好事啊。”

“是好事，我已经让咱们的人加紧施工了，在那里建造的农家乐基本都按照那家来，不过要更精致漂亮。”

夏一成点了点头，随后对陈斌道：“看你这几天忙的，老婆没少抱怨吧？”

“哈哈哈，她懂什么。”

“现在也没什么事了，放你两天假。”

“哎哟，成哥，谢了！”陈斌立刻夸张地说。

夏一成反被他逗笑了：“看你这迫不及待的样子，赶紧滚吧。”

于是，陈斌马不停蹄地滚了。

华丽的别墅被照射进来的热烈阳光填充着，温暖而明亮，一切都显得格外美好。

丁零零……

昏昏欲睡的夏一成被手机铃声惊醒，他低头一看，是沈露露的电话。他懒洋洋地接起电话，没说话先打了个哈欠。

“你不会还没起床吧？”沈露露清脆的声音传来。

“以为我是你啊，懒猪。”夏一成一边跟她闲聊，一边百无聊赖地转头看向别墅外面。

“你才是懒猪，知道我今天几点起的吗？凌晨三点。”沈露露夸张的声音传了过来。

夏一成笑了：“说明你认真工作了，值得奖励。”

沈露露喜滋滋地说：“奖励什么啊？”

“随便，你喜欢什么？”

“我喜欢你啊。”沈露露用仿佛玩笑一样的话说出了真心。

“小滑头。”

听着手机中传来的夏一成的声音，沈露露心中那抹冲动冲破了自己构筑的防线，一下子不受控制了。

“我不是耍滑头，我喜欢你，喜欢你，喜欢你很久了。”沈露露越说声音越低，双颊微微发烫，心快速地跳动起来，呼吸也变得急促。

手机那头沉默了一会儿。

像“喜欢你”这样的话，沈露露是常说的，她说得轻巧，夏一成也从不放在心上。像今天这样，她宛如表白一般认真地说出，还是第一次。

“你怎么了？快去拍戏吧。”良久，夏一成淡淡地说了一句，便挂了电话。

电话被挂断，沈露露面上出现了几秒钟的茫然，炙热而跳动的心仿佛在这一瞬空了下来，冷风灌入，鼻头酸酸，她的眼眶一下子红了。一股倔劲上来，沈露露打了几个字，按下了发送键。

手机振了振，夏一成低头一扫，是沈露露发来的消息：“我是真的喜欢你。”

沈露露抱着手机，远处景棚已经搭好，导演在跟演员讲戏，助理拿着一沓纸匆匆跑了过来。

嗡嗡。手机振动了一下，沈露露忙低头看。

“你只是喜欢我对你好。别乱想了，好好拍戏吧。”

沈露露握着手机的手慢慢收紧。

看出沈露露心情不好，小助理大气不敢出地站在一旁。

平复了一下心情后，沈露露看着手机，慢慢地敲出一行字：“好的，我明白啦。我会努力拍戏的，等有时间去看你哦。”她面上没有表情，手机上的话语却显得那么欢快。

“嗯。”夏一成回复了一个字。

从椅子上站起来，沈露露面上的伤心已经被压了下去，重新变成了那个风光无限的女明星。

将手机扔在沙发上，夏一成长长地叹了一口气，站起身朝外面走去。

秋日的天空高远深邃，蔚蓝的颜色澄澈透明，如一块巨大的蓝水晶高悬天际，充满立体感的洁白云朵大块大块地飘浮在空中，偶尔有飞鸟划过，而后隐没不见。

别墅外的院子里流水潺潺，干净而舒心，淡雅的花朵灿烂开放，树木的叶子从深绿色渐渐变黄，远处的湖面上总有几片凋零的落叶，轻轻漂荡。

夏一成一步步走出自己的别墅，来到湖边。一叶小小的木舟横在岸边，轻风吹来，木舟随着水波微微晃荡。

这木舟买来后一直闲置在此，夏一成从没有坐过。可是现在，望着这波光粼粼的湖面，他突然来了兴趣。解开木舟上的绳索，夏一成一脚踏入木舟，熟练地划动船桨。波纹一圈圈荡漾开去，木舟借着这股力量，从岸边向着湖中心驶去。

夏一成第一次划船是跟父亲一起，那是一艘已经生锈的铁船，他们划船到村子里的大湾中捕鱼。到现在他都记得那个下午，周围是高高的土坡，铁船在碧绿的水上荡开。他们穿过茂密的荷叶，摘取荷叶深处的莲蓬。到了水面的中央，大大的渔网被用力地铺撒出去，收网的时候就能捕获一群活蹦乱跳的鱼儿。那种第一次乘坐小船的兴奋感在他心中久久不散。

而最幸福的一次划船是与赵媛媛第一次出门约会。他带着她乘坐木舟游玩，心里紧张而激动，几次都差点把船桨扔出去。那天傍晚，漫天的霞光染红了天际的云海，而年轻的他们就在安静的湖边小心地接吻。那是永远不可能在他们之间重现的悸动与美好。

沈露露的确陪伴了他一段时间，感觉也不错，但很可惜，她不是自己心中的那个人。

放开船桨，夏一成靠在造型精美、乘坐舒适的木舟上，目光落在木舟的另一个座位上。那里本应该有他最爱的女人。

就在这一瞬，夏一成感觉到了无处不在的孤单。这种感觉已经出现过不止一次，即便身处灯火通明的宴会中，即便自己被无数笑脸包围，短暂的狂欢后，总会留有大片大片的孤单。

有那么多话想说给她听，有那么多的拥抱想要与她分享，每一个清晨与夜晚都想跟她一起度过。想象他们肩并肩靠在一起，或低声笑语，或简单相拥，即便沉默，也带着幸福。

夏一成望着天，实在想不通。他是真的想不明白，以前自己没钱的时候，她都愿意跟自己在一起，为什么现在反而不愿意了？

赵媛媛的身影在脑中渐渐地清晰，天边飘过的云彩中似乎都有她的脸庞，夏一成忍不住伸出手去抚摩那个虚幻的她。他微微蹙眉，轻声问道："你想要什么？你到底想要什么？你要怎么样才能回到我身边？你知道我现在有多成功吗？你知道吗？"

你知道的。

夏一成高调出席浩淼影业发布会，就是想要赵媛媛看到，他已经站到了那么高的位置，多少人在他的脚下匍匐着、乞求着，只想让他垂眸看一眼。

"我已经如此成功，拥有的财富令多少人眼红得不惜卑躬屈膝来讨好。我以后只会更成功，你感觉不到吗？"

夏一成的话被清风吹散，他烦躁地将手里的船桨猛地扔到湖中。

船桨打破了湖水的平静，水花飞溅，冰凉的水溅到了他的脸上，水纹一圈圈荡开，久久不散。

陈斌休假回来，第一时间就被夏一成叫到了一成集团的办公室。

赌约生效后，公司内部整个氛围都变了。别说捣乱，就连工作懈怠的人都很少，以至于夏一成接手后，一成集团的利润增长率创下了十几年来的新高。

董事长办公室已经焕然一新，属于邱国栋的痕迹被抹得一丝不剩。红木家具造型华丽大气，令走进这间办公室的人从心底产生一丝敬畏。

陈斌不明白夏一成为什么突然去了一成集团。自夏一成接手一成集团后，除了半月一次的董事会议，他基本不会出现在那里。

陈斌总觉得好像要发生点什么。这种感觉令他微微紧张，他反复思索着最近有什么需要注意的事情。他想了又想，无论是影视公司，还是在林山村建的度假村，都进展得非常顺利，夏父的别墅工程进度也很快，似乎并没什么值得担心的事情。

"成哥，你找我？"带着忐忑，陈斌敲门进了办公室，一进去就看到夏一成埋首在一堆文件中，不知道在忙碌什么。

听到陈斌的声音，夏一成头也没抬，冲他招了招手："阿斌过来，你看看这些。"

陈斌有点疑惑，但还是走了过去，拿起夏一成手上的文件一看，发现是大源商贸公司的资料。

“大源商贸？这是……”陈斌话才出口，脑中灵光顿现——赵媛媛就在大源商贸上班。

夏一成冲陈斌一笑：“懂了吧？”

陈斌笑嘻嘻地拿着那些资料，装作思考的样子道：“咱们公司跟大源商贸的确有商业往来，看样子是不是该加强交流了呢？”

夏一成赞许地看着陈斌：“既然明白了我的意思，你可要把这件事好好办。”

陈斌冲夏一成行了个礼：“这事交给我，你就放心吧！”

“去吧。”

望着陈斌离开的背影，夏一成重新低头，认真计划着自己接下来要做的事情。

公司会面，单独交谈，烛光晚餐，湖中泛舟，别墅相聚，重归于好……

靠坐在柔软的椅子上，夏一成嘴角带着笑，眼睛亮亮的。

“夏总，大源商贸的人已经到了，现在请他们去会客室吗？”

夏一成手腕一翻，看了看时间，回复道：“对，带他们去会客室。”

“是，夏总。”

夏一成重新换上一套新西服，仔细收拾过自己后，踏出办公室，在公司人员的陪同下，朝会客室走去。

会客室设在二十三楼，靠近过道的墙壁由大块透明的玻璃建成。夏一成透过玻璃，一眼就看到了坐在人群中的赵媛媛。

赵媛媛一身浅色正装，面前放着黑色笔记本，正在仔细地记录什么，时不时地跟身边的人说话，一脸认真的模样。一见到她，夏一成才蓦然察觉，他们已经很久没见面了。

在交往的八年里，就算他们曾因为各种原因无法每日在一起，但每天都会说上几句话，或短信，或电话。这种习惯陪伴了他们八年，带着天长地久的期待，融入了血液。

从什么时候开始，他们不再说话？

是他第一次被她抓到赌博吧。好像从那时候起，争吵、冷战取代了欢笑，两个人都疲惫不堪。赵媛媛竭力阻止他，各种方法用尽，可自己却像着了魔，即便输了那么多钱还总想着翻盘，赢了钱又想赢更多……两个人在分歧路上渐行渐远，等夏一成想要再去拉她的手时，一切已经变得不可挽回了。

夏一成深深地看了一眼赵媛媛，有个声音在心底不断重复："你们之所以会分手，完全是因为那时候你穷困潦倒、逢赌必输，但是现在不一样了。"

"现在不一样了。"

夏一成低声说了一句，脸上重新挂上微笑。带着成功者的得意，他踏入了会客室。

04

大源商贸的几个高层一看到夏一成进来，立刻从座位上站起来，热络地朝夏一成伸出了手。

当本市的龙头企业朝他们大源商贸这样一个普通到快被人遗忘的公司发出合作邀请时，大源商贸的老板都有些不敢置信，毕竟两家公司商业往来不多。

被这么一个喜讯砸到，大源商贸自然精心准备了这次的会面，拿出他们最出色的产品来商谈。

而初步谈判，除了在一成集团的建议下做了一些调整外，其他方面极其顺利。这次参与两方会谈的人，除了宣传部与商务部的经理及其助理外，还带来了本没安排在内的设计部经理与助理。

夏一成漫不经心地与那些人应对着，眼睛却一直没有离开赵媛媛。

赵媛媛是惊讶的，但惊讶之后，是长久的沉默。这不是夏一成所期待的反应，但他并不会因此而失望。

会客室干净明亮，谈判双方坐在柔软的沙发上，与其说是谈判，倒不如说是一场并不对等的会话。一方是小心翼翼、处处讨好的大源商贸，一方是居高临下、气定神闲的一成集团。

而本应该一小时就结束的谈话，因为东道主一成集团董事长久久不吭声而被无限拉长，大源商贸的人把能说的都说尽了，但是见对方大老板依然不张口，只能绞尽脑汁，继续找话题。

赵媛媛一脸淡漠的神色，尽职尽责地做着自己的本职工作。她的视线不是落在自己的本子上，就是身边跟自己说话之人的身上，总之，就是不与已经开始肆无忌惮打量她的夏一成对视。

整个会议的气氛，渐渐变得古怪而焦灼。有的人心知肚明，却缄默不语。滔滔不绝介绍着自己公司与产品的大源商贸经理摸不准状况，只能随着东道主的心意走。

一个简简单单的会议硬生生被拖了四个多小时。

“嗯，可以看出你们的诚意。”

等到夜色低垂，整座城市都亮起了色彩斑斓的灯光，夏一成才从座位上站起来。

赵媛媛缓缓舒了一口气，随着自己公司的人起身，目光淡淡地看了夏一成一眼。

夏一成冲她一笑，然后对其他人道：“这一下午真是辛苦大家了，相信我们的工作人员已经对贵公司的情况有了详尽了解，对不对？”

陈斌忍笑道：“是。”何止是详尽了解，他们公司的发展历史都能倒背如流了。

“看咱们合作伙伴这么辛苦，有没有什么安排？”夏一成继续问。

陈斌道：“已经安排了晚宴，请各位一定要赏脸啊。”

大源商贸的领头人笑着道：“如此盛情，我们可就却之不恭了。”

“请。”夏一成对他们做出了一个“请”的手势。

“不敢，不敢，夏总您先请。”

看着他们一起朝西餐厅走去，赵媛媛知道这次自己是躲不过了，只能提起包，跟在众人身后。

“媛姐。”陈斌拦住了赵媛媛。

赵媛媛打量了他一眼：“做什么？”

“想你了啊，这么久没见，你不想我们啊。”

赵媛媛越过陈斌看向自己的同事，那些人已经在夏一成的带领下坐上了电梯，没有人察觉自己不在。也不知道是真的没察觉，还是发现了也装作没发现。刚刚会客室内，如果说自己跟这个夏总没关系，想必也不会有人相信。

“阿斌，你告诉我，他想做什么？”赵媛媛看着陈斌，直接地问道。

“什么做什么啊……”陈斌摸了摸头，还想装糊涂，但看着赵媛媛冷厉的目光，也装不下去了，于是问，“媛姐，成哥对你是真心的，他从没变过心，一直都想着你啊，你就不能原谅他？”

“原谅他什么？原谅他赌博吗？”赵媛媛冷笑道。

“媛姐你不知道，现在成哥特别厉害，他可是从没输过。”

赵媛媛看了陈斌一眼，满心失望。对这个问题，她很早就已经厌倦了，实在不想再谈：“我不去吃饭了，先走了。”

“别别别。”陈斌直觉自己捅了娄子，头都大了，“媛姐你现在走不合适吧，我们也没办法跟你们的人交代啊。”

“是担心没办法对他交代吧？”

“媛姐，我不说了，走走，我带你去吃饭。”

见陈斌拦在自己身前不肯放人的架势，赵媛媛叹了口气：“你带路吧。”

陈斌带的路自然与大源商贸那些人去的地方不同，他带着赵媛媛乘坐电梯，直接去了一成集团的最高层。

一成集团的大楼，十层以下是大型商场，十层至二十三层是办公区域，二十四层则是旋转西餐厅。陈斌带领赵媛媛来到二十四层的西餐厅。

赵媛媛默默打量着这个令人惊叹的西餐厅，脸上一直都是冷淡的神色，陈斌也读不出她的情绪。

这个西餐厅处处彰显着精致与奢华。地面铺着柔软的波希米亚风格地毯，瓷质墙壁整体呈现出惹人喜爱的柔和色彩，过往的通道与头顶的横梁全都是流线型，细碎的闪着微微光泽的石头恰到好处地镶嵌在墙壁、桌台上，微黄的灯光带来了宁静。巨大的落地窗外，夜色从眼前延伸出去，如同一片黑色的海洋。

为了这次约会，夏一成已经提前将西餐厅清场，得体的服务员也都退到了看不到的地方，只在上菜的时候才会出现。餐厅中轻轻飘荡着赵媛媛最喜欢的音乐……这一切都用尽了心思。

赵媛媛坐在靠近落地窗的座位上，不一会儿就有人送来精美的前菜，散发着醇香的红酒也被倒入酒杯。

“媛姐，你稍等下，我出去看看。”安排好一切后，陈斌就离开了。

看着空无一人的西餐厅以及面前装点得无比精致的小菜，赵媛媛的神色变得黯淡。

她知道夏一成的用意。

那年，他发了奖金，做的第一件事就是带着自己去了市内一家很有名的西餐厅吃东西。那顿饭花了他一个月的工资。

想起过往，赵媛媛的眼神变得柔和。

“等久了吗？”

赵媛媛抬头看到夏一成走了过来，一身贴合的西服将他衬得尤为挺拔俊秀，灯光从头顶倾泻而下，为他镀上了一层暖意。

赵媛媛收回目光：“我也刚刚坐下。”

夏一成坐到她的对面，双眸含笑：“你都不知道我有多想你。”

赵媛媛叹了口气，拒绝的话就在嘴边。

夏一成声音降低了几分：“你先别说话，坐了一下午，饿了吧？”

现在的气氛很好，如果换成其他情侣，或者一年前的他们，应该会满心欢喜地享受这份难得的宁静悠然。

这的确是能够令人沉醉的浪漫约会。

但是面对着眼前的人，出现在赵媛媛脑海中的，只有那不断争吵、失望的场景。这些记忆在脑海中循环播放，心被过往压抑着，如何去享受这一切？

“你想做什么呢？”赵媛媛抬头看夏一成，一想到以前，她温柔的眼神就冷淡下来。

夏一成伸出手遮住赵媛媛的眼睛：“不要这么看我，我们再怎么说，也不是敌人吧。”

赵媛媛将夏一成的手推到一旁，在心中叹息。她不再看他，掩饰性地拿起旁边的酒杯，浅浅地啜了一口。

“我就想跟你吃顿饭。”夏一成低垂着眼睛说。

赵媛媛嘴角勾了勾，似嘲讽，也似苦笑：“好，就一顿饭，我先谢谢夏总了。”

他是真的变了。

赵媛媛无法否认，这个男人在自己不知道的时间里完成了蜕变。她说不上自己心中是什么样的感觉，长年累月所积攒的失望已经铸成了一面厚重的城墙，很难被攻破。

菜很快被端上来。

“我记得你很喜欢吃这些小甜点，像只小猫。”夏一成将精致的甜点放到赵媛媛面前。

赵媛媛看了眼那些甜点，白色的奶油涂抹在用心烹制的巧克力蛋糕上，红色的樱桃鲜艳欲滴，这无疑是能够勾起食欲的东西。

是啊，她很喜欢甜食，尤其是这样精美的食物，哪个女生会不喜欢？可惜，当时他们都刚刚参加工作，囊中羞涩，一个月并不能吃多少次。每次夏一成为她买来这些东西，赵媛媛都会一边嫌弃他乱花钱，一边满心幸福地享用。

这份快乐，只有很小一部分是因为吃到了甜甜的糕点，更多的是因为他的举动。她心里的甜，比嘴巴上尝到的甜，更美。

赵媛媛抬起手里的银质叉子，吃了一口，味道香甜松软，比想象中更好，比自己以前吃过的都好。但是，她没有了曾经的开心，甜腻的食物进入嘴巴，心却是冷的。

“以前是我没有能力让你拥有你喜欢的东西，现在我有能力了。”夏一成看着吃东西的赵媛媛，心里是满满的喜悦，“无论你想要什么，我都给得起。”

赵媛媛放下手里的叉子，静静地看着他，没有说话。

夏一成跳动着的心在她的注视下，一点点凉了。

曾经两个人最喜欢的音乐在轻轻播放着，轻柔的略带沙哑的女声飘荡在空中，绵绵情意在那低低的诉说中徘徊。

“我们就这样在一起不好吗？”夏一成看着赵媛媛问道。

赵媛媛垂下眼睛，不再看他，拒绝的意思再明显不过。夏一成抿了抿唇。

这时候，服务员将正餐送了上来，香气四溢的牛排被盛放在精美的瓷盘中，佐以黄澄澄的玉米与绿色的西兰花，银质的刀叉安静地摆在一旁，等待主人的召唤。

压抑下心中的烦躁，夏一成拿起刀叉，对赵媛媛道：“不说那些了，我们先吃东西，这都是为你特意准备的。”

赵媛媛转头看了看外面，深深地吸了一口气，努力将心中的烦躁压下，试图将眼前之人当作一个久别重逢的老朋友，让过往的一切都随风而散。

可是那些记忆、失望、无奈、痛苦……一切的负面情绪就像随时都会引爆的炸弹，永久地停留在自己的心里。那种被折腾得筋疲力尽，那种眼看着自己的爱情渐渐消逝的无奈，就像笼罩着天空的阴云，已经看不到日光穿破的可能，就像眼前的黑夜，一旦熄灭了满城的灯火，就永坠黑暗，不见破晓。

这一切的始作俑者，就是这个在赌博的路上一去不回头的男人，而唯一能够引爆自己心中炸弹的人，也是他。自己下了无数次决心才说出的分手，他怎么能够这么轻飘飘地就忘记，怎么能够如此若无其事地请自己吃饭？

“这些有什么意义？你做的这一切有什么意义呢？” 赵媛媛收回自

己的目光，靠着柔软舒适的椅背，克制而隐忍地问道。

咣当。手里的刀叉落回瓷盘，夏一成扯过身前雪白的餐巾，用力地擦了擦嘴角。之前伪装的和睦与刻意营造的温和，在这一刻露出了支离破碎的真相。

“我就是要告诉你，我爱你，我还爱你，我只爱你，我要你跟我在一起！”夏一成几近失控地说道。

赵媛媛一直很清醒，清醒地冷漠着：“我们分手了。”

夏一成怒视赵媛媛：“我们为什么要分手？我不同意！”

“你知道原因，而且从不悔改。”

他们的话语一句接着一句，如同奏响的钢琴声，一个音符高过一个音符，为这本应该温和浪漫的氛围带来即将喷发的怒火。

两个人，谁都不肯先低头，最终陷入冷冷的沉默。

这一刻，他们不像情侣，倒像是两个苦大仇深的冤家。

“你到底怎么了？你想要什么？”

无法继续忍受这种重复的争吵，夏一成伸手将自己精致的领带松开一大段，烦躁地皱起眉头，满心的恼怒与不解。

以前争吵，是因为自己没本事，无论怎么赌都会输，但是现在他赢了啊！他都已经靠赌博走到今天这个以前不可想象的位置了，为什么两个人还要争吵？

“你现在想要什么我都给得起！你根本不明白我现在有多强大。”夏一成一把推开自己面前的食物，紧紧盯着赵媛媛道。

赵媛媛感觉那种熟悉的疲惫重新回到了自己身上，她的视线从整个西餐厅掠过，奢华的装饰、华丽的建筑，还有眼前这些精致昂贵的食物。最后，她的视线重新回到了夏一成身上：“现在的你什么都给得起，所以你带我来这里，是想彰显一下你的财富吗？”

“我带你来，是因为你喜欢！我们第一次去这样的西餐厅时，你很高兴。”夏一成提高了声音道，“我只想你回到我的身边，你能不能不要再耍脾气了？回到我身边就这么难吗？”

“因为我喜欢，所以你带我来。”赵媛媛重复了一句夏一成的话，然后笑了，她看着夏一成，“所以在你看来，我那天那么高兴，是因为我们去了高级餐厅，吃了昂贵的食物，是因为你花了很多钱？”

夏一成的理智快要被烦躁与怒火烧光，他口不择言地说道：“难道不是吗？你们女人不就喜欢这些东西吗？你想要的我都能给，对你，我还可以送上我的真心！”

赵媛媛闭了闭眼睛，怕眸中的痛苦暴露出自己的软弱。

夏一成有些懊恼地低下头，但根本不想去道歉，只是闷声道：“媛媛，回来吧，我爱你。”

“我对你只有失望。”赵媛媛拿起自己的包，起身准备离开。

夏一成慌忙起身拉住她的胳膊：“你知道现在的我是多少人仰望的对象吗？你到底知不知道我现在有多成功？”

“我知道，恭喜你。”赵媛媛头也没回地说。

夏一成站到她的身前：“我现在拥有得太多了，只差你，只有你不在我身边。”

赵媛媛问他：“你还赌吗？”

“什么？”夏一成一愣，很快反应过来，脱口而出，“我再也不会输了，真的，你相信我。”

赵媛媛眼神复杂地看着他：“这就是我们分手的原因。你根本不想改变，为什么还要来找我？”

夏一成焦躁地猛拍了一下餐桌，如困兽一般在赵媛媛身前转了几圈，抓着她的肩膀大声地说道：“我能够取得今天的成就，能够拥有这么多的财富，能够成为今天的我，就是因为我赌赢了，今天的一切都是我赌回来的！

“你说不赌？如果不赌，我现在还是只能缩在出租屋里。今天得到的一切，公司、豪宅、数不尽的财富，就算我们干十辈子也不可能拥有！

“你明不明白？赌是一个好东西，它没有那么可怕，你到底明不明白？”

看着状若癫狂的夏一成，听着他近乎咆哮的话语，赵媛媛已经无话可说。她一把将他推开，头也不回地朝门外走去。

夏一成再次将她拉住，几乎是恶狠狠地问："你为什么不回到我身边？你说啊，为什么？我就算赌了又怎么样？你不要闹了好不好？"

"夏一成你混蛋！"赵媛媛的声音比夏一成更大，"是，你现在赌来了钱、名誉、地位，那你有没有想过，若是有一天你输了呢？"

"我不可能输，我会永远赢下去！"

"没有人能一直赢下去。"

"我能。"

"不要骗自己了。"

赵媛媛实在不想再跟他说什么了，她挣脱夏一成的手，决绝地走了。

"我是绝不可能输的！"夏一成的声音在身后响起，赵媛媛一惊，整个人再次被他抱住，听到夏一成说，"那我们打个赌吧，我赌你会永远爱我，永远不离开我。"

赵媛媛的心彻底凉了。这个人，没救了。

赵媛媛用力地挣开夏一成的胳膊，夺路而逃。

第七章 任性

01

轻柔的音乐还在播放，淡淡的清香还飘散在空气中，精心烹饪的餐点一点点冷却……

夏一成有些失魂地站在那里，无处安放的孤单感再次席卷全身。

窗外的夜色渐浓，一道比黑夜更深的影子远远地看着餐厅中的夏一成。

陈斌在半夜接到夏一成的电话，要他请人去西餐厅开 Party。他睡眼蒙眬地看了眼时间，凌晨一点，这个时候请人去开 Party ？谁会去?

如果是清醒的陈斌，一定会意识到不对劲，也绝对不会真听夏一成的话，但是他实在太困了，困得看眼前的东西都是重影，等几个电话打出去，就又睡了过去。

数辆豪车开到了一成集团的楼下，一大群男男女女拥了进去，安静到让人不安的西餐厅迎来了狂欢。

夏一成看着他们，看着这些能够让自己周围热闹起来的人，面无表情。

赵媛媛一个人走在夜色中，走得很快很急，泪珠一串串从脸颊落下，寒冷的风吹干了眼泪，却没办法吹走那接连不断的回忆。

那个时候，他们俩去了一家看起来很高级的西餐厅。明明是第一次去，连怎么点餐都不清楚，却还要强装镇定，在众人面前表现出很熟练的样子。落座后，赵媛媛每一次抬头都能够清楚地看到眼前人的眉眼中都是自己。

大家都说爱是一种感觉，是触摸不到的，但是在那家西餐厅里，她却觉得爱就填充在空气中，一点点将自己包围，然后与心融为一体。

很多年之后，那家西餐厅的样子、吃的东西，赵媛媛已经完全不记得了，唯一恒久不变留在心中的，是自己心爱的人看自己的眼神，仿佛她就是他的全部。那时候的她坚定地相信，他们会一辈子走下去。

可是谁又能预料未来？多少人都说永远，真正做到的又有几个？

赵媛媛自己都没有想到，近十年的感情，深如海高如山的牵绊，就这样在日复一日的失望中化作了灰烬。也许那堆灰烬尚有余温，但已经不能将已经凉下来的心焐热了。

陈斌在第二天中午才得到消息，一成集团总部顶楼的西餐厅里人数越来越多，而且老板已经烂醉如泥。他立刻驱车赶到西餐厅，电梯门一开就听到里面几乎冲破屋顶的音乐声，扑面而来的酒气几乎令他晕倒，他不自觉地皱了皱眉。

西餐厅里如同群魔乱舞，狂欢的人在乌烟瘴气中，在重金属音乐的节奏感中，不要命地摇摆。

夏一成被一众美人簇拥在中间，桌子上摆满了各式酒瓶。他已经醉得很厉害了，一派放纵的模样，看起来极其享受。

陈斌暗暗叹了口气，看来计划没有成功，夏一成又一次失恋了。作为铁哥们儿，当自己兄弟失恋的时候，他应该义无反顾站出来给夏一成肩膀靠，陪夏一成喝酒才对。但是……

陈斌扫了一眼西餐厅，哪里需要自己陪？

“唉！”陈斌来到夏一成面前，对他道，“成哥，别喝了，咱们回去吧。”

“阿斌啊，来喝酒，陪我喝酒。”

陈斌对那些女人使了个眼色，让她们离开，然后自己搀扶着夏一成起身，要离开这里。可是夏一成格外执着，就是不愿走。

陈斌哭笑不得地看着已经醉得不行却还要折腾的夏一成，叹了口气，对身边的人说：“好好看着，不能再让他喝了。”

夏一成在一成集团疯玩了三天三夜。他一身酒气，眼睛混沌，无比眩晕的脑子里只想着一件事——喝酒。

酒精入口，随着血液流到全身，麻痹了他大部分的痛苦。极尽的喧嚣之后，他终于虚脱了，躺在柔软的沙发上，看着外面高远的天空，心中是全然的空白。

沈露露打过几次电话，他根本没有心情理会。陈斌汇报的工作上的那些东西，他也是一听就烦。

“成哥，你就算把自己喝垮了，媛姐也看不到，你何苦这么折磨自己？”

夏一成一副喝起来没完没了的架势，陈斌有些着急。将请来的人赶走后，陈斌让服务人员收拾，自己把醉醺醺的夏一成带回了别墅。

在仿佛炸裂般的头痛中清醒过来，夏一成捂着自己的脑袋在床上躺了很久，等着那阵剧痛消失。

一团黑色的影子从空中显露出来，当着呆滞的夏一成的面，一点点凝聚成实体。恶魔全身包裹在黑色的长袍中，身形修长高挑，虽然面色苍白，但俊美立体的五官惊艳夺目，而当那双犀利而细长的眼睛扫过来时，却又令人感觉到全身冰冷，不敢靠近。

夏一成眨了眨眼睛，无神的目光渐渐在空中汇拢成一点，落在恶魔轻盈如羽毛般飘在空中的身上。

恶魔嘴角挂着邪气的笑，从半空中俯视他。

“你还活着吗？”恶魔低沉悦耳如大提琴般的声音在空旷的房间里响起。

那句话进入了夏一成的耳朵，却没有在他脑中形成具体的意识。他转头看了看窗外，太阳高高地悬挂在空中，是一个明晃晃的白昼："你怎么这个时候出来了？"

恶魔笑了，笑得邪气横生。

"我以为，你只能在晚上出现。"夏一成用宿醉后沙哑的声音道。

恶魔斜睨了外面的天光一眼，轻蔑之色尽显："我只是更喜欢黑夜罢了。"

夏一成揉了揉有些酸涩的眼睛，定定地看着恶魔："你来做什么？"

恶魔微微一眯眼睛，宽大的长袍在空中飘荡，丝丝缕缕的黑色雾气如同华贵的丝绸般围绕在身上，令人心中惊骇的同时又隐隐产生一种敬畏感。

"我来看一下自己的猎物，还活着吗？"

夏一成抬头看他，略带挑衅地说："呵，我死不了。"

恶魔的视线从夏一成的头顶闪过，勾了勾唇角，没有再说什么。黑色雾气微微晃动，恶魔就如同临世的王者，从高空中缓缓地落在巨大的落地窗前。

外面清爽的日光透过玻璃照耀进来，暖洋洋的温度在遇到恶魔的时候，化作一团冰冷的雾气，沉甸甸地落下来。

望着窗外明亮的光芒，恶魔从来都笑吟吟、不怀好意的脸上，第一次没了表情，淡漠得如同一座死寂的冰山。

夏一成从床上坐起来，侧头看向恶魔。

恶魔完全立在阳光中，没有半分遮挡。可是一束束的光芒却仿佛有了生命，完美地绕过了他。光与影，白与黑，就像永不相容的对立面，那么奇异而突兀地出现在夏一成的眼前。

"你在想什么？"

夏一成突然来了兴致。他想要知道，这个看起来无所不能的恶魔在想什么？为什么来寻找灵魂？找到灵魂后想做什么呢？毁灭地球？

夏一成被自己的想法逗笑了。

恶魔侧过身子，一道光影溜了过来，照射在夏一成的身上。

“我在想……”恶魔拖长了语调，用一种轻缓却令人毛骨悚然的语气道，“我在想，你到底什么时候死呢？我迫不及待地想要你的灵魂，那么贪婪，那么执迷，那么让人欣喜。”

夏一成看着恶魔说：“那你慢慢等吧。粗略估计，百年之后，我的灵魂应该就能归你了。”

“哈哈哈……”恶魔仿佛听到了什么好玩的事情，狂笑不已。但是，他连大笑都是那样优雅，似乎骨子里天生带着贵族的血液。

“你得到了这么多的东西，拥有了自己之前从不敢想象的一切，你在想什么呢？”笑够了之后，恶魔缓缓问道。

夏一成看了看自己的房子，停顿了一瞬后，才道：“我？这些东西怎么能满足呢？我想要更多，更多。”

恶魔咧开嘴角，非常满意地笑了。

陈斌从楼下上来的时候，好像听到了夏一成在说话，但他不确定，于是走到夏一成房间门口看了看。宽敞的房间中只有夏一成一人，只是不知道为什么，房间里的温度竟然比外面还要低。

“成哥，醒了？”陈斌敲了敲门。

夏一成转头看了他一眼，没说话，立刻又看向那扇落地窗。

陈斌疑惑地看过去，落地窗干净明亮，纱织的窗帘垂落两边，窗外一片秋色。

“成哥，怎么了？”

夏一成收回目光，摇了摇头，重新靠在床头，用手揉着脑袋：“你怎么过来了？”

陈斌笑了：“这不是担心你又喝酒吗？前两天你都吓着我了。”

夏一成用力地去想自己这几天都做了什么，可是脑海中一片空白，最深刻的记忆就是媛媛离开后那扇关上的门。

“唉。”夏一成长长地叹了口气，然后摸着肚子对陈斌道，“吃了吗？”

陈斌说：“没有。”

吃饱喝足后，夏一成重新恢复了元气。

别墅的书房是夏一成很少来的地方，满屋子的精装书根本就是装饰，可这个向来是装饰的地方今天却被打开了。

夏一成坐在巨大的书桌后面，把自己这几天做出的决定告诉了陈斌。

“买下那家公司很容易啊。”听完夏一成的话，陈斌说道。

“不要告诉她是我买下的，还有，把那天在会议室里跟她说话的人开了。”

“行。”

“尽快办。”

陈斌笑了：“放心吧，成哥。对了，孙耀祖前两天说，老家别墅的地基已经打好了，这几天就要动工。”

夏一成点了点头：“好好督促一下，明年开春我要让我爸住上新房子。”

“我昨天去看过了，他们干得有模有样的。那小子还把设计图纸给我看了，我虽然不懂，但手下有个人以前是学建筑的，他说挺合理的。”

“那就好。”

赵媛媛一上班就听同事说公司的老板换了，而且神神秘秘的，没有人知道内幕。她没怎么在意，公司高层的事情也不是她这样的小员工能管的。

“小王？你这是……”来到自己座位上，赵媛媛就看到王强在收拾东西，看起来要离开公司的样子。

王强对她笑了笑：“上面的人把我调到分公司去了。赵姐，以后咱们见面的机会可能会很少了。”

赵媛媛心里虽然有些奇怪，却并没有多想。虽说公司的大老板变了，但除了同事偶尔会讨论一下新老板到底是何许人也，生活并没有太大的变化。

夏一成最近喜欢上了别墅中的书房，时常坐在里面，大源商贸的人每日都会送来一些资料，资料中详细记录了赵媛媛在公司的一切活动，有时候连对话都有。陈斌知道后很是哭笑不得，感觉这两人都要赶上电视剧了，真是够折腾的。

现阶段，夏一成名下的公司，不算其他地方的以及仅仅占股的那些，在 Z 市就已经有五家，涉及了各行各业，包括房地产业、制造业、娱乐圈等等，所以夏一成的名字迅速地被越来越多的人熟知。

这个不知道从何处来的新秀不仅成长迅速，而且握有大把大把的资金，他的神秘被人津津乐道，关于他的猜测更是层出不穷。

这段时间，除了一成集团的利润呈现持续增长的趋势，刚刚成立的浩淼影业也表现出令人欣喜的一面。

当初成立影视公司只是夏一成一时兴起，可真的组建完班子后，却发现这家公司的潜力比自己想象得还要大。现在浩淼的发展势头也验证了这一点，陈默等人制定了多元化发展的方针，现在旗下的艺人有跟随他们而来的当红明星，也有刚刚签约的新人。

陈默、胡放两人的宣传力度与手法都称得上完美，不仅让那些本就有些名气的艺人更上一层楼，还适时地把符合现在市场审美的新人推了出去，再加上彭明手上的资源，浩淼集团的艺人呈雨后春笋般的增势，在电视剧、娱乐节目以及大屏幕上都很活跃。

其中风头最劲的，当数正在拍摄电影的沈露露。从浩淼影业开幕的那天起，沈露露在公众视野中的热度就一直居高不下，再加上浩淼影业与刘文风导演班子的助势，大有从二线明星跃为一线的势头。

不得不提的还有刘文风导演正在执导的武侠喜剧片《劫玉》。

在《劫玉》电影的开机发布会上，刘文风导演一番猖狂的言论被做足了文章，因而从开拍的第一天就有记者在片场蹲点，爆出了很多夺人眼球的消息。且不论这些消息的真假，《劫玉》这部电影在风头上盖过了徐刚导演的新片却是不可否认的事实。

但与这些热点同时而来的还有一些负面报道，一些知名的影评人与记者下笔毒辣，言辞激烈，无论是对浩淼影业，还是对刘文风，都丝毫不留情面。《劫玉》电影预告还没出来的时候，他们就把整部电影从上到下，包括投资人、导演、主演、配角，甚至是龙套演员都抹黑了一遍。预告片出来后，更是大肆嘲讽奚落，大有一种谁去看谁就傻的意味。且不说这些言论是不是竞争对手请来的水军编造的，就只看内容的话，对电影上映肯定会有影响。

沈露露每次看到这些消息都很是忧心。刘文风导演却丝毫不在意，甚至笑着说道："这些都是电影上映前惯用的手段，就看双方谁能斗得过谁了。"

沈露露疑惑地问："但是我们的人好像还没反击，如果这样发展下去，等电影上映了，谁还去看？"

刘文风坐在导演椅上，深秋时节还拿着一把竹骨扇子乱摇："这你就不懂了，他们笑得早，可不会笑得长啊。我这人就追求票房，票房高了，钱来了，一切都好说。那几个酸溜溜的文人，就由着他们叫唤吧。"

沈露露听得似懂非懂。

直到电影拍摄进度过了大半，刘文风才对那群人发起正式的反击。他先是在公众场合露了一面，表示自己这段时间劳心劳苦地拍电影，根本没想到外面这些言论竟然如此嚣张，然后舌灿莲花地将那群影评人嘲讽了一番，最后给众人留下一句"电影院见"。

而刘文风导演发话后，他的团队也发挥出令沈露露目瞪口呆的战力，在网络上跟自己的对手喷了个天翻地覆，几次将《劫玉》的名字送上热搜排行榜第一。对手已经有些偃旗息鼓，刘文风导演手下的人却越战越勇，渐渐有了引导舆论的势头。

随着网络上对《劫玉》的叫好声渐起，眼看形势一片大好，可等一月份的首映礼一结束，那群影评人又仿佛复活了，各大电影评分网站都打出了历史最低分，多少人极尽嘲讽。

"三个月拍出来圈钱的烂片，华夏电影究竟还有没有未来？"

"老套狗血的剧情，演技低劣的演员，如此烂片为何能够上映？"

电影还没有正式上映就被冠上了烂片的帽子，而且看起来戴得挺稳，摘都摘不下来，连刘文风都没预料到。

浩淼影业的气氛一片低迷。

02

陈默与胡放等人电话不断，全都是打点影评人以及请水军，可即便他们花了大力气去挽救，效果仍不佳，显然宇森这种老牌影视公司炒作的段位更高。

媒体人和记者好像更买宇森以及大导演徐刚的账。与刘文风《劫玉》的超差口碑呈两极分化的是，徐刚导演的《梦里浮生》获得了绝大多数影评人的好评，甚至被认为是今年各项电影奖项夺冠的热门。

“夏总，那群人实在是小人，请大把的水军来诋毁我们。”刘文风一副痛心疾首的模样，“那都是他们惯用的伎俩了，而且这一次他们明显是有备而来，针对的不仅仅是《劫玉》，更是浩淼影业啊。”

夏一成坐在总裁椅上，看了刘文风一眼：“你当初跟我说的时候，预估电影票房是多少？”

刘文风停顿了一下，道：“最少十亿。”

“现在呢？”夏一成继续问。

刘文风额头开始冒汗，叹了口气：“如果没有那群小人，我还是坚持自己之前的说法。”

夏一成笑了：“也就是说，因为网上那些所谓的‘黑子’，你现在要告诉我，票房达不到预期了？”

刘文风愁眉苦脸，实在不知道该说什么好。

陈默打完电话进来，微微皱着眉说：“我们请的人很快就会反击了，但是效果不敢保证。”

沈露露从化妆间走出来，脸上化着精致的妆容，华美却不夸张的服饰将身材完美地展现出来，美目朝会客厅众人身上一扫，陈默的面色凝重、刘文风的忐忑以及夏一成的沉默全都被她看在了眼中。

夏一成抬眼看向沈露露，沈露露立刻朝他露出了娇俏的笑，如以前一样。

“行了，走吧。”

今天是《劫玉》电影首映后的第一个发布会，夏一成作为最大的投资人以及浩淼影业的老板，受到影片方盛邀出席。

几乎是同一批人出席，然而与浩淼影业成立发布会时相比，此刻众人的心可一点都不雀跃，相反还有一些沉重。

《劫玉》的发布会设在一个能够容纳上千人的会议室中。浩淼的工作人员以及受邀的记者早就到了，各种机器被安放在会议室的四面，摄像机镜头全方位对准主席台，只等此次发布会的主角亮相。

与会的记者除了浩淼重点打点过的那些，有很大一部分人来者不善，外界不知道有多少人等着看浩淼影业的笑话。

浩淼影业虽然有强大的资金支撑，但毕竟刚刚成立，连脚跟都没站稳，就已经开始畅想以后飞起来的样子。而现在，好像终于到了他们尝苦果的时候。

多年来一直占据娱乐圈头几把交椅的公司，无论彼此之间曾经有没有龃龉，现在面对浩淼影业这个势头强劲的对手，这群老狐狸不约而同地联合起来。

夏一成就是在这样的情况下，出席了《劫玉》的首映发布会。夏一成与众人坐到主席台上，快门声噼里啪啦响起的时候，很多人都知道，这次的发布会会比想象中还要困难。

上一次夏一成将记者赶出会场以及最后离开会场时的场景还历历在目，有这么一位难以招惹的大人物在场，浩淼影业公司的工作人员以及刘文风导演等人都提着一口气。

娱乐记者们乌泱泱地坐在台下，他们的眼神、表情并不友善，甚至带着想要看笑话的幸灾乐祸与若隐若现的嘲讽。尤其是上一次在发布会上被夏一成羞辱过的李浩然与严庆丰，他们铆着劲想要在这次发布会上扳回一局。

像上次一样，夏一成大大咧咧地坐在主席台上，经过刘文风等人与在场记者的一番寒暄，提问环节很快就开始了。

“请问刘文风导演，观看过《劫玉》的人中，百分之八十都打出了低分，对此您怎么看？”《娱刊事》的记者率先发问。

相较于之前的忐忑，此刻的刘文风神态轻松淡定，一副胸有成竹的模样。他笑了笑，说：“毕竟现在看过电影的人还是少数，我相信自己拍出来的片子会得到大多数人的喜欢。”

这时，《娱刊事》的另外一名记者，也是在浩淼影业成立的发布会上出现过的严庆丰站了起来，大声对刘文风道：“实不相瞒，刘导您的这部片子我也看过了，无论是人物的塑造，还是故事情节，以及演员的演技，都非常差。”

这番话一说出来，主席台上很多人都有点坐不住了。

“严记者的这番话未免说得太过了。”沈露露拢了拢头发，笑眯眯地说道，“每个人看电影的喜好不同，也许在你严记者眼中不好的东西，正是别人的心头好呢？”

“当然也有这个可能，我是代表不了大多数人，但是首映礼后，又有几个人说好呢？”严庆丰看着沈露露说。

《一周乐事》的记者站了起来，提问夏一成：“您投资这样一部片子，事先严格论证过吗？”

自从进入会场后，夏一成就坐在位子上玩手机，现在正玩到最关键的时候，他的眼睛一动不动地盯着手机屏幕，没有回答。

刘文风接过话茬儿：“我们夏总做这样一个大的投资，当然从剧本到导演都是很满意的，而且相信电影的主演也不会让我们失望。”

《一周乐事》的记者意味深长地说道：“是吗？那为什么外面有传言说，夏总投资这部电影，是为了给沈露露小姐一个走上大银幕的机会呢？”

“沈小姐是浩淼影业很重要的艺人，她漂亮、聪明，而且有演技，这么好的艺人，公司当然想为她提供更多的发展机会。但是一个公司的投资，绝不是夏总一个人能够决定的，自然也不存在因为想要给谁机会而投资的说法，大记者您这可是道听途说了。”

刘文风一口气说了很长的一段话，但没有太大的影响，前来的记者将矛头转到《劫玉》的烂评如潮以及浩淼影业投拍《劫玉》的动机上，很明显想要在这两方面大做文章，继续为已经被黑得不行的《劫玉》再描上几笔。

"请问刘文风导演，您当初在电影开机发布会上曾经说自己这部影片会打破票房纪录，现在这个局势下，您还持有乐观心态吗？"

刘文风笑眯眯地说："当然。《劫玉》这部片子有非常强的故事性，制作精良，我们所有工作人员为此付出了大量心血，相信大家只有真正走进电影院看了才会明白好坏。"

"请问沈露露小姐，从预告片看，您在里面似乎就是一个女花瓶，而且听说因为您的演技问题，戏份被删减了很多，是这样吗？您会不会有所不满？"

沈露露很大方地看着镜头道："我相信我们这部电影是一部好片子，所有人都做了最大的努力。而演员的表演是为剧情服务的，选择呈现给观众什么样的画面，决定权在导演的手中，我不会有什么不满。"

"刘文风导演，您觉得沈露露小姐的演技怎么样？

"请问夏总，《劫玉》首映礼结束后，很多资深影评人都给出了差评，您怎么看？

"请问夏总，作为最大的投资方，有没有想过电影收不回成本的可能？

"观影人百分之八十都已经认定这是一部烂片，究竟大家还有进入影院的必要吗？"

严庆丰连珠炮一般的发问带走了整个会场的节奏，一个电影发布会瞬间变成了声讨电影的批判会！纵然刘文风口才再好，也难以挽救发布会上一边倒的舆论。

记者还在喋喋不休地提出疑问，整个发布会现场各种议论的声音都有，而且大部分都是唱衰的。

真是够烦人的。

夏一成手机上的游戏再一次失败，他用手指点着自己的太阳穴，抬起头眯着眼睛看向那群人，接着冷笑一声，直接从自己的座位上站了起来。

正在提问的记者被夏一成的举动惊了一下，热闹喧哗的场面竟然瞬间安静了下来。

几秒钟之后，愣怔的记者回过神来，立刻将自己手里的相机镜头对准了这位年轻的富豪老板，甚至有人期待他的发飙。不仅仅是记者激动，连主席台上的几个人都心中一惊，他们小心翼翼地看着夏一成。夏一成拿起话筒，眼睛看着会场里坐着的一排排记者，突然笑了："听你们的意思，这部电影还没进入公众的视野，就已经被定义成烂片了？"

严庆丰也站了起来，看着夏一成道："我们只是实话实说。"

"实话实说？"夏一成勾了勾嘴角，看着严庆丰道，"你脸皮很厚啊，竟然又来了？"

严庆丰眼皮一跳，死死咬住牙才没让自己骂出口。

夏一成的视线从严庆丰身上掠过，看着其他人道："一群自以为是的人，这部电影好不好以后看票房不就行了？"

严庆丰还没来得及开口，夏一成一拍桌子，大声地说道："我现在就跟你打赌，赌《劫玉》总票房至少四十亿！"

咝……

在场的人，不论是记者，还是主席台上的人，全都倒吸了一口凉气。所有人目瞪口呆地看着夏一成，想知道这位老板是不是在开玩笑。

夏一成一脸淡然，脸上虽然带着笑，但也绝不是玩笑的笑，相反，他看起来很认真。

"您的意思是，这部电影会收获四十亿的票房？"一名记者忍不住站起来确认道。

夏一成挑了挑眉："至少四十亿。"

场上的记者相互看了看，现在他们确认夏一成不是开玩笑，但是，为什么还是觉得这么不真实？

严庆丰凑近自己的同事，轻轻说了几句话。那同事点点头，站起来对夏一成道："但凡赌，总得有点赌注吧？如果没有赌注的话，赌的意义可就没了。"

夏一成看着他，知道这人跟严庆丰是一伙的，笑眯眯地说道："当然了，肯定会有赌注。"

"那您的赌注是？"

夏一成想了想，沉吟道："这也是我临时起意的想法，四十亿也算是豪赌了，肯定得有个与之相配的赌注才行。"

"对啊，对啊。"场下一片附和声。

"那这样吧，如果影片票房没有达到四十亿，我就把自己现有的全部财产平均分给在座记者所属的公司。"

此话一出，现场顿时一石激起千层浪。

"而《劫玉》所获得的收益，就当各位的年终奖了。"

原子弹爆炸也不足以描述此刻在场记者心里的震惊，他们看着夏一成就像在看一个疯子，也像看一个从天而降的财神爷。

"夏总，三思啊！"陈默额头冒汗，完全没想到自己的老板竟然是这么一个不按常理出牌的人。他更不敢想象，发布会散场后，外界将会产生多大的轰动。

这个赌注一出，最先坐不住的反而是夏一成身边的人。沈露露拽了拽夏一成的衣角，焦急地看着他，微微摇头。刘文风也觉得身上好像被压了一座五指山，快要喘不过气来了，三个大字在脑中徘徊——玩大了。

夏一成只是淡淡地看了看自己身边的人，就重新将目光放到了记者的身上，将那些记者脸上的贪婪与欲望尽收眼底。他接着一字一句地说道："如果《劫玉》的票房达到了四十亿，那么跟我打赌的记者，要高举向这部电影道歉的牌子，绕市区裸跑一圈，并且从此退出媒体界，永不做记者！"

现场嘈杂的议论声顿时沉默。众人大睁着眼睛看着夏一成，然后看看身边的人，谁都没有说话。在长久的沉默中，夏一成笑了，轻蔑地看着那些记者："不敢了是吧？"

"有什么不敢的！这么一个烂片能到四十亿票房？做梦吧！"严庆丰仰着头说，"我赌了！就希望到夏总散财的时候，千万别后悔。"

夏一成用手指了指架在场上的摄像机："有这么多的现场证据，如果我毁约，恐怕也没办法在这里立足了吧。"

在场的其他记者彼此看了看，然后陆陆续续有人站起来说打赌，到最后，所有人都忍不住了。"我们《新娱乐周刊》赌了。"

"《星周刊》赌了。"

……

当一份看上去完全能够获胜的巨大利益摆在众人面前时，没人肯落后。

"好，那我们的赌约就算成立了。"夏一成微微一笑。

所有人都看着他，久久不能言语。别说四十亿，在场的很多人相信，《劫玉》这部影片连十亿票房都不可能达到。

陈默听到夏一成的话，面上一派颓唐，他感觉整个事件已经完全脱离了掌控，就像一匹脱缰的野马，义无反顾地朝着不可预测的深渊狂奔而去。那前进的方向，在陈默看来，甚至对主席台上的其他人来说，都是毁灭性的。

这个夏一成，莫非真的疯了？

03

散场的时候，夏一成带着刘文风等人离开，却遭遇了一拨拨记者的围堵，这些记者全都是在场外听到消息后火速赶来的。

夏一成被记者围堵得寸步难行，即便有保安来维持秩序，场面也几度失控，很多人冲到他的面前，就为了亲耳确认这个爆炸性的消息。

在发布会结束后的五分钟内，夏一成与他的赌注就以星火燎原之势霸占了全大论坛网站、社交平台以及娱乐视频的首页。在之后，这个消息的热度只增不减，网友的讨论量轻轻松松破了几亿，并且一路猛冲。

与夏一成有关的视频被无数人点开，他在电影《劫玉》发布会上说的话，也清清楚楚地传递到每个人的耳中。

《劫玉》彻底火了，无数大号加粗的标题都是它。

——《〈劫玉〉票房直指四十亿，是豪气冲天的誓言还是跳梁小丑的笑话？》

——《猖狂的言论：浩淼影业未起先衰？》

——《〈劫玉〉底气何在？这究竟是一部怎样的影片？》

——《他，即将亲手埋葬自己的一切》

奢华的别墅前挤满了记者，他们肩上扛着摄像机，脚下铺着过夜的毯子，身前散落着各种方便食品，旁边是一辆挨一辆的面包车。在数九寒天的日子里，疯狂的记者在夏一成的家门口安营扎寨，只为了能够在第一时间采访到夏一成，哪怕只是得到他的一句话也好。

别墅中，夏一成站在卧室的落地窗前，看着外面那群渐渐融入夜色的记者，嘴角微微勾起。

陈斌、沈露露以及刘文风和浩淼影业的人早被夏一成撵走了。这些人无一不是满心的忐忑，谁都不知道明天会怎么样，一个个愁眉苦脸的。如果不是夏一成表现出的自信与笃定让这些人定了心，说不定他们当场就崩溃了。这些人在眼前看着也心烦，夏一成就把他们全都赶走了。

“真是一场豪赌啊。”恶魔的影子在夏一成的面前拉长，带着惯有的邪气笑容，缓缓地出现在窗户外面。

夏一成看了他一眼：“你做不到吗？”

恶魔笑得更深了：“没有什么是我做不到的。”说完，恶魔轻轻嗅了嗅，满脸享受的表情。

夏一成皱了皱眉，觉得自己身上的寒毛都竖起来了：“你做什么？”

恶魔咧开嘴，露出雪白的牙齿，舔了舔嘴唇道：“我只是闻闻你灵魂的味道，很美味，比以往很多的灵魂都要美味，我都有点迫不及待了。”

夏一成面无表情地看了恶魔一眼，摸到窗帘唰啦一声拉上。

“害怕了？”夏一成转身朝门外走去，恶魔低沉的声音从身后响起。

“我有什么可怕的？”夏一成耸了耸肩，满不在乎地说道。

恶魔的视线落在夏一成头上，眼睛微微一眯，邪性得如同荒原中嗜血的雪狼。

夏一成觉得自己脖子后突然一凉，下意识地往后看去。落地窗前空荡荡的，已经没了恶魔的身影，只有那纱织的窗帘轻轻晃荡。

黑夜总会过去，只是 Z 市的这一夜，注定了无数人难以入睡。

接下来的几天，夏一成宅在别墅中没有出门，别墅前蹲点的记者也终于支撑不住，一个个散去。而已经在各大影院上映的《劫玉》表现出了极其惊人的爆发力，无论是一线城市还是二三线城市，全都场场爆满。

与此同时，关于《劫玉》的影评也呈现出“精彩极了”与“糟糕透了”两种极端的评语。有人说，在年假中跟家人去看这么一部热闹的电影，还是很欢乐的；也有人对《劫玉》的评论极为刻薄，声称这是三岁小孩拍给两岁小孩看的幼稚片。

前有夏一成的赌约造势，后有两极分化严重的影片评语，越来越多的人被勾起好奇心，也引得大家纷纷走进电影院，想要一睹这“奇片”的真面目。就连大年初一这一天，《劫玉》在各大城市的上座率也依旧稳健。

《劫玉》力压同期各类型的影片，成为当之无愧的票房冠军，上映仅三天就破了全国票房纪录，之后更是高开高走，票房一路飘红。面对如此强劲的对手，就连徐刚导演的电影都完全败下阵来，更别说其他的电影了。

《劫玉》就如同一支突起的异军，手持长剑钢刀，所过之处哀鸿遍野。

新年期间，人们流行的问候语从“今天你吃了吗”以及“吃的啥”，变成了“看《劫玉》了吗”和“你觉得是好是坏”，不可谓不是一个时代的奇迹。

随着《劫玉》热度的不断飙升，关于它的话题也层出不穷，电影的知名度就更高了。这样的发展趋势是绝大多数人都不敢想象的，可它偏偏就发生了。当初参与夏一成赌注的媒体记者，只能眼睁睁地看着《劫玉》的票房迅速地逼近四十亿，而他们除了整日愁得掉头发，没有任何的办法。

刘文风导演与沈露露等一众主演的知名度也随着《劫玉》的火爆而水涨船高，没日没夜参加各类节目、活动，霸占了大银幕与小银幕。

相较于浩淼影业众人难以言喻，甚至可以说喜极而泣的激动心情，夏一成却是一如既往的平静。对其他人而言，这是一个绝不可能发生却实实在在发生了的奇迹，然而对夏一成而言，这只是一场提前揭晓答案的赌局，尽管赌注丰厚，却不会令他觉得意外。

夏一成的平淡无波，在其他人的眼中成了淡定从容、胸有成竹。本来有些轻视夏一成的陈默、彭明等人经过这件事情，也收起了以前的蔑视之心，心甘情愿地为这个老板工作。

过年的时候，夏一成将父亲接到自己的别墅中，爷儿俩每日喝酒说话，偶尔夏一成会陪着父亲去湖边钓鱼，日子过得要多自在有多自在。

清闲了四五日后，夏一成就躲不住了，大大小小的人物都请他去做客赴宴。面对这些酒宴，夏一成或者拒绝，或者让陈斌代表自己出席，实在躲不过去才出门一次。

大年初五这天，庆城县民营企业家王建国携林山村村委会主任赵东登门拜访。

新雪初落，为整个城市都笼上了一层莹白的色彩。雪花轻盈地落在树梢上、马路上、枯黄的草地中，天地间一片白蒙蒙，冰寒料峭的气息将万物包围。

因为提前知晓王建国等人要来，夏一成早早就让保姆打扫好了房间。门铃一响，立即有人去为王建国和赵东开门。

走进院子就如同进入了园林，假山流水，荒草枯树。在夏季生机勃勃、漂亮迷人的院子，到了冬季，不知道是因为寒冷的肃杀，还是凋零了无用的美丽，竟然凸显出一股畅然的豪气，有着漠北的大气，淡化了那股悲凉。

夏一成立在别墅前的走廊上，对提着大包小包的王建国和赵东笑了：“王总真是客气。”

“喊王总什么的可就见外了。”王建国一边笑着一边快走几步，迈上台阶，跟夏一成握手，“这次真是叨扰夏总了。”夏一成带着他们走进房间，早有精致的点心与饮品摆放在桌上。

屋子里面香气宜人，雕刻着漂亮图案的巨大壁炉内有火焰燃烧，令整栋房子温暖得让人想打盹儿，地面上铺着柔软华美的毯子。夏树强就坐在地毯上，靠着沙发，正专心研究一本有关垂钓的书。

王建国与赵东在门口踌躇了几分钟，他们从未见过这样好的房子，动作越发小心起来。

“进来啊，在门口站着干什么？”

夏一成的声音唤起了夏树强的注意。看到来人，夏树强放下手里的书，笑着责备夏一成：“有客人来了你也不跟我说一声。”

“乡里乡亲的，夏老爷子您可别客气。”王建国换上拖鞋才进了房间。

几个人寒暄了一会儿，王建国充分调动自己的词汇量，极尽可能地赞美了这栋房子，一箩筐的恭维话出来，逗得夏一成和夏树强都笑欢了。

见气氛这么好，早早就来到别墅想要汇报工作进度的孙耀祖也适时地拿出正在建造的别墅的照片和资料，舌灿莲花地把那栋还有两个多月就要完工的别墅夸了一遍。

夏树强问：“还真能跟我儿子这房子一样啊？”

孙耀祖不无得意地说：“夏老爷子您就放心吧，我不敢说百分百完全一样，但绝不会差到哪里去。而且啊，我把村里的那条河也划进去了，到时候，您在自己家里就能钓鱼了。”

夏树强脸上笑意更盛，连连说道：“那敢情好，那敢情好。”

夏一成把孙耀祖带来的资料都看了。他并不懂建筑，但是看到拍摄的照片以及建了大半的实物，也非常满意。

午饭期间，宾主尽欢，难免都多喝了点。

北方的冬天黑得很快，况且天上还飘着小雪，乌云如厚厚的浸了水的黑灰色棉花，沉甸甸地压下来。早上还只是簌簌的雪花粒子，到了下午，就变成了纷纷扬扬的鹅毛大雪，不由分说地洒满了天地。

外面时不时地传来鞭炮的声音，别墅中暖意洋洋。电视里的节目更是热热闹闹，又唱又跳，沈露露作为节目的嘉宾也献唱了歌曲。

看到电视里的沈露露，夏一成突然有了看电影的兴趣，便打电话给陈斌，让他包下一场《劫玉》，他要带上父亲和客人一起去看电影。陈斌赶来的时候，天已经彻底黑了。

一行十多个人浩浩荡荡，坐上豪车，一辆接一辆地驶出别墅，威风凛凛地去了市里最大的电影院。

“这么大的雪还出门，真能折腾。”夏树强看着外面飘飘扬扬的大雪，有些担心地提醒司机，“小伙子一定注意看路，小心着点。”

夏一成被父亲逗笑了：“您看您什么都担心，如果咱们看电影出来还这么大雪，就直接在市里的酒店住下啊。”

夏树强摇了摇头：“你小子有了钱就不知道姓什么了。”

“我知道您姓什么不就行了。”夏一成吊儿郎当地说。

夏树强也哈哈地笑了。

走进电影院，夏树强惊奇地发现，电影院中竟然有那么多人。偌大的电影院被挤得满满当当，人声喧哗，入目所见有年轻的情侣，也有一家数口，不少年轻人带着自己的父母长辈来的。

《劫玉》的海报挂在最显眼的位置，从画面上看，非常符合新年的气氛，喜气洋洋的。

“真是不一样了。”夏树强看着电影院里的人，玩笑似的对夏一成说道，“你看你都这么大了，我可不就老了吗？”

夏一成还没说话，一旁的陈斌就笑了：“夏叔瞧您说的，如果不是我们这些人知道您的身份，您跟成哥可不像父子，根本就像是兄弟，是不是啊？”

跟在他们身后的孙耀祖立刻回答：“那肯定的啊，第一次见到夏叔的时候还以为是夏总的哥哥呢。”

“哈哈哈……”夏树强被这些人逗得哈哈大笑，心情大好。

夏一成也全程笑脸看着自己的父亲。

父亲虽然鬓角都白了，但胜在精气神十足，身子骨也棒。他现在才六十四岁，夏一成想，有自己在，好吃的好喝的供着，父亲活到一百岁不成问题。

夏一成他们的到来引起了很多人的注意。一些年轻人先是疑惑地打量了一下，然后眼睛就亮了，很多人想要围上来跟夏一成说话。跟随陈斌而来的保镖很有经验地把夏一成和夏树强围在中间，然后极快地穿过大厅，进入巨幕厅。

头一次有保镖护行的王建国笑着对夏一成道：“跟着夏总一起来看电影，还享受了一把明星的待遇，哈哈哈……”

“以后常来玩，我多带着你享受一下。”夏一成随口说道。

“哎哟，谢谢夏总了。”王建国赶紧道，“我可是会常来打扰的。”

十几个人坐在巨幕厅中，几句闲话后，电影就开场了。

夏树强轻声对夏一成道：“这就是露露演的那部啊？”

“对。”

“那我得好好看看。”

电影开场气势十足，色彩鲜艳，人物形象也分明，虽然有故意扮蠢逗笑的嫌疑，但只要不苛求，笑点也充足，夏树强就被逗笑了数次。

《劫玉》讲述的故事并不复杂，一句话便能概括，是讲古代两个又㞞又贪财的大头兵奉命护送一块古玉进京的故事。中间穿插着各路打古玉主意的人马，出场的人物一个比一个狠，但是碰上蠢㞞的大头兵却产生了奇妙的化学反应，发生了一件又一件搞笑的事情。

这部电影属于看的时候会笑，会觉得很热闹，但看后就忘的类型，在新年的气氛中，很适合全家人一起观看。

本来这样一部没有大牌明星加盟的电影，在群星荟萃的贺岁档里根本占不了优势，但是从浩淼影业成立发布会开始，它就吊足了观众的胃口。而刘文风的猖狂言论、竞争对手的疯狂抹黑，让这部电影的热度发酵。夏一成的赌约更是将这它送上舆论的热潮，并且持续高走，奠定了今日的神座。

四十亿票房已经是囊中之物，夏一成现在要做的，就只是等着那些曾经咄咄逼人的记者灰头土脸地来跟自己道歉。

一想到这些，他就控制不住地想笑。

第八章

巅峰

01

看完电影后，天上的雪越下越大，路面上已经铺上了厚厚的一层。别墅离电影院有一段距离，在这样的情况下开车非常危险，于是夏一成让陈斌去订了房间，一行人今晚就住在酒店。

作为本市最好的酒店，奥德酒店内部的装潢简约大方，细节处又彰显华贵，令人觉得舒适怡心。

安排夏树强睡下后，夏一成与陈斌在套房的客厅中随便说着话。

作为夏一成的死党兼助理，夏一成发达后，陈斌的失意也一扫而空。陈斌大学时学的是金融管理，只是毕业后一直没有找到欣赏自己的伯乐。

夏一成对陈斌十分放心，将自己手下的数家公司都交给他打理，自己从不过问，给了他很大的权力。作为回报，陈斌也尽职尽责。

夏一成与陈斌与其说是上下级关系，更像是并肩开拓事业的战友。

陈斌正在审查新一年的计划，夏一成则靠在沙发里看视频。

“成哥，咱们搞的那个农家乐还真争气啊，短短两三个月就创造了这么高的利润。”陈斌看着电脑上的文件，笑得合不拢嘴。

夏一成懒懒地说道：“你等着看吧，那农家乐还没真正发力呢。我当初跟那老狐狸打赌，说的可是成为旅游胜地。”

“你也太牛了，说出去的话跟金口玉言一样，就没个落空的。”

夏一成笑而不语。

看了一会儿视频，夏一成就有些无聊了。他走到窗边，拉开窗帘，看着外面纷纷扬扬飘落的大片雪花，朝透明玻璃上呼了口热气，热气很快凝结成白色的雾水。

夏一成叹了口气：“阿斌，咱们再去赌城玩玩？”

陈斌头也不抬地说：“可以啊。”

夏一成想了想，懒懒地说：“算了吧，没意思。”

市里的地下赌场他已经不去了，赔率太小，玩起来没意思，而且跟那群人玩，夏一成总觉得自己是在欺负他们。而赌城里，最大的三家赌场已经把他列为危险人物，为了不让他在他们场子里玩，另外两家也学他们当初去的第一家赌场，送上了股份作为交换条件。

他一踏上赌城的土地，大大小小的赌场就如惊弓之鸟一般惶恐。一想起那些赌场的人看到自己就像看到洪水猛兽一样的表情，夏一成便哭笑不得。

陈斌感觉到了一丝不对劲，把文件保存后，抬头看夏一成：“怎么了，成哥？”

“那群胆小鬼不敢跟我赌啊。”夏一成长长地叹了口气，转身坐回沙发上。

陈斌顿时笑了：“谁让你那么厉害，敢跟你赌才怪。”因为谈起这个话题，陈斌随手在电脑上打出一个“赌”字，他一边浏览着页面，一边对夏一成道：“要不咱们出国玩玩？娱乐之都怎么样？”

进入娱乐之都的页面，陈斌看到了一则消息，眼睛顿时亮了。

夏一成还在思考他的建议：“也行，赢外国人的钱，总比赢咱们自己人的钱更……”

“成哥，成哥，你快来看这个！”陈斌突然出声打断了夏一成的话，声音中带着惊喜，“快来看！”

夏一成慢吞吞地走过去：“什么东西让你这么激动？”等他的视线落到陈斌面前的电脑页面上，夏一成就愣住了。

陈斌让开位置让夏一成坐下。夏一成摸着下巴看页面上的内容，眸中的兴趣越来越浓：“世界赌王大赛呀。”

浏览完这个网页后，夏一成跟陈斌对视一眼，笑了。

“就像是为你准备的一场盛宴。”陈斌笑眯眯地说道。

“四月份开始报名。”夏一成看了看，对陈斌道，“你去给我报个名，咱们也去拿个赌王的名头玩玩。”

“好嘞。”

夏一成满意了，坐在沙发上，嘴角带着笑：“世界赌王……”

如果拿到世界赌王的称号，是不是就可以让媛媛相信，他在赌桌上是所向披靡、永不失败的呢？

因为夏一成的极力劝说，夏树强在市里住到了正月十七。吃完了汤圆，看过了舞龙，跟着夏一成把大大小小的馆子都吃了遍，整个人胖了差不多十斤，夏树强才回了林山村。

将父亲送到家，夏一成还是不太明白：“您跟我在市里住着不好吗？干什么非得一个人在这里，孤孤单单的。”

夏树强对儿子翻了个白眼：“谁说我孤孤单单的了？”

夏一成眨了眨眼：“您这么着急回来，莫非……”

夏树强看到夏一成的表情就知道他在想什么：“臭小子想什么呢？你妈可听着呢。”

夏一成哈哈笑了。

夏树强回到家，做的第一件事就是去屋子里看自己的全套钓鱼工具。那是夏一成给他新买的，他爱不释手，可惜现在不是钓鱼的好季节，只能等开春。

夏一成看着他，酸溜溜地说："您儿子现在要走了，您要不要看一眼啊？"

夏树强笑骂几句，把夏一成跟陈斌送到门口，还嘱咐了几遍开车小心。

转过一个路口的时候，陈斌对夏一成道："成哥，好不容易回来一次，咱们要不要去看看孙耀祖正在建造的房子？"

"对，去看看，我把这事给忘了。"

为夏父建造的房子就在林山村东头，那地方本来是归民营企业家王建国的，只不过这么多年一直荒废着，就被夏一成买了。

原本一片荒草丛生的地方，现在矗立着一座即将完工的别墅，别墅的外墙已经建造好了。夏一成他们开车进去的时候，工地上的工人正忙得热火朝天，到处都是工人吆喝声以及机器工作的声音。

有眼尖的工人看到了夏一成的车，立刻跑去临时搭建的房间里找孙耀祖。

"什么？他怎么来了？"

正不知道在给谁打电话的孙耀祖顿时一惊，脸上冷汗都下来了，他看着自己屋子里的人问："不会出什么纰漏吧？"

这间临时搭建的木板房大小不过四十平方米，放着一张床、几张沙发，地上到处都是零散的食物包装袋。沙发上坐着三个人，看他们的穿着打扮和神态，就跟外面干活的工人不一样。

听到孙耀祖的问话，三个人中个子最高的那个站了起来。他身材干瘦，个子却有一米八多，整个人就像根行走的竹竿。

"不会，放心吧，这些东西外表看起来跟美国进口的一模一样。"高个子压低了声音说。

"那就好，那就好。"孙耀祖舒了一口气，擦了擦额头的汗，平复了一下心绪，对三个人道，"走，领你们去见见夏总。你们都表现得自信一点，那家伙对建筑什么都不懂，没准儿咱们还能再忽悠一笔钱。"

其中一个挺着啤酒肚的中年人笑呵呵地说："放心吧，我们干这个最在行了。"

出了门，孙耀祖脸上的惊慌忐忑已经完全没了。看见夏一成的时候，他表现得既意外又惊喜，非常热情地跟夏一成打招呼："夏总、陈哥，你们怎么过来了？也不提前说一声。"

"送我爸回来，顺路就过来看看。"

"哎哟，您看我什么都没准备啊。"

孙耀祖连忙走到夏一成身边，从工人手里接过几个黄色的安全帽递给他："工地上杂七杂八的，还是戴上安全。"

夏一成跟陈斌接过安全帽戴上。看着孙耀祖一身工地的衣服，夏一成拍了拍他的肩膀："你小子本领不小啊。"

"哈哈哈，谢谢夏总夸奖。"

夏一成看着矗立在工地上的别墅："快建完了吧？"

"差不多了，现在整体的架构已经全部完成了，就剩下外面的修饰和内部的装修。"孙耀祖搓了搓手，为夏一成指了指面前的大片空地，"等房子全部修建完成后，这些地面会重新整修一番，然后再栽培上老爷子喜欢的花花草草，就完工了。哎呀，我们的建筑工程师今天回家了，还没回来，没办法给您详细讲解。"

"没事，只要把房子建好就行。"夏一成看了看跟在孙耀祖身边的人，问道，"这几位是？"

"看我这记性。"孙耀祖笑着对夏一成道，"这些人都是装修材料公司的，这位是绿城建材的程忠经理。"

如同竹竿一般的高个子程忠连忙跟夏一成握了握手："夏总好，夏总好。"

"嗯，你好。"

孙耀祖指着身边的胖子跟另外一个人道："这位是美派装潢公司的葛建章经理，那位是塑胶厂的董万老板。"

与三个人寒暄后，夏一成笑着道："辛苦诸位了，等别墅建成，大家一起吃个饭。”

“夏总客气，夏总客气。”程忠笑着道，“夏总愿意用我们几个的建筑材料是我们的荣幸，是夏总给我们面子。”

“哈哈哈，你们就都别客气了。耀祖啊，带我们进去看看？”

孙耀祖立刻道：“走走。”

夏一成戴着黄色的安全帽，被孙耀祖带着进了已经大致建好的别墅内。

“现在已经可以进行精装修了。”孙耀祖指着客厅对夏一成道，“您看这里，这就是壁炉的地方，那是厨房，往里面走是楼梯，考虑到老爷子的身体，我把这个楼梯改动了一下，坡度更缓一些。”

“挺好的。”

随孙耀祖看了一圈，夏一成倒是挺满意。在别墅门口处看到几桶写着外文的油漆和其他材料，他问孙耀祖身边的人：“这就是你们的材料？”

“是，这是我们美派装潢的。”葛建章笑着道，“这些材料都是美国原装进口，绿色无污染，更不存在对人体有害的东西，用我们的产品，您放一百个心。”

“嗯。”夏一成扫了一眼，点点头，然后对孙耀祖道，“一定要用最安全、最好的材料，钱不是问题，但一定得保证各方面都是最好的。”

“您放心吧，夏总，给老爷子建房子，小弟怎么敢掉以轻心？”孙耀祖认真地说。

“行，天色也不早了，我们回去了。耀祖啊，资金上如果缺了，跟你陈哥说。”

“好嘞。”

目送夏一成的车离开，孙耀祖终于把心放下了。

“紧张死我了。”葛建章使劲擦了擦自己手心的汗，“如果那个夏总检查，咱们就完了。送来的这些产品都是最便宜的，一打开肯定味道很大。”

孙耀祖看了他一眼：“怕什么？他一个堂堂老总，怎么可能去打开一桶油漆？”

“哎，我总担心咱们的事情会被发现。”

孙耀祖看了葛建章一眼：“你不说我不说，谁会发现？这房子都快建好了，金主才过来看了这一次，我敢说，这也是最后一次。”

程忠也道：“就是，这么大一工程，这么多油水，不赚多亏。”

“我没说不赚啊。”葛建章急了，冰寒的天气里脸上的汗都流下来了，“只是说有点心慌。”

“心慌什么！”孙耀祖实在看不上他这模样，“能干就干，不能干我们找别家，多少人排着队想接我的活儿。”

“干干干！”

孙耀祖笑了：“这不就得了。你们不知道他挣多少钱，他那么有钱，咱们从他身上揩点油水而已，九牛一毛，微不足道。”

北方的冬天天黑得早，工地上早早就开了照明灯，一直到晚上八九点，工人才彻底散去。这个时候，孙耀祖跟他的朋友在酒店喝得正欢。

“孙哥，你要的那些东西我都给你弄好了。”一个身穿西装的小个子热络地来到孙耀祖的身边，把一沓单子递给他。

孙耀祖喝得脸颊通红，但脑子还清醒着，他仔细看了看单子，全是最好的室内装修品牌的收发单据。

“小张，干得不错！”孙耀祖甩了甩手里的单据，哈哈笑了，“等我领到钱，绝对少不了你的那份。”

“谢谢孙哥了，以后有这样的好事，千万别忘了小弟我。”小张端着酒杯道。

“喝！”

酒过两轮，孙耀祖问一个五大三粗的汉子：“刚子，我让你弄的东西弄到了吗？”

刚子敞着怀，裸露出一身肉，冲孙耀祖拍着胸膛道：“当然弄到了，拉了两卡车呢，全放仓库里了。”

孙耀祖心满意足地笑了：“哈哈哈，干得好！”

“干杯啊！”

“干干干！”

酒气冲天的房间里，充斥着每个人醉醺醺的大笑声，大笔的财富在朝他们招手。而距离酒店不远的工地上，一盏刺目的白灯高高悬挂着，映衬着这寒冷的夜，墨色更浓了。

夏一成与陈斌是在霓虹灯亮满整座Z市的时候回到别墅的，刚刚将车驶进别墅，夏一成的手机就响了。

夏一成低头一看，是陈默的名字。

“夏总，最新的统计，《劫玉》票房过了四十二亿！”

夏一成隔着手机都能够感受到陈默的兴奋。

《劫玉》上映之前被公众热议，上映之后褒贬两极分化，几次事件把它推向顶峰，上映一个多月，全国狂揽四十二亿票房，这是多少人都意想不到的事情。

车已经停在车库里，夏一成靠在后座上，笑眯眯地说：“不错。”

“岂止是不错啊！半个月前就有媒体公司的高级经理人给我打电话了，还有那些跟您打赌的记者，那群人是真急了，哈哈哈……”又闲谈了几句后，陈默问夏一成，“接下来怎么办？”

“该怎么办，就怎么办。”

想着很快就能看到那群自以为是的记者裸奔，夏一成脸上的笑更深了。

《劫玉》最终以四十三亿票房收尾，投资人赚得盆满钵满，导演和一众演员也跟着大红了一把。

与之相对的，是Z市百年不遇的奇观！几十个人在料峭的寒风中裸奔，他们个个顶着巨大的纸板，上面不是写着“我错了”，就是“对不起”，无数市民纷纷出门围观拍照。最后，那些记者还被警察给带回去了。一连数天，Z市人的笑谈都是那些裸奔的记者。

新年过后，浩淼影业也进入了迅猛的发展期，公司签约的艺人从一线明星到还没出道的新人总数有上百人，势头压过几家老牌影视公司。

沈露露作为浩淼当之无愧的一姐，手上资源多得让人羡慕。她本人也争气，多个场子赶通告，从不叫苦，有关电影、电视剧的拍摄行程已经安排到了明年七月。

四月柳绿纷纷，春风解冻，百草回芽。

为父亲建造的别墅已经完工，夏一成看到孙耀祖他们传过来的图片，偌大的一栋房子矗立在庭院中，色彩明亮，端庄大方，看起来比自己住的别墅还要大气几分。

而院子里面的布局，更是咨询了夏树强的意见后，放弃了那些华而不实的假山与小河，为他开辟出了菜园与果园，还有石质桌椅，能够方便大家在天气好的时候下下棋、说说话。

夏树强对这栋别墅赞不绝口，夏一成也不小气，给了孙耀祖一笔非常丰厚的奖励。

其他各家公司也都进入了正轨，即便大老板不在，也不会出什么乱子。

五月初的时候，陈斌交接完手上的工作，陪着夏一成去了赌城。

世界赌王大赛的举办地点在 M 国的娱乐之都。这个世界上最大的赌城，身兼天堂与地狱的美称，它能够让钱多得不知道怎么花的人尝到流浪街头的滋味，也能让穷得叮当响的人改变命运。短短几十年间，娱乐之都就从一个贫穷的沙漠小镇发展成世界上无数人为之沉迷的销金窟。

02

到达赌城后，袁竟早已派人在机场等候。

又是那间宽敞舒适的会议室，有一段时间没见的老熟人袁竟笑眯眯地坐在茶桌前，身前的桌子上摆放着飘着袅袅香气的茶水。

一切恍如初见。

“袁老板久等了。”

在经理罗康的带领下，夏一成与陈斌走了进来。与上一次不同的是，这次罗康也进了房间，并没有离开。

“知道你要来，特地拿出了好茶。”袁竟为两人倒了一杯茶。

夏一成喝了一口，笑了笑：“真香，别人那里还真喝不到这么香的茶。”

袁竟脸上笑意更盛：“那就常来，我的茶可是为你备着的。”

寒暄完，夏一成靠在松软的沙发上，问袁竟：“关于赌王大赛的事情办理得怎么样了？”

袁竟将早早放在桌子上的文件递给夏一成：“能够去娱乐之都参加这场盛会的人都不简单，这是我们整理出来的名单与流程。”

夏一成翻看着手里的文件：“从海选开始？”

“其实有人可以不用经过海选，直接进入决赛的，但夏先生你虽然赌术无双，却美玉暗藏，世上少有人知晓啊。”袁竟颇为惋惜地叹了一口气。

夏一成扬起手里的文件，冲袁竟一笑：“从海选开始，这很有趣啊，我正愁每次来你们这儿都不能尽兴呢。”

“若是这里都让你尽兴，那可就要变成客人的地狱了。”袁竟半是玩笑半是认真地说道。

夏一成被袁竟的话逗得哈哈大笑，有些人说话就是这样好听，不着痕迹的赞美才是最让人舒心的。

袁竟看着夏一成：“夏先生，我知道你在赌桌上可以称神，但赌王大赛中，会与无数能力很强的赌徒相遇，想要赢得世界赌王的称号，并不容易。”

袁竟年过五十，一双眼睛练就得深沉而老辣，当他深深地看着别人时，很多人会下意识地低下头。

夏一成笑了，淡定地迎上袁竟的目光：“别担心，世界赌王已是我的囊中物。”

“都说英豪出少年，单凭夏先生这份自信的气度，袁某就有理由相信，今年的世界赌王会落到我们赌场身上。”袁竟再次倒了茶，对夏一成道，“以茶代酒，敬你。”

两人把茶水喝掉，袁竟对夏一成说：“夏先生，我们会安排好你在娱乐之都的一切事宜，请放心。”

夏一成满意地笑了。

将夏一成他们送入酒店的房间后，罗康回到袁竟的办公室，有些担忧地说：“老板，这个夏一成太狂了！世界赌王啊，那可不是闹着玩的，被他说得好像唾手可得似的。”

袁竟笑了：“我怎么觉得他还真有可能赢呢？”

罗康微微皱眉：“一年一次的赌王大赛，别说冠军了，亚洲人从来就没进过前十。”

“所以说，这一次他很可能会给我们带来意想不到的惊喜。”

罗康有些疑惑地问：“老板，我怎么觉得您特别信任他？”

袁竟从窗前转身，看着罗康道：“你去翻看一下他的记录就会明白我为什么这么信任他，自从去年开始，他从无败绩。”

“一次也没有？”罗康惊讶地问。

袁竟点头，像是在自问，也像是在问罗康：“有谁能够从不失败呢？”

“难道他出老千……”罗康有些迟疑地说。

袁竟意味深长地看了罗康一眼，说：“我倒希望是这样。”

当天晚上，夏一成被邀请到会客室，袁竟为他准备了两件礼物：赌王大赛的邀请函以及一瓶一九八二年的拉菲红酒。

红酒打开，浓郁的酒香如飘浮的云雾般散开，醉人心神。

夏一成拿起请帖看了一眼，嘴角含笑。

袁竟亲自为两人倒酒，然后将盛着浅浅红酒的高脚杯递给夏一成。

“能够拿到这张请帖的人，财力与名气必得其一，在此先恭喜夏先生了。”袁竟对着夏一成举了举杯子。

夏一成嗤笑一声：“留着你的恭喜，等我将世界赌王的名头捧回来再对我说吧。”

“哈哈哈，夏先生果然豪气，你的这份自信让老夫羡慕。”袁竟的笑声渐渐变低，他看着夏一成，非常真诚地说道，“但是，夏先生，能够参与那场赌局的人，都是经过无数场厮杀出来的，可以说每一个都拥有夺冠的实力。而世界赌王只有一个，想要得到这个称号，除了自身的实力，运气也很重要，甚至可以说相当重要。”

夏一成晃动着自己酒杯中的液体，笑了，透过透明的玻璃杯他对袁竟道：“真巧，运气这东西，我还真有。”

袁竟看着异常自信的夏一成，感觉他并不在意即将到来的赌王之战，或者说，他相当自信，自信世界上无人能够在赌桌上打败他。这样的自信，即便是现在的世界赌王也有所不及。

“夏先生有没有想过失败？”袁竟轻轻地问道。

夏一成不假思索地回答：“没有。”

袁竟若有所思地点了点头：“那袁某就在这里，提前祝贺夏先生旗开得胜了。”

夏一成与他碰了碰杯子：“你们只需要为我喝彩就好了。”

“好。”

坐上飞机前，夏一成给赵媛媛发了一条短信，告诉她自己要去参加世界赌王大赛，并且会带着世界赌王的名头回来娶她。如以往一样，短信石沉大海。

夏一成不在意，脑中想的全是世界赌王的桂冠。

夏一成踏上娱乐之都的时候，正是世界赌王海选的前一天。

整座城市似乎都沾染上属于赌徒的疯狂与执拗，完全沉浸在无限的狂欢之中，属于热带沙漠气候的这里，天气与来往游客的内心一样火热。

街道两旁林立着高耸的大楼，这里有世界上最豪华的酒店与最奢侈放纵的娱乐，只要有钱，就能够享受到最高级的服务与待遇。

夏一成站在酒店房间的窗前，向外看去。蔚蓝的天空深邃而辽阔，一片片云彩白玉一般散落在蓝天上，充满了立体感。苍穹之下，是一整片人类的奇迹。

现代化的街道，造型精美的建筑，来往如织的行人，而在这座城市之外，是大片大片的峡谷，是一望无际的沙漠。娱乐之都就如同孤独地矗立在一片荒芜沙漠与峡谷之上的天堂，人们从世界各地飞到这里，只为了享受顶级的待遇。

“哇哦。”陈斌脸上带着显而易见的兴奋，飞奔到夏一成的身边，随他一起俯视这座城市。陈斌有些不敢置信地说道：“没想到我们竟然真的来了，娱乐之都啊！”

夏一成转头看陈斌，突然拍了这个家伙一巴掌。陈斌捂着脑袋看夏一成：“哥，干什么啊？”

“你小子怎么看起来比我都兴奋？”

陈斌眉飞色舞地说：“这可是娱乐之都，赌徒的天堂啊！”

夏一成眉梢一动，伸出一根手指戳了戳他的肩膀：“你小子不是不玩吗？”

陈斌哈哈一笑：“哥，你赌术那么厉害，我羡慕啊，跟着孙耀祖他们玩了玩，感觉还不赖。”

“是不是很好玩、很刺激？”夏一成问他。

陈斌猛地点头：“是挺不错的。”

夏一成嘴唇一勾，看了看高楼下充满魅惑的城市，对陈斌一挥手：“走，哥带你去玩个痛快！”

两人换上充满热带风情的衬衫短裤，一人一顶牛仔帽，戴着墨镜，拿着手机，出了酒店的大门。

此时白昼的光芒一点点从空中褪去，娱乐之都显露出了与白日完全不同的面貌，充满了闪亮的灯光、激昂的音乐，无数欢声笑语从四面八方涌上天空。娱乐之都那野性的、热烈的、充满激情与狂放的一面彻底展现在众人面前，从世界各地飞来的客人沉沦其中，心甘情愿地为这座城市提供最新鲜的热血。

夏一成与陈斌一出酒店的大门，立即有安排好的翻译来到他们的身边。那是一个白人男孩，但令夏一成惊讶的是，这男孩说话带着东北腔。

“夏老板好，陈哥好，你们叫我汤尼就好了。”看起来二十岁出头的汤尼侃侃而谈，很是自来熟，“袁先生已经将您的来意都说清楚了，海选定在明天下午七点，我会提前带您过去。”

夏一成摆了摆手：“不聊那个，你们这里最好玩的赌场在哪儿，带我们去。”

汤尼瞪大了眼睛：“您、您不需要准备准备吗？”

夏一成眉头轻轻一挑：“有什么好准备的，让你做什么你就做什么。”

“是是是。”

汤尼见惯了各色的人，尽管心中疑惑，面上却没表现出来，而是热情地为夏一成两人喊来一辆拉风的跑车。

上车后，夏一成饶有兴趣地问汤尼：“你有中文名吗？”

“中文名叫大海。”汤尼笑着道，“随我妈姓，陆大海。”

“哈哈哈……”夏一成当场就笑疯了，连连称赞，“好名字，好名字，比那个什么汤尼好，以后就叫你大海了。”

“好嘞。”

陆大海在娱乐之都待了两年，对这里非常熟悉，把最豪华的酒店、娱乐场所等全部给夏一成介绍了一遍。

银色的跑车在一栋五颜六色的建筑物门前停了下来，硕大的英文字母挂在建筑物的门前。这栋楼有五层楼高，隔着一面墙都能够感受到里面的热火朝天。

下了车后，陆大海兴高采烈地对夏一成道：“夏老板，这家虽然不是城内最大的赌馆，却是最受欢迎的。这里的规矩最少，却又最讲规矩。各种赌桌都有，而且还有兔女郎哦。”

夏一成仔细打量了一下那栋建筑，觉得很合自己的口味，大手一挥，带着两个人走了进去。

腾腾的热浪扑面而来，纵然有中央空调的冷气，架不住来到这里的人热血沸腾，将已经被吹得很冷的空气不断点燃。

放眼看去，绿色的赌桌不规则地排列在房间中，各色人种穿插其中，男男女女，老老少少，不知名的音乐带着一种蛊惑的律动，衣着大胆的兔女郎戴着可爱的兔耳朵在人群中走来走去。

被眼前的一幕幕感染，夏一成解开自己衬衣大半的扣子，深吸一口气，带着陈斌与大海走了进去。他在一片嘈杂中大声对陈斌道：“今晚你随便玩，赢了算你的，输了算哥哥我的！”

陈斌两眼放光地看着一排排赌桌，急不可耐地让大海带他去兑换筹码，然后火急火燎地朝那排赌桌扑了过去。

夏一成看着陈斌的模样，乐得哈哈大笑，随手搂过一个从身边走过的兔女郎。这个兔女郎是个白皮肤的美国女孩，眉眼深邃，鼻梁高挺，五官放在巴掌大的脸上显得很是精致，有着瓷白的皮肤、蓝色的眼睛与殷红的嘴唇，她此刻正眨巴着眼睛看夏一成。大海在一旁冲夏一成眨了眨眼：“夏老板，眼光不错哟。”

夏一成将那女孩拉到自己身边，笑嘻嘻对大海道：“问问她，要不要跟我一起玩。”

“好呀。”没等大海出声，那姑娘自己就回答了。

夏一成眉头一挑，脸上笑意更盛了：“哟，还会说中文。”

兔女郎将手上的红酒送到夏一成面前：“会一点点，请你喝酒。”

夏一成借用兔女郎的手把那杯酒仰头喝下，摸了摸她的脸蛋，笑了：“有点意思，走吧，你请我喝酒，我请你玩牌。”

夏一成搂着兔女郎来到陈斌所在的桌子。这里在玩德州扑克，陈斌已经下注，正小心地看自己的牌。

这张桌子上一共有六个人，除了陈斌和一个黑人外，全是白人，周围吆喝起哄的人也不少。

夏一成来到陈斌的身后，打眼看了看他的牌，然后转头看了看桌上的其他人，这才拍了拍陈斌的肩膀：“小子，赶紧弃牌吧，这一局你输定了。”

陈斌有些舍不得，手里的牌虽然不大，但总能赌个同花顺，一时间没果断做决定，而是再次下注跟了一把。但陈斌赌错了，没一会儿就叹着气把牌扔了，然后一脸苦相地看了夏一成一眼。

夏一成笑话他："你小子手气不行啊。"

陈斌刚想说点什么，视线一下子落在挽着夏一成胳膊的兔女郎身上。他意味深长地打量了那兔女郎一眼，刚刚输钱的郁闷都没了，冲夏一成哈哈一笑："成哥，有你的啊，这才进来几分钟就勾搭上一个，这个可比那沈露露强多了。瞧这大胸长腿的，哎哟，真是好眼光。"

夏一成似笑非笑地看了陈斌一眼，把陈斌看得心里有点发毛，万分不解地问："干什么，成哥？干什么这样看着我？"

"你好，我叫莉莉。"兔女郎笑嘻嘻地伸出手，毫不在意地说道。

陈斌宛如吃了个熟鸡蛋被噎着了，看了眼吐字清晰、发音准确的莉莉，又看了眼夏一成，憋了会儿，才跟兔女郎握了握手："你好，你好。"

"哈哈哈……你个呆子！"夏一成被陈斌的反应逗笑，毫不客气地将他嘲讽一番。

眼看赌局即将开场，陈斌为了掩饰尴尬，立刻转身投入赌局。

夏一成从陈斌面前抓了一堆筹码塞到莉莉手里，把她按在了赌桌的另一张椅子上，让她也参与这桌赌局。

陈斌看到这一幕，咧了咧嘴，对夏一成叫道："成哥，你可别作弊啊，不准帮忙玩。"

"玩你的吧。"

第二局一开始陈斌手气就非常好，摸了一对 Q，整个人都兴奋了起来，如果再来一张，那就是"豹子"啊！

莉莉却很谨慎，下了两次注之后就弃牌了。

夏一成靠在椅子上，看着桌上的陈斌，看他不断地加大筹码，一直等第三张 Q。桌子上的人在陈斌这么猛的势头下纷纷选择弃牌，只有那个黑人跟到了最后，黑人手里已经能够凑齐一个"豹子"，他在赌最后一张牌不可能是 Q。

随着第四张公众牌的落下，周围的看客也逐渐紧张起来，此时桌面上的投注金额已经达到了三百万。

第四张牌是红桃10，黑人明显松了一口气，而陈斌额角的汗水一点点流了出来。他不住地舔着嘴角，眼睛死死盯着荷官的手，嘴里默念："Q，Q，来张Q。"

莉莉紧张地抓住夏一成的衣角，夏一成抱着胳膊没怎么动，眼睛落在陈斌的身上，在想这个家伙什么时候开始迷上赌博的？

最后一张公众牌被荷官发出，黑桃Q！

"嗷！"陈斌怪叫一声从桌子上跳了起来，大笑着转身就抱住了夏一成，他不断地跳着脚，像一个小孩子，"嗷嗷嗷，我赢了，赢了！"

夏一成能够感受到陈斌那种巨大的喜悦，用力拍了拍他的后背："好小子啊，都已经这么厉害了！"

陈斌脸上带着明晃晃的笑，得意地笑着："还不是跟着成哥你学的，名师出高徒。"

"哈哈哈，那你以后可得喊我师父了。"夏一成打趣地说道。

陈斌将桌子上的筹码全部都挪到了自己身边，然后大大咧咧地坐下来，等着再次开牌。

也许今天真的是陈斌的幸运日。他气势如虹，如同赌神附体，接下来的三局中，用那大开大合敢于下注的打法，连装带唬吓跑了一些人，然后又稳稳赢了另外的人。他身前的筹码不断地增加，脸上的大笑一直就没有停过。

03

夏一成看了两局，觉得这家伙要赢疯了，也就不再管他，带着莉莉去了另外一桌。这桌在玩转盘。

转盘算是最难控制的一种玩法，夏一成却来了兴趣。这家赌场的转盘赔率高到惊人，庄家就是赌场的人，挑战的人无一不是铩羽而归，连连摇头，不敢再玩。

"看起来很难玩啊。"莉莉眨着眼睛看夏一成，"你的兄弟赢了那么多，你要不要也赢来看看？"

夏一成对莉莉说："去，给我拿点筹码来。"

莉莉立刻小跑着来到陈斌身边，从他面前拿起一堆筹码就跑了，惹得那张桌子上的人哈哈大笑。

夏一成随手将自己的筹码扔到赌桌上，然后在很多人的围观下，转动那五颜六色的转盘。

转盘极快地转动起来，那些花花绿绿的颜色难以用肉眼分辨。所有人都紧盯着它，夏一成的目光也随着那根黑色的指针转动，渐渐地，转盘的速度慢下来，慢到周围的人能够看到上面的字迹。

不同语种的声音从四围传来，他们在为夏一成加油鼓气，仿佛这样，那独自转动的轮盘就能够停到他们想要的位置。

不知是不是那些人鼓气的声音起了作用，黑色指针的确在夏一成想要的位置停了下来。那一瞬，所有人都惊呼起来，甚至有一个长相清瘦的白人跑到夏一成面前，大喊大叫吐出一连串的英语。夏一成从他激动的话语中，听到诸如"great""amazing"这样赞美的词语。

莉莉眼睛亮晶晶："翻了一百倍！"

夏一成挑了挑眉："哟，早知道多押点了。"

那个白人还在叽里咕噜地说着什么，夏一成掏了掏耳朵，问身边的莉莉："那家伙在吵吵什么？"

莉莉哈哈笑了："他在夸你，说你是被上帝加持了运气的人，还说他在这转盘前等了五天，你是最厉害的，他很激动。"

霓虹灯将这座充满金钱与欲望的城市照耀得如同夜海中的孤岛天堂，无数人在这里醉生梦死、纸醉金迷。有人怀揣一夜暴富的幻想而来，但更多的人是将自己的财富挥洒在这里，亲手将它们扔到赌桌上，然后看着这些钱一点点蒸发。

赌王大赛进行得如火如荼，全世界最精通赌术的赌徒齐聚在这座令人着迷的城市，巨大的宣传标语随处可见。每天都有胜利者在街口大声呼喊，也有在赌桌上惨败的人，手里只剩下回程的路费，却又不甘心地重新钻进随处可见的赌场，企图一赌翻身。

媒体热火朝天地讨论着今年争夺赌王的热门人选。当然，作为一个买来邀请函、名不见经传的亚洲人，夏一成是被媒体忽视的，不过很快，他就走进了公众的视野。

海选一共进行半个月，每日一赌，对半淘汰。

第一场海选，陈斌将夏一成送到赛场入口，对他做了一个“加油”的手势。陆大海也在一旁鼓劲：“夏老板，您一定会赢的。”

夏一成对两人翻了个白眼，进去了。三分钟之后，在陆大海惊诧的目光中，他又出来了。

陆大海赶忙迎了上去：“怎么了，夏老板？没找到路？不应该啊，这里有中文解说啊……”

夏一成无视他，径自走到自己刚刚买下的豪车旁，将墨镜一戴。陈斌脸上顿时绽开大大的笑，然后一巴掌拍到陆大海的肩膀上：“傻小子，我哥赢了。走，玩去喽！”

“啊？”陆大海呆呆地坐在车上，良久没反应过来。

第二天，同样的时间，同样的地点，陈斌与陆大海再次目送夏一成进入赛场。几分钟后，夏一成又一次赢了。

到了第三次，陈斌与陆大海已经准备好了秒表，两人开始打赌夏一成能在几分钟内赢。

渐渐地，媒体注意到了这个赌桌上神速完胜对手的亚洲人，并有一部分记者对夏一成表现出了莫大的兴趣。一个靠金钱才得到海选赛资格的亚洲人，竟然能够常胜不败，真是神奇又怪异。

在海选最后一场的时候，陈斌与陆大海等了十分钟还不见夏一成出现。陈斌忍不住一次又一次地看时间：“怎么回事啊？你进去看看，成哥怎么还不出来？”

陆大海应声下车，没走出几步就看到了夏一成。

半个月的海选淘汰了上万人，全世界的赌徒中，能够坐到那张为赌王诞生而定制的赌桌前的只有六人。

接下来的比赛，分为半决赛和决赛。

夏一成接下来要参加的就是十二进六的半决赛。他将会随机与另外十一个选手中的一个进行一场两人对赌，然后这六组选手胜利的一方将无限接近赌王，他们会坐上决胜的赌桌，在那里看成败，定乾坤。

能够进入半决赛的十二个人，每一个都经历了激烈的厮杀才来到这里，谁都不简单。不过，这些人在夏一成眼中，有且仅有一个统一的身份：手下败将。

半决赛的会场被布置得很是隆重，但夏一成只在里面待了五分钟就打败了对手，在记者的目瞪口呆中走出了赛场。全场瞬间哗然，谁都没想到，在开场不到五分钟的时候，就决出了一个胜利者。

当夏一成走出赛场的时候，早就等在外面的记者一拥而上，无数麦克风凭空出现在夏一成的面前，各国的语言如鸟叫一般响起，里面甚至还夹杂着半生不熟的汉语。

不怪媒体如此热情，所有人对第一个晋级决赛的夏一成都感到非常意外。

早在世界赌王大赛开始的时候，就有很多对今年赌王的预测。大部分人倾向于曾经的赌王詹姆斯继续他的神话，打败前来挑战的对手，问鼎五连冠；也有人对数学天才格森另眼相看，觉得他在之前比赛中表现出来的冷静与惊人的计算能力会让他摘取世界赌王的称号……

但是那么多被看好的赌王备选选手中，根本没有夏一成。谁也没想到的是，在半决赛中第一个晋级，甚至是将对手吓得弃牌而走的，竟然是一个从来都没有被他们注意到的亚洲人。

这是一匹震惊了所有人的黑马。

媒体记者还是向比赛主办方询问了夏一成的姓名、来历以及以往在赌桌上的表现后，才对这个人有了一点印象。

被众多外国记者拦住，夏一成先是耐心地听他们说了一阵，然后再听大海的翻译。大多数问题都是要他谈谈对本场比赛的感想以及对其他选手的评论。夏一成登时就不耐烦了，这一场比赛能有什么感想？还其他选手？他连其他人是谁都不知道，评论什么啊？

“你告诉他们，现在先把这些热情给收一收，等我赢了世界赌王之后再来吧。”说完，夏一成也不管那些追着他的记者，径自在陈斌的开路下，坐车回到了酒店。

从夏一成在海选赛中接连获胜开始，各国媒体就开始注意他，并因为他在半决赛中五分钟结束比赛的惊人之举，给予了他一个外号——“东方快手”。

大海正在酒店中给夏一成念报纸上的内容。

“东方快手？”听到这个外号，陈斌忍不住哈哈大笑起来。

夏一成则取笑道：“这是什么外号啊？”

三个人笑闹完，大海拿着金色镂空的请帖对夏一成道：“成哥，决赛就在明天晚上九点，官方已经把比赛的项目定下了，是梭哈。”

“又是扑克，真是没创新。”夏一成无聊地说道。

陈斌却比夏一成上心很多，问：“六个人一起参加？”

“对。成哥，到时候你要换取足够的筹码才行，世界赌王大赛比的不仅仅是赌术，还有金钱的实力。”大海提醒道。

经过半个月的相处，夏一成在陆大海的心中已经被神化。这就是赌桌上的神啊！干净利落地干掉对手，一路赌来，未逢一败，如此战绩，非常惊人。

陈斌把这一点记在心里：“嗯，我会给成哥换好筹码的，明天那场比赛中赢了就是赌王了？”

“不是，赢了的人将会与上一任的赌王詹姆斯进行最后的决战，如果能够赢，才是真正的赌王。”大海微微皱了皱眉，“詹姆斯已经连续四届夺得世界赌王了。”

“什么？连续四届？”陈斌惊讶地看着大海，“那么厉害啊……”

“嗯，詹姆斯对很多赌术都非常精通。我曾经亲眼见过他在赌桌上把对手赢得倾家荡产。”大海说，“詹姆斯耐心足、心机重，一上赌桌就会像木头一样面无表情，你根本无法从他的神情推测他手上有什么牌。”

陈斌耸了耸肩："说得好像很厉害，不过我想就算是他，跟我成哥比，也赢不了。"

"什么时候跟詹姆斯对战？"夏一成一边玩着手机游戏，一边问。

大海道："也是明天，决赛中胜利的人就会直接跟赌王决战。"

夏一成点了点头："那我明天就能成为世界赌王了。"

现在决胜出来的六个人，除了夏一成外，每一个都有与赌王一战的实力，不过在这屋子里的三个人眼中，连现任赌王都算不上什么，更别说那些还不是赌王的选手了。

游戏胜利后，夏一成站起身伸了个懒腰："既然明天我就能成为世界赌王了，今天是不是该提前庆祝下呢？"

明明是狂妄到无法无天的话，可陈斌与陆大海两人都没有质疑。

最终的决赛被安排在一间举办方精心设置的房间内。

这间房子类似一个小小的戏院，舞台上放着一张雕琢着精美图案的赌桌，赌桌旁有六张散发着温润色泽的白色椅子，锃亮的灯光将整个舞台照耀得纤毫毕现。

舞台下面是一排排观众席，被邀请的记者以及点评大师已经到场，身穿制服的保安分守在房间的四周。

比赛对于选手服饰没有特别的要求，每个人都可以以自己最舒服的姿态来到赌桌。但考虑到比赛会进行全球直播，所以哪怕不在意，选手也会在穿着上下一番功夫。

夏一成无视了陈斌挑选的那价格昂贵的西装、领带与皮鞋，穿着娱乐之都街道上最常见的花衬衫、短裤，脚下踩着一双露趾的拖鞋，就大大咧咧地走进了决赛会场。

此时，那张象征着追逐王座的桌子旁已经坐了五个人，都是夏一成在半决赛中见过的。

头发花白、衣着古朴的老人历克斯坐在右手边第一个位子，依次过去分别是瘦高个、鹰钩鼻的白人汤尼、戴着厚重黑眼镜的年轻人格森、穿着性感服装的美女安娜，还有戴着大金链子的暴发户汤姆。

夏一成被引到自己的位子上，就坐在老人历克斯的左手边。主持人穿着白色的燕尾礼服，戴着夸张的粘着各色羽毛的帽子来到台上，冲台下的观众问好之后，就介绍起本轮比赛的规则。

与半决赛的三局两胜制不同，决赛中的六个人只进行一轮比赛，最后的胜者将取得与赌王詹姆斯对决的机会。到时候，世界赌王就从两者之中选出。

夏一成的目光从身边的人中掠过，然后又懒散地落在了赌桌上。

验牌、洗牌、切牌，一系列过场后，荷官正式发牌。夏一成下手快而狠，要牌要得理直气壮，再加上下注的时候把筹码当白纸一样抛撒，开场没几分钟便将白人汤尼、美女安娜以及暴发户汤姆吓退了。老人历克斯多坚持了几分钟，但也很快败退，只有格森坚持到了最后。

所有人都为之哗然。

格森虽然坚持得最久，但败得也最惨。赌局到最后时，赌注已经高达数十亿元，他不仅输了，更背上了惊人的巨债。

04

“胜利者，夏先生！”

夏一成放开自己手中的牌，站在最耀眼的地方，无数闪光灯扑面而来，陈斌激动地跑过来狠狠地抱了抱他。

这是一场名副其实的豪赌，胜利者名利双收，拥有了与世界赌王对决的资格，失败者不仅在这场角逐中败北，更背上了巨额债务。

格森呆滞的目光落在身前那个接受众人欢呼的夏一成身上。而夏一成的目光则越过大声呼喊的观众，遥遥地落在离他最远的角落里。

自从他来到这里，还从未露过面的恶魔飘荡在亮眼的灯光下，浓墨一般稠黑的长袍几乎要拖到地面，在很多人的头上荡漾着。见夏一成看过来，他嘴角常年挂着的邪气笑容顿时加深，微微露出了雪白的牙尖，大大的兜帽下是一脸的餍足与满意。

夏一成的目光久久落在恶魔的身上，他轻轻眨了眨眼睛，感觉灯光下的恶魔竟然比在夜色中见到的还要黑暗。

最后的决战地点依旧在这间屋子里。昏暗的舞台上，一张两人用的赌桌横立在中间，一道光束从顶端打下来照耀在桌子上，而桌子外一片黑暗。

夏一成出现在台上，一束灯光伴随着音乐声落到他身上，并随着他的脚步来到唯一的桌子旁。就在这个时候，另一道极其耀眼的光芒从屋顶落下，猛地打在夏一成的对面。

桌子的另一边，一个人静静地坐在椅子上，他看上去四十多岁，眉骨突出，眼皮低垂，鼻梁高挺，一身简单的T恤长裤，却被这环境渲染得气势汹汹。

随着这个人的露面，安静的房间内爆发出一阵呼喊声："詹姆斯！"

詹姆斯睁开眼睛，浅灰色的眼眸衬得深邃的眼睛有点阴鸷，他看着夏一成，神情冷静而木然。

夏一成想起大海对这个人评价，暗暗想道："果然像一根木头。"

将椅子从桌前拉出，夏一成诧诧然坐下。

随着激昂音乐的响起，周围的灯光一盏盏亮起，明亮的光芒顿时将桌子周围的昏暗一扫而光。媒体在台下蓄势已久，无数摄像机镜头对准了舞台之上的夏一成与詹姆斯，轰轰烈烈宣传了半年之久的赌王争霸即将在今天决出真正的王者。

随着主持人激情澎湃的致辞以及对两人的介绍结束，舞台就彻底属于角逐今年世界赌王的两个人。

詹姆斯看着夏一成，冷淡的目光中带着一点疯狂。

"我已经当了四年的赌王，没有人能胜我。"

夏一成听着大海翻译的话，笑了："我能。"

詹姆斯轻笑一声，将双手放在桌子上，一字一句地开口："你不是想要我赌王的称号吗？可以。不过，我们不赌钱，钱是买不到赌王的称号的，我们赌命。"

大海将詹姆斯这句话翻译出来的时候也是微微一愣，有些无措地看向夏一成。

夏一成的目光从主持人以及舞台上其他人的身上掠过，发现他们都是一副淡定的模样，并不像大海一样惊慌。

看来他们早就串通好了。夏一成突然就笑了："有点意思，咱们怎么赌呢？"

詹姆斯有些失望地将目光从夏一成的身上收回来，他没想到这个人竟然比自己想象中还要镇定。他伸手将赌桌上的白布揭开，所有人都伸长脖子看去。

绿色的桌面上，安静地放置着一把银色的左轮手枪，在屋子灯光的照耀下，反射着凛冽的光芒。

在看到这把手枪的时候，夏一成就明白了这一局的赌法。

"左轮手枪内装有一枚子弹，你敢赌吗？"

大海翻译的时候，额头的冷汗一下就流了下来。

夏一成拿起手枪，用手指一摇弹筒，在弹筒转动的声音里，问："活下来的那个就是赌王？"

詹姆斯微笑着点点头。

这种赌命的法子，只有疯子才会去做，詹姆斯觉得即便自己是那个疯子，但是世界上将不会有第二个疯子了。

面对詹姆斯挑衅的目光，夏一成将手枪举了起来，对准自己的太阳穴，然后按下了扳机。

啪嗒，啪嗒，啪嗒，啪嗒，啪嗒。

在众人震惊的目光中，夏一成一连按了五下，然后猛地将左轮手枪拍在桌上，冲惊慌站起来的詹姆斯一笑："该你了。"

左轮手枪被拍在桌上，发出了不小的声音，也敲击着在场所有人的神经。

全场死一般的寂静。

夏一成微微抬头看向詹姆斯，一咧嘴，露出一口白牙："不是说赌命吗？不敢了？”

詹姆斯看着桌上的手枪，久久没有动静。

夏一成转头看向呆若木鸡的荷官：“你怎么不数数？”

“我输了。”

詹姆斯低着头说了一句话，声音不大，但是全场的人都能够听到。

夏一成踢开自己坐着的椅子，站了起来，拿起手枪对准了詹姆斯：“可我们说好了是赌命啊，你输了不应该是死吗？”

见夏一成的手指已经按到了扳机上，场上的主持人和安保人员都慌了，猛地向夏一成跑去。但是他们的速度怎么可能比得上夏一成扣下扳机的速度？

詹姆斯看着黑洞洞的枪口指着自己，脑袋里嗡的一声，再也听不到外界的声音了，那些惊慌失措的尖叫声，安保人员奔跑而来的呼喊声，全都虚化，直到砰的一声枪声响起！

砰！哗啦啦……

惊恐的尖叫声瞬间令整个世界重新回到詹姆斯的眼前。

詹姆斯脸色惨白地低下头摸了摸自己。没有，为什么没有伤口？他明明开枪了啊！

奔跑而来的安保人员还站在距离夏一成几步之外，根本没有接触他。

夏一成手腕一动，对着灼热的枪口吹了一口气，然后轻蔑地扫视了一眼被吓得指尖都在发抖的詹姆斯。

这一幕被在场的记者全部拍摄了下来。

短暂的、死寂一般的沉默后，全场爆发出欢呼声、呐喊声。

陈斌与陆大海冲上来把夏一成抱了个满怀。

“哥，你真是帅呆了！”

“赌王，你是世界赌王了！”

这天晚上，“真正的赌王”这个巨大加粗的词语被无数报纸作为头版头条，夏一成手持左轮手枪的照片被疯狂转载，无数媒体人称这场赌王争霸的最后一场豪赌将被载入史册。

夏一成一夜之间被世人认识，作为新的世界赌王，他瞬间火遍了全球。

在娱乐之都狂欢一个月后，夏一成飞回赌城，受到了袁竟等人的热烈欢迎。他从飞机上下来的一路上，都有记者扛着摄像机狂追。

为了应对媒体，袁竟专门为夏一成挑选了几家高端媒体进行采访。

回Z市的直升机上，夏一成身边人的手机就一个接一个响起，数不清的富商、公司总裁以及大大小小的明星都为夏一成准备了接风宴、狂欢宴……

陈斌跟张志科等人接电话接到手酸舌燥，挂掉了一个又一个，却依旧阻止不了手机的持续响起。等夏一成舒舒服服地泡完两小时的澡，从浴室出来的时候，陈斌和张志科两人瘫坐在沙发上，已经一句话都不想说了。

一边擦着头发一边踢踏着脚步来到沙发前，夏一成给了陈斌他们一脚：“起来，让你们准备的事情怎么样了？”

听到夏一成的话，陈斌挣扎了两下从沙发上起来，先到桌子前倒水喝了几大口，润了润喉咙，才开口说话：“全部布置妥当，就等您出马了。”

晚上六点半，天色渐渐昏黄，大源商贸中人来人往。

赵媛媛收拾东西正准备回家。不知道为什么，今天公司的人都下班很早，连平日里总加班的几个同事也早早不见了，偌大的办公室只剩下自己。

这时候，部门经理从外面走过来，交给她一份文件：“媛媛，把这份文件送到C会议室。”

看着手里的文件，赵媛媛有些疑惑地问：“临时会议吗？好像同事都下班了。”

部门经理含糊地说：“一个重要会议，等着用呢，你快点送过去吧。”说完这话，经理也提着包下班了。

赵媛媛虽然有点不明所以，但也只能放下自己的包，拿着文件去了C会议室所在的十七层。

从电梯里出来后，赵媛媛看着过道两边紧闭的办公室以及空荡荡的走廊，心中的怪异感更强。整个十七层安静得不像话，也看不到一个人，这里本该有值班的同事在工作。

强行按捺下心中的疑惑，赵媛媛来到 C 会议室的门口。整座 C 会议室从内部开启了封闭模式，外面的人只能看到茫茫一片白，一般这种情况，里面定然是在进行非常重要的会议。

赵媛媛敲了敲门，里面隐约传来一声“进”。

推开门进去，赵媛媛发现会议室里比自己想象得还要昏暗一些。正值太阳落山的时候，屋子里的窗户也都拉上了窗帘，只有最前方的多媒体屏幕散发着微弱的光芒。借着这点光，赵媛媛往里面走了几步，门随即在身后关上。

屋子里不像是有人的样子，隐隐能够闻到一股浓郁的香气，好像是花香……

“我来送文件。”现在的情况实在太不对劲了，赵媛媛抱着文件有些谨慎地后退了两步，才小声地说。

一直处于休眠状态的屏幕却在这时候突然大亮，赵媛媛微微眯了眯眼睛，视线扫过足以容纳上百人的会议室，是真的没人。但很快，她就无暇多顾，连手上的文件掉落在地上都没有察觉，眼睛、耳朵以及思绪全被多媒体屏幕上的画面所吸引。

高清的画面上，傲慢的夏一成被无数人簇拥着，记者高举麦克风拼命地往前挤。一道道闪光灯打在他得意狂放的脸上，“赌王”的字眼在这片嘈杂喧嚣中被高频率地提起。

赵媛媛已经很久没见到夏一成了。尽管知道最近网络正在疯传世界赌王，但因为实在厌恶这些东西，她总会下意识地关闭它们，绝不触碰，同事的讨论也不参与。所以，她从来都不知道，原来被无数人议论的就是他。

眼前的屏幕上，画面多番转变，但主角都是被称作“世界赌王”的夏一成。他的神态嚣张而得意，带着不可一世的狂妄。每一次出现，身边都环绕着十多个保镖为他开道。

这样的夏一成，赵媛媛真的没有见过。

嗒嗒嗒。

随着开灯声音的响起，会议室内的灯一个接一个被打开，白色的光芒从赵媛媛头顶亮起，然后迅速填满整个会议室。

入目所见，是铺满了会议室每个角落的一束束大朵盛开的鲜花，色彩鲜艳，还带着未干的水珠，似刚刚从枝头摘下。

一身西装笔挺的夏一成，眼中含着满满笑意，一步步来到赵媛媛身边。他深深地看了她一眼，然后将她揽入怀里：“终于抱到你了。我得到世界赌王的那一瞬，第一个想到的就是你，只有你，媛媛。”

赵媛媛被夏一成抱在怀中，听见他带着叹息的声音叫出自己的名字，视线却落在大屏幕无声的画面上。

打败了全世界的赌徒，赢得了“世界赌王”称号的夏一成，受到了比巨星还要热烈的欢呼，一个个巨大的“世界赌王”标语闪过画面。

赵媛媛叹了口气，从夏一成怀里挣脱出来，觉得自己疲惫至极。

她无法接受夏一成所追求的赌徒的荣耀，甚至对此厌恶至极，而她所说的一切，夏一成又完全无法理解。他们就如同两个捂着耳朵大声争吵的小孩，较劲地大喊，愤怒于对方的不听话，争执到最后，只剩下满心的绝望与疲倦。

看着满室的鲜花以及西装革履的夏一成，赵媛媛嘲讽地一笑：“这又是什么意思？我以为上次已经说清楚了。”

夏一成将双手按在赵媛媛的肩膀上，看着她的眼睛道：“我在向你证明我的实力。”

赵媛媛皱眉：“什么实力？”

夏一成张开双臂，面向无声的屏幕，画面里的他被无数人簇拥着，全世界都在谈论这个横空出世的赌王。就像坐拥天下的君王向他的臣民展示自己的辽阔疆土一样，夏一成无比兴奋地对赵媛媛道：“我有能够赢得全世界的实力。上个月，我赢了全世界最强的赌徒，赢了上一任的赌王詹姆斯，成为新的世界赌王。这个世界上已经没有人能够在赌术上胜过我，我才是真正的王！媛媛，你知道我为什么要去参加这个比赛吗？我就是为了告诉你，我永远不会再输了，我是世界的赌王。”

听着夏一成极具感染力的话语，赵媛媛冷淡的神色没有丝毫波动。

夏一成看着她：“媛媛，难道你不为我感到高兴吗？我现在想要什么就有什么，再也没有谁能拦在我前面，我是世界赌王啊！”

赵媛媛轻声说：“再也没人能够赢你了？”

“再也没有人。”夏一成坚定地说道。

赵媛媛抬头看向夏一成：“因为你是世界赌王？”

“对。”

“那上一任的世界赌王呢？上上任的世界赌王呢？”赵媛媛的声音不高，但字字句句带着力量，“他们不也曾经是世界赌王吗？不照样败在了后来人的手中？”

夏一成脸色微微一沉：“我跟他们不一样。”

看着已经目中无人、狂态频出的夏一成，赵媛媛冷冷一笑：“哪里不一样？你们到底哪里不一样？在你打败上一任世界赌王之前，他觉得自己会输吗？你记得自己打败他的时候他是什么表情吗？你真以为自己不会露出那样的表情？”

一声接一声的质问，让夏一成听得额头青筋暴起：“媛媛，别说了！我怎么可能会输？我不会输……”

“你为什么不会输？”赵媛媛语速极快地说道，“以前你输了那么多次，你被人打、被人追债的事都忘了吗？我们辛辛苦苦挣来的钱全被你扔到了赌桌上，你到底哪里来的自信觉得自己不会输？”

夏一成烦躁地挥舞了一下臂膀：“以前是以前，现在的我不一样了，我永远都不会输的！你看看我现在所拥有的财富，即便以后我再也不赌，也足够我们两个逍遥快活了！”

“你能做到永远不赌吗？”赵媛媛的神色一直很冷，盯着夏一成，重复地问道，“你能做到永远不赌吗？”

夏一成低头喘息了一声，没有说话。

“你不能。”

赵媛媛替他回答，眼睛里的失望让夏一成一阵愤怒。

“对。我不能，那又怎么样？”

夏一成觉得自己的忍耐已经达到了极限。他厌烦赵媛媛总是提及过去，更不知道要怎么做才能证明自己再也不会输，这见面就要争吵的局面令他既愤怒又无奈。他那么努力地想要两个人复合，但每一次好像都把彼此推得更远。

怎么这么难？夏一成想不明白，他不过是想跟她一起分享胜利的财富，不过是想让她过上好日子，但是怎么就这么难？

“不怎么样，只是希望你以后再也不要来找我，我们两个不要再见面了。”赵媛媛将脊背挺得笔直，冷淡的声音带着不容商量的决绝。

夏一成看着她的样子，怒到极致，反而笑了。

正如赵媛媛所见，现在的他早已不再是当初那个赢了三百万都会激动得不行的夏一成了。这一年多时间，夏一成习惯了身居高位俯视他人，习惯了被人追捧、处处顺从。尤其是近几个月，甚至已经没人敢在他面前大声说话，那些小心翼翼的讨好，构成了他生活的全部，令他无限膨胀与自负。

拒绝他？那也得拒绝得了才行。

夏一成慢慢靠近赵媛媛，赵媛媛皱着眉头，有些警惕地看着他。

“走吧，我们去吃饭。”

夏一成拉起赵媛媛的手往外走，却被她一把甩开。

“你是不是听不懂我的话？我说我们不要再见面了。”

赵媛媛冷冷地瞪了夏一成一眼，然后转身，拉开会议室的门走了出去。

夏一成没有去追，站在堆满鲜花的房间里，看着赵媛媛越走越远，他的嘴角冷冷勾起一个笑。

不要再见面？这好像不是由你说了算。

第九章

迷失

01

第二天，赵媛媛就被通知自己的职位发生了变动，成了新老板的秘书，工作地点就在新老板的办公室内。

“我不去。”面对同事惊讶、好奇又八卦的目光，赵媛媛的脸色瞬间涨得通红。

亲自来通知她的人力资源部经理听到这句话，赔着笑说：“变动已经确定了，而且新老板现在就要见你。”

周围同事的窃窃私语不时传入赵媛媛的耳中，她站在自己的工位上，拳头一下子攥起：“新老板？好啊，就让他等着。”

“哎，赵媛媛，你这是干什么？”

眼见赵媛媛开始收拾自己桌子上的东西，人力资源部经理顿时慌了，立刻去报告新老板。

听到赵媛媛收拾东西要走人的消息，夏一成没多大反应，只是说了声：“知道了，她想走就让她走吧。”

站在办公室的玻璃窗前，夏一成静静地看着楼下，直到赵媛媛稍显瘦弱的身子从视野中远去，才默默地收回目光。没有了赵媛媛的公司也没了让夏一成留下的意义，很快，他也离开了公司。

豪华的别墅内灯火通明，散碎如星子的灯光从别墅的大门一路延伸至屋内，欢声笑语流泻而出，美丽的姑娘身穿精致漂亮的服饰，帅气的男人多是西装革履的打扮，香槟美酒，美食甜点，应有尽有，每个人的脸上都带着最恰到好处的笑容，或者浅笑细语，或者高谈阔论。上百个穿着统一黑色制服的保镖散落在别墅的四周，就像忠实的护卫守护着主人的安全。

夏一成穿着短袖短裤坐在湖边的躺椅上，身边环绕着数位美女。她们貌美年轻，在这位世界赌王面前，恨不能使出浑身解数来引他一顾。

“成哥，孙耀祖回来了。”陈斌小跑着来到夏一成的身边，“老爷子那边的房子已经全部弄好了。”

已经有些醉醺醺的夏一成顿时笑了：“把他给我叫过来。”

孙耀祖很快被人领来，一见到夏一成，他便露出了大大的笑，弯腰道：“成哥。”

夏一成说：“小孙啊，事情都办好了？”

孙耀祖立刻回道：“都办妥了，已经让老爷子住进去了。”

“不错。”夏一成满意地点了点头，“我爸他满意吗？”

孙耀祖很开心地说：“老爷子非常满意，还邀请村子里的人去玩呢。那些人都说老爷子好福气，有这么一个出息又孝顺的儿子。”

夏一成哈哈笑了起来，想到自己父亲在听到那些夸奖的时候，定然是觉得很有面子的。

孙耀祖见夏一成高兴，赶忙又道：“夏总，我之所以回来晚了一些，是因为沃恩施工队临走前又把老爷子之前住的那栋大楼重新装修了一遍，这样老爷子一个地方住烦了，还可以换着住。”

“成哥真是孝子呀，这么体贴夏老爷子。”一身白色短裙的纪筱乐轻柔地说道。她一双大眼睛似春波流转，眼中好像有浓浓情意。论容貌，纪筱乐在这一群美艳姑娘中自然排不上号，但她胜在乖巧清纯。

“就你嘴巴甜。”夏一成揽着纪筱乐，笑眯眯地说。

其他人见纪筱乐抢了先，自然心中气愤，纷纷不甘落后地夸赞起夏一成来。

夏一成被周围人夸得有些飘飘然，心情更是大好，冲孙耀祖一挥手：“事情做得不错，去阿斌那里领钱吧。”

孙耀祖顿时笑得更欢，对着夏一成连连点头道：“谢谢成哥，谢谢成哥。”

纪筱乐靠在夏一成的怀中，抬眸看他：“成哥，好大方啊。”

“对你不大方吗，嗯？”夏一成捏了捏纪筱乐的鼻子。

纪筱乐小声跟他笑闹着，周围的美女也各施手段环绕在夏一成的身旁，时不时地调笑几句。

泛着宝石光泽的红酒被倒入剔透的玻璃杯，依次送入在场的宾客手中。月上中空，这座奢华而享乐的别墅中，被金钱蒸腾的欲望不断发酵，浓黑的夜色覆盖了它的整片上空。

几杯酒下肚，夏一成醉得更厉害了。仰躺在自己的“钱欲王国”中，他挑衅似的看着墨一般的天空。

直到第二天下午，夏一成才从漆黑的梦中醒过来，刚刚睁眼的时候有些恍惚，宿醉的眩晕感还残留在脑中，他坐在床上发了一会儿呆。吃过饭，夏一成站在客厅门前，看着郁郁葱葱的院子。

看到陈斌从院子里经过，夏一成对他招了招手，陈斌立刻跑了过来：“成哥。”

“她这几天怎么样？”

夏一成这话问得没头没尾，但陈斌立刻就懂了：“媛姐一直在找工作呢。”

“还没找到？”

陈斌看了夏一成一眼，实在摸不准这是要人家找到还是不要人家找到，只能据实说：“还没。”

夏一成瞪了他一眼："她找不到，你就不会帮着找？"

这下明白夏一成的意思了，陈斌连忙点头："是是是，我看一成集团就不错，要不给媛姐安排个……"

"你傻啊！她怎么会来这儿？"夏一成戳了戳陈斌的脑袋，"换一个。"

陈斌"哎哟"叫了一声，捂着脑袋道："那要不庆祥集团？这个公司咱们才收购没多久，谁也不知道您是幕后老板。"

"行，安排个好点的职位。"

陈斌听了这话就要往外走，夏一成揪住他的衣领，又摆了摆手道："算了，让她自己去找吧。等她找到了，你就把那个公司买下来。"

陈斌愣了愣，瞥了夏一成一眼，见他不是开玩笑，于是只好点头："哦，行，那我留意着点。"

夏一成满意了："现在你去安排下，我今天回林山村。"

二十分钟后，几十辆豪车浩浩荡荡地直奔林山村而去。

昨夜的狂欢，在林山村为夏老爷子而建的别墅中重新展现，只不过因为有夏老爷子在场，没有那么放肆。

夏一成看着这座与自己的别墅相差无几的建筑，对孙耀祖道："行，比我想象中好。"

孙耀祖看了夏一成一眼："这不都是为了老爷子嘛，应该的，应该的。"

在别墅中和夏老爷子尽情玩了一通后，夜色很快降临，夏一成带着人又去了自家公司在这里开发的农家乐。

正是盛夏时候，红花绿树相映成趣，负责开发这里的人还挖了一条小河，河水淙淙，带着自然的凉爽。

媒体对夏一成的热度一直未减，他如此高调出行，自然会被媒体用来做文章，夏一成一行人连带林山村再次上了热搜。很多正考虑去哪里避暑的人，看到林山村的环境以及夏一成一行人后，非常果断地选择了那里。

夏一成在林山村待了三天才回到Z市。

回来的第二天中午，陈斌来到了夏一成的别墅：“成哥，媛姐的事情都办妥了。她去了鸿飞集团，现在鸿飞集团已经被咱们买下来了，你随时都可以过去。”

夏一成正靠在沙发上无聊地玩手机，听了这话，便将手机一收：“走，看看去。”

来到鸿飞集团，看着那大大的公司招牌，夏一成觉得这家公司真有点对不起它的名字。只见一栋狭小低矮的写字楼可怜巴巴地坐落在一条人迹稀少的街道上，外墙皮已经剥落，门窗锈迹斑斑。

夏一成皱着眉头看着这栋楼，有些怀疑地问陈斌：“就是这儿？”

“对，鸿飞集团，就是这个。”

夏一成不爽地看了鸿飞集团一眼，在路边站了不到一分钟，重新坐回了车中。都已经站在马路边、准备跟着夏一成进入鸿飞集团的几个人顿时蒙了，摸不着头脑地相互看了看之后，也都坐了进去。

“成哥？”陈斌有些疑惑看着一言不发的夏一成。

夏一成脸色冰冷，透过车窗又看了眼那破旧的公司，淡淡地说：“把这公司给我拆了。”

“啊？拆了？”开车的孙耀祖一时间没有理解。

陈斌却明白了，白了孙耀祖一眼：“让你拆你就拆，问什么？现在就联系人去拆房子。”

孙耀祖不敢说话了，立刻打电话给施工队，让他们带人来。

赵媛媛坐在自己的工位上，将数据单整理了一遍，然后起身送去财务部。经过走廊的时候，她看到三五个戴着墨镜的黑衣人从门口进来，气势汹汹地进了总经理办公室。

赵媛媛刚来这个公司，对一切都不熟悉，在看到鸿飞的真实面目后满心失望。她发现周围的人不是聚在一起聊天，就是看视频听音乐，哪里有一点认真工作的样子。

“这样一个公司……”赵媛媛叹了口气，觉得自己也就干这一天了。

在赵媛媛思考要不要现在就离开的时候，一道令人猝不及防的消息传遍了整个公司：鸿飞集团倒闭了，所有人现在马上撤离，公司即将被拆迁。

赵媛媛觉得有些好笑。她今天刚刚上班，虽说对这家公司并不满意，但没想到这家公司竟然在自己辞职前就倒闭了。

在一片怨声载道中，赵媛媛非常淡定地把挎包一背，出了大楼。她应该是整个公司走得最利落的人，刚刚走出大楼，就看到几辆大卡车从远处开来，停在鸿飞集团的门前，从车上下来几个穿着工地服装的人，正在商讨怎么拆这栋大楼。

赵媛媛走到路的另一边，转过身的时候，卡车上下来的工人已经商量好了计划，开始动工。那些赖在公司不走、缠着总经理要工资的员工在巨大的轰鸣声中惊慌失措地跑了出来。

“哈哈哈……”被这滑稽而搞笑的一幕戳到，赵媛媛忍不住笑了起来。

夏一成坐在车里，看着站在离自己不到十米、正乐滋滋笑着的赵媛媛，冷淡的脸一下子松懈了，眼中也带了几分笑意，周身的低气压一点点消散。

坐在前排的陈斌与孙耀祖默默地松了一口气。

看够了热闹，赵媛媛转身往路边的公交站牌走去。在经过一辆黑色轿车的时候，车门突然打开。她吓了一跳，站在车前，一个熟悉的人影从车中走下来。那人双手插兜，往前走了两步，在她身前停下。

赵媛媛的眼中先是惊讶与疑惑，然后她想到了什么，转头去看已经动手拆房子的工人，一个荒唐的想法出现在脑中。

“是你……”赵媛媛有点不敢相信地看着夏一成。

夏一成随手指了指鸿飞集团的那栋楼：“那破地方你也敢待？”

极度震惊之后，赵媛媛再次平静下来，她看了夏一成一眼，没说什么，越过他就往前走。

夏一成一把抓住赵媛媛的胳膊：“去哪儿？我送你。”

轰隆隆……

鸿飞集团的人清光之后，施工队便迫不及待地开始动工，巨大的墙壁倒塌声从路的那头传了过来。

赵媛媛看了看夏一成的手，并没有反抗，问道："你开车？"

夏一成看着主动对自己说话的赵媛媛，眼中带了几分喜色。他敲了敲车窗，对里面的陈斌与孙耀祖做了个"下车"的手势。

开车行驶在路上，夏一成的嘴角抑制不住地勾起，他斜眼看了看坐在自己身边的赵媛媛，心被一股踏实的幸福感填满。悠然悦耳的音乐声飘荡在车中，夏一成觉得气氛刚刚好，便开口问道："想吃什么？"

道路两边的景色不断地变化，赵媛媛一直看着外面，听到夏一成的问话，没有立即回答，不知道在想什么。夏一成没有催她，甚至私心里想将这段时间延长。

这一年多，他们见面的次数很少，而见面之后，不是争吵就是冷眼，他们已经很少有这样心平气和的时候了。

赵媛媛收回自己的目光，看着眼前的路，问夏一成："你是想把我逼出Z市吗？"

笑意在夏一成嘴角凝结僵硬，他猛地一踩刹车，高速行驶的车轮发出刺耳的摩擦声，几秒钟之后车停在了路上。

车内的气氛瞬间就变了。

后面传来喇叭声和叫骂声，夏一成若无其事地发动了车："我知道你的口味，既然你不说，那我自己选了。"

赵媛媛淡淡一笑："看来我是真的得离开了。"

砰！夏一成用力按了一下方向盘，车发出一声刺耳的喇叭声。

赵媛媛脸色白了白。

夏一成却很快平复了心绪，将车停在一边，转过头看着赵媛媛："你要去哪儿？你能去哪儿？你觉得凭我现在的财富与地位，你去哪儿能摆脱我？"

"你能不能放过我？"赵媛媛的神情中是满满的无奈。

夏一成看着她："不能，我要你回来，我要你爱我！"

“你觉得可能吗？”赵媛媛突然提高了声音。

“为什么不可能？怎么会不可能？”

“你会戒赌吗？你能终生不去碰赌桌吗？”

夏一成摊了摊手：“我为什么要戒赌？没有赌怎么可能会有今天的我？”

来了，又是这样，每次都是这样，他们的对话永远都会进入这样一个没有结果的死循环。

赵媛媛有些痛苦地撑着脑袋，真的说够了，也受够了。

“我们不可能再在一起的。”

夏一成偏执地问：“怎么不可能？”

“我不爱你了。”赵媛媛放轻了声音，重复着说，“我不爱你了，真的不爱了。”

夏一成瞪着她：“不可能！”

“有什么不可能的？我怎么会去爱一个赌徒？”赵媛媛有些自嘲地说道，“我曾经以为你会改，可现在看来，你永远不可能改变。”

夏一成几乎是咬着牙对赵媛媛道：“赌怎么了？没有赌桌就没有现在的我。你说不爱我，就算你不爱我又怎么样？我让你待在我身边，你就必须待在我身边。”

说到这里，夏一成笑了。他靠在椅背上，十分自负又嚣张地说：“对，你只能在我身边，你找一家公司，我就收购一家。”他凑近赵媛媛，“很生气吗？我之所以能这么做，是因为我有钱，而这些钱，全都是我赢来的！”

赵媛媛看着他：“你疯了。”

“我没疯，我只是有钱而已。”夏一成盯着赵媛媛，“从赌桌上赢来的钱。”

赵媛媛脸色灰白，因为她知道夏一成是认真的，他真的能做出这些疯狂的事情。

“为什么要缠着我呢？你现在有钱了，要什么人没有？”赵媛媛闭了闭眼睛问道。

夏一成坐直了身子，看着远方道："因为我爱你。"

赵媛媛勾了勾嘴角，非常讽刺地一笑："你爱我？"

两人在车里坐了很久，像是无声的角力，终于，赵媛媛叹了口气："我太累了，你送我回家。"

夏一成重新将车驶上马路。

02

看着赵媛媛走进小区，夏一成拿出手机给陈斌打电话："派几个人看着媛媛。"

"看着？"陈斌抓了抓耳朵，暗想这两人是又吵架了？

"不要打扰她的生活，但是也不要让她离开我的视线。"

挂了电话回到车里，夏一成透过车窗看了赵媛媛的房间很久。

两天后，陈斌带回了一个让夏一成都有些惊讶的消息——赵媛媛主动找陈斌，然后进了一成集团。

"成哥，媛姐主动进了咱们公司，这说明她松口了啊，看来你们俩复合也用不了多长时间了。"陈斌一脸的喜色，迫不及待地说道。

"真去了？"夏一成不确定地问。

陈斌笑嘻嘻地说："真的，今天就开始上班了。我把她安排到总裁秘书处了，办公桌就在你办公室外面。"

夏一成从沙发上起身，伸手拿过外套，边走边道："走，去公司。"

两人很快来到一成集团的楼下。车还没停稳，夏一成就从车上跳了下来，快步走进公司。一路上无数人向他点头问好，夏一成理都没理，脚下不停地来到总裁办公室。

赵媛媛一身职业装，正坐在桌前整理文件。夏一成一步一步走到她的身边，周围很多人都好奇地看过来。

桌前被一块黑影挡住，赵媛媛有些疑惑地抬起头，就看到了还微微喘息着的夏一成。

夏一成嘴角眼角都是笑："你……"

才刚刚说了一个字，赵媛媛就从座位上站起来，对他微微弯腰点头："夏总好。"赵媛媛神情冷淡，看着夏一成的时候就像在看一个陌生人。

所有的话都被冰封在嘴中，这一路狂奔而来的喜悦也刹那间烟消云散。

看到她，夏一成就懂了。赵媛媛是在用这种方式跟自己划清界限——我就在你身边，但我们是陌生人。明明与赵媛媛不过一张桌子的距离，夏一成却在这一刻，真的感觉到了他们之间难以跨越的距离。

"夏总有什么吩咐吗？"赵媛媛疑惑地看着夏一成，就像一个普通职员看着自己的上司。

夏一成突然就笑了，身居高位这么久，他早已经被惯成了不容挑衅的性子。她想跟他划清界限？那他就让她知道，他们之间，是划不清的。

"没事，你坐吧。"夏一成直直越过赵媛媛，进入了自己的办公室。

随夏一成而来的陈斌将刚刚那一幕尽收眼底，他在心里暗暗叫苦，觉得这下完了。

眼看夏一成已经进入办公室，陈斌赶紧上前两步，对赵媛媛道："媛姐，你看你这是何必呢？成哥不过是想跟你和好啊……"

赵媛媛冷冷地看着他："陈斌，你知道自己已经多久没回家了吗？"

陈斌脸色一僵，讪笑着说："我、我这不是忙吗？"

"忙？忙什么？"

陈斌舔了舔嘴唇："就是处理公司的事情，帮成哥做事啊，反正都是一些杂事。小颖是不是跟你抱怨了？哎，女人啊……"

赵媛媛看着不断抓耳朵、目光还有些躲闪的陈斌，微微皱眉："陈斌，你不会是跟他学的也去赌博了吧？"

陈斌干笑两声："都是玩玩。"

赵媛媛的神情彻底冷了下来："玩玩？"

"我们玩这个真的没什么啊。"陈斌叹了口气道，"媛姐，我不知道你为什么这么反对，但是，你不知道我们现在多有钱，赌博对我们而言就是一种娱乐。”

“娱乐？你知道这个世界上每天有多少人因为赌博倾家荡产？这东西跟毒品一样，一旦沾上就很难戒！你到底明不明白自己在做什么！”

陈斌实在承受不了赵媛媛责备的眼神，赔着笑举起手摆出一个投降的动作，然后逃跑似的进了夏一成的办公室。

夏一成坐在宽大的桌子后，眼睛落在空气中，一副全神贯注的样子，不知道在想什么。

“成哥？”

夏一成回过神来：“哦，阿斌啊。”

陈斌搓了搓手：“成哥，对不起啊，我没想到媛姐是现在这个态度。”

夏一成重重地叹了口气，很是苦恼地皱起眉头，看着自己的兄弟道：“你说她到底在想什么？这个女人是蠢还是傻？我现在这么厉害了，她竟然还在纠结我赌不赌。我可是世界赌王啊，我现在的钱都是赌来的！”

陈斌也叹气：“女人啊，谁知道她们在想什么。”

夏一成又看了看门口的方向，陈斌注意到他的动作，轻声道：“要不要我把门打开？”

夏一成靠在桌子上，眉梢一挑：“打开什么？你让小孙把我这办公室扩大一倍，把秘书安排在我办公室里。”

“啊？”

“啊什么啊！”夏一成瞥了陈斌一眼，“现在就去办。”

“哦。”陈斌应了下来，然后开始给孙耀祖打电话。

夏一成走到巨大的落地窗前，想到刚刚赵媛媛陌生的眼神，心中突然就生出一股万分烦躁的感觉。他转头对正打电话的陈斌道：“阿斌，让小孙把整栋楼都翻修一遍。”

“什么？”刚刚问出这句话，陈斌立刻明白过来，“哦，好好好，好的。”

“都交代好了，孙耀祖的人随时都能开始施工。”陈斌挂了电话对夏一成道。

夏一成耸了耸肩：“那就好，让他们明天就动工，先把这个房间给拆了，把外面的秘书处合并进来，然后再去弄别的。”

“嗯，好。”

丁零零……

办公桌上的电话响了起来，陈斌看了夏一成一眼，走过去按下接听键。

“夏总，各部门经理都有事情汇报，需要把他们请进来吗？”赵媛媛不带感情的声音从电话机中传了出来。

夏一成从落地窗前走过去，想了会儿才道：“让他们把要汇报的事都交给你，然后由你来汇报。”

电话那头沉默了一会儿，才道：“这不属于我的工作范围。”说完，电话就被挂了。

“哈哈哈……”夏一成指着被挂断的电话，对陈斌笑道，“你见过这么嚣张的秘书吗？不过是仗着我爱她。”

这时，敲门声响起，陈斌喊了一声：“进来。”

夏一成好整以暇地等着赵媛媛进来，结果进来的是几个西装男，一个个手里拿着文件，表情恭敬，神态认真，一看就是来汇报工作的。

夏一成一见这些人就头大，更别说听他们汇报工作了，登时就烦了：“谁让你们进来的？”

走在前面的财务经理愣了愣：“刚刚赵秘书说您让我们进来的啊。”

陈斌突然想笑。

夏一成冲那几个人摆了摆手：“对，是我让你们进来的，但现在我改变主意了。都回去吧，去会议室把各自的想法说说，你们讨论完了，再做个汇总。”

“可是夏总，很多文件都需要您签字啊，一些项目没有您批准是启动不了的。”技术部经理看着自己手上的文件道。

夏一成一把拽过陈斌，留下两个字：“找他。”说完，他就离开了办公室。

屋子里几个经理着急地想追上去，却被陈斌拦了下来：“夏总不是说了吗？项目你们先自己去讨论，有什么需要签字的文件就给我呈上来，懂了吗？”

那几个经理相互看了看，夏一成人都走了，他们还有什么办法。

“赵秘书，你胆子挺大啊。”夏一成走到赵媛媛桌子前，屈起手指敲了敲。

赵媛媛连看都没看他，径自处理着手里的文件。

夏一成一把将她手上的文件抽走，道：“走吧，跟我去参加一个晚会。”

赵媛媛皱了皱眉。

夏一成又道：“这就是你的工作，跟我一起出席各种场合的宴会。”

赵媛媛抬头看了看他，笑了：“知道了，夏总。”

这是一个被安排在游轮上的大型宴会。巨大的游轮上共有三层房间，每一层的高度都超过五米，单单第一层的甲板就完全能够进行一场上千人的宴会，更不要说里面还有舞厅、酒吧等场所。

这艘游轮是夏一成赢得世界赌王后买的，只不过买来后只出海了一次就被搁置了。

其实这是个临时起意的宴会，但因为夏一成的名头，不到两小时的时间，游轮上就已经人潮涌动。等夏一成带着赵媛媛来到游轮上时，前来赴宴的人数已经过千。

太阳还未落山，游轮就驶出了海岸线。

俊男美女、当地富商、知名人物在船上来回穿梭，端着香槟的服务员尽职地为每个客人服务。

没人知道今天为什么突然有这样一个宴会，但他们都是这种场合的老手，每个人都尽可能地将自己最具吸引力的一面展现出来。

夏一成只穿了一身最普通的便装，但当他走上船时，立刻有眼尖的人笑容满面地来到他面前。

发现夏一成的人越来越多，赵媛媛跟在夏一成的身后，看着一拨又一拨有头有脸的人物围过来，漫天说着恭维的话。

而夏一成呢？

赵媛媛借着还没有完全被夜色吞噬的日光看去，只见自己身前的人无论神情还是体态都无比放松，他穿着休闲服饰站在一群盛装出席的人中间，眉宇间的神态却是最傲慢的，仿佛眼前任何一个人都进不了他的眼睛。他在蔑视恭维他的人，也享受着周围人源源不断的恭维。

这就是现在的他啊。

赵媛媛将一切心思全都藏于眼中，不动声色地跟在夏一成的身后，听着那些人层出不穷的谄媚话，顶着来自四面八方的好奇目光，她不言不语，如同木头。

周围的目光变得更加好奇与热烈，但鉴于夏一成近乎保护的姿态，没人敢上前询问。

赵媛媛一路跟随着夏一成，也明白了他的用意。夏一成这是在用眼前奢靡华丽的一切向自己展示他的成功。

巨大的游轮航行在海上，海风荡漾，海水被游轮冲破，雪白的浪花打着卷从两侧溅起又飞落。夜色弥漫了整片天空，游轮被无数灯光渲染，甲板上飘荡着悠扬的音乐。

保镖拦下那些想要贴上来的人，夏一成拉着赵媛媛的手来到船头，按住她的肩膀往后看："看到了吗？这都是我的。"

巨大的游轮被灯光点亮，如同一座漂浮在海面上的城堡，每一处都极尽奢靡。身穿黑衣的保镖尽职守护，各色美女绅士穿梭其中，笑声混着酒香飘荡在空中，想必这里的每个人即便不沾酒精，也会醉了。所谓红尘浮世，醉生梦死，大概就是这样了。

夏一成站在船头，张开手臂："只要我愿意，我可以让这片海上都是这种船，可以开去任何你想去的地方。媛媛，不要闹了，我们和好吧，我的财富都是你的。"

赵媛媛理了理自己被海风吹散的头发："夏总真是幽默。"

夏一成扬起的眉毛渐渐低落了下来，他看着赵媛媛，良久才道："你知道自己在做什么吗？"

“我知道。”赵媛媛抬头看夏一成，眼中映着灯光，竟然有种璀璨的感觉，“你知道自己现在在做什么吗？”

夏一成笑了：“我看你是傻了。”

“傻不傻我自己知道，你呢？”赵媛媛褪去伪装了一天的谦卑与冷漠，重新露出已然有些疲倦的尖锐，“你拥有令人垂涎的财富，拥有无数人的恭维与吹捧，拥有奢华的游轮……可我只觉得风是真的，海是真的，其他一切都是假的。”

夏一成总是能够轻易地被她挑起怒火。

砰！夏一成转身踹上游轮的船板，大声地朝赵媛媛吼道：“这不是真的吗？啊？”猛地跺了两脚，夏一成指着赵媛媛道，“这不是真的吗？你再看看那些人、这艘船，你告诉我哪个不是真的？”

面对狂怒的夏一成，甲板上其他人都愣住了，好奇八卦的目光、自以为小声的窃窃私语从四面八方传来。

夏一成猛地转头，冲那群人道：“滚！”

举着酒杯的客人全都被这粗鲁的骂声惊到了，他们谁也没有想到，只是站在旁边看热闹都会被骂。

夏一成用手指着那群人：“滚，都给我滚！”

保镖是最先反应过来的，他们在夏一成发怒的第一时间就跑上了二楼的赌厅，把这一切都告诉了正在赌桌上玩得忘我的陈斌。

陈斌顾不上手上的纸牌，忙不迭地跑出去，一来到甲板就听到夏一成近乎咆哮的“滚”字。

“走走走，抱歉了，我们夏总最近心情不好。”

陈斌不敢二话，立刻给船上的保镖使了个眼色，然后赔着笑将客人一批批送上了快艇离开。

没多久，鲜活热闹的游轮就安静下来。

赵媛媛拢了拢身上的衣服就想走，夏一成一把抓住她：“你去哪儿？”

“夏总不是让我们滚？”

夏一成看着她，一字一句地说：“赵媛媛，你别太过分了，我已经受够了！”

“那我更得滚了，免得污了夏总的眼睛。”

说完，赵媛媛挣开夏一成的手。

陈斌刚刚送完人回来，立刻拦住她，笑着道：“媛姐，怎么这么大的火气啊？跟成哥说说，什么事解决不了？”

赵媛媛看了陈斌一眼。

“让她走，走！”夏一成烦躁地摆了摆手，“赶紧走！”

赵媛媛没说什么，绕过陈斌，朝刚刚客人离开的方向走去。

眼看着赵媛媛走远了，夏一成才狠狠瞪了陈斌一眼：“你还在这干什么？”

陈斌有些摸不着头脑：“我？”

“她一个人能回去吗？到了岸上怎么回家啊？”夏一成拧着眉毛说。

陈斌立刻回过神来：“哦哦，对，对，我送她。”

夏一成站在已经没人的船头，觉得自己受够了这一次又一次的争吵。

这时候，张志科小心地靠过来：“夏总，您别生气，生气伤身。”

“唉！”夏一成长长地叹了口气，“一个女人怎么能那么难搞？”

“夏总，女人不都一样吗？何必为了一个人放弃整片森林？您这么有钱，又这么年轻帅气，想要什么人没有？多少美人排队等着您啊，何必受这一口气？”张志科笑着道。

夏一成瞪着他：“你懂什么。”

张志科立刻道：“是，是，跟夏总比，我懂什么啊，但是及时行乐可是古人说的，咱们现代人有时候也得听听古人的话。女人一时哄不好就先别哄，等过段时间她自己回过味就来找您了。像夏总这样的才俊，哪个女人能不动心。”

满心的怒火被这小子一搅和竟然消减了很多，夏一成笑骂：“你这小子，整天油嘴滑舌的。”

张志科见夏一成笑了，立刻打蛇随棍上：“哎哟，夏总您英明，我在您面前怎么敢油嘴滑舌啊？我说的可是句句实话，我要是女的，面对夏总您，肯定得扑上去啊。兄弟们，你们说是不是？”

原本只敢远远看着的保镖这下胆子大了，一个个都开始起哄。

“像夏总这样的人，谁不喜欢啊！”

“你们没看到那群女人见到夏总一个个眼睛亮的呀！”

“赶紧走，你们。”被这群人一打岔，在赵媛媛那里积攒的一堆不痛快也都散了，夏一成摸了摸自己的下巴，笑了。

说得也是，他现在要钱有钱，要权有权，随便挥一挥手，立刻就有数不清的女人扑上来。

03

张志科凑上前，笑着说：“夏总，您就是太宠着她了。有时候啊，女人是不能哄的，你越哄她，可能事情会越糟糕。”

夏一成啪地打了张志科脑袋一下：“你小子行啊，懂这么多？”

张志科跟那些保镖一对视，都笑了：“这不是跟了成哥，有了女人才懂的吗？全靠成哥啊！”

被这些人的恭维给逗乐了，夏一成深吸一口气，对着保镖们一挥手：“说得好，我心里高兴，今天你们全都有赏。”

“谢成哥！”张志科他们立刻道。

“成哥，您看今天咱们游轮也开出来了，船上的东西也都配齐了，现在就结束宴会是不是太……”张志科没把话说完，但意思已经很明显了。

夏一成转头看着空荡荡的豪华游轮，心里也后悔了。这夜才刚刚开始，客人就被自己轰走了，实在不像话。

“去，把人重新给我请来，男的就算了。”

张志科立马就笑了：“好嘞。但是成哥，筱乐自从上次去过老爷子的别墅后就病了，一直咳嗽也没见好，今天可能就来不了了。”

夏一成皱了皱眉：“哦，她啊，来不了就来不了吧。”

张志科观察了一下夏一成的神色，发现老板似乎也不在乎那个小明星，便将心放下了，立刻打电话给陈斌。

陈斌将赵媛媛送上岸，正安排车送她回家。

赵媛媛一声不吭地站在路边，眼睛都没看陈斌，但陈斌还是莫名觉得不自在，有点做了亏心事的感觉。以前他从来没有这种感觉，但今天在公司里被质问了那几句后，陈斌再面对赵媛媛的时候，心里总在打鼓，亲身体验了一番夏一成以前常常有的感觉。

“媛姐，车过来了。”远处早有夏一成的车队候着，陈斌一个电话就立即有司机把车开过来。

趁着车还没到，陈斌搓着手，觉得自己应该说点什么。就在这时候，张志科的电话打了过来。

手机铃声在宁静的夜里响起，陈斌吓了一跳，手一抖，接通了电话。张志科兴奋的声音立即传了出来：“陈哥，夏总说了，让你多找几个人来玩，男的就不要了。”

根本来不及把手机的音量调低或者走远一点接电话，等张志科那边把话说完，陈斌的脸都白了。他一下子挂断电话，偷偷看了赵媛媛一眼，实在摸不准她有没有听到。

赵媛媛一直没有说话，神色隐藏在黑色的夜中，辨不出喜怒，只有长发偶尔被海风吹起。

“媛姐……”陈斌做好心理准备才张了嘴，“其实成哥是真的爱你，真的很想跟你在一起，你……”

两道刺眼的灯光从远处照过来，陈斌终于看清了赵媛媛的神色，那是一种似坚冰一般的冷漠神情，透着拒人千里的气息。所有的话，被陈斌咽了回去。

黑色的车开到陈斌的身边。司机是个机灵人，车停稳后立即从车中钻出来，小跑到另一边后门弯腰打开了车门。

赵媛媛径自坐了进去，低声对司机小弟道：“谢谢。”

声音有些沙哑，很低沉，却清楚地被司机听到了。他诧异地睁大眼睛，小心地把车门关上，又看了还站在车旁的陈斌一眼：“陈哥？”

陈斌叹了口气："注意点，安全把她送到家后给我来个短信。"

"是。"

"去吧。"

司机上车后，好奇又疑惑地从后视镜上看了看坐在后座上闭着眼睛的女人。能够让陈哥亲自送的人身份一定不低，但是这样的人怎么可能会对一个司机说"谢谢"？司机满怀不解，但知道后座的人一定很重要，他打起百倍精神，安安全全将人送到目的地。

陈斌站在岸边吹了会儿海风，才重新把电话打了回去。

张志科："陈哥？刚刚怎么了，怎么还挂电话？"

陈斌觉得如果这小子在自己身边，一定得狠狠揍他两拳，可现在他只是叹了口气："成哥要找人上游轮？"

"是啊，现在成哥高兴了，想找人来玩了，您打电话还是我打？"

陈斌暗暗翻了个白眼："你打吧，我在这儿等着。"夏总重新发话，虽然有点折腾，但刚刚被骂走的大多数美女还是回来了，而且不只她们，张志科还另外给很多美女打了电话。

沈露露忙了大半年，好不容易闲下来，心中对夏一成的思念成灾。谁知还没等她打电话过去，就接到了邀请，当即二话不说化了个美美的妆，穿上一件修身的长裙就赶了过来。

巨大的游轮上安静了不到半小时，又重新挤满了眉眼带笑的人。悠扬的轻音乐被换成了劲爆的重金属摇滚乐，狂欢的声浪惊动了安宁的夜，伴随着阵阵海水的波涛声，响了一整夜。

沈露露过来的时候已经很晚了，游轮上的酒宴都过了两轮。

夏一成靠坐在沙发上，揽着一个清纯模样的美人，周围坐着六七个女人，不知道他说了句什么，其他人爆发出一阵笑声。

沈露露挂在嘴角的笑僵了一瞬，很快又重新高高扬起。她步履款款地走到夏一成身前，在一众女人惊讶的目光中弯下腰，一个带着调皮的吻随即落到了夏一成的脸颊上。

沈露露双眼弯弯一笑："成哥。"

夏一成不知道喝了多少酒，也不知道自己是不是醉了，看着眼前的人，他有点恍惚。媛媛这是又回来了？他伸出手去把人拉住，一把拉到自己身边。

沈露露就在其他人嫉妒无奈的目光中，坐到了夏一成的怀中，柔粉色的唇散发着清幽的香气："成哥，这么长时间不见，你就没想我呀？"

听到这个声音，夏一成眨了眨眼睛看着怀里的人，然后笑了："露露啊。"

沈露露乖巧地搂着夏一成的脖子："我都想你了。"

周围的女人不甘示弱，在最初的惊讶后，纷纷回过神来，重新开始挑逗已经微醉的夏一成。

只有沈露露知道，当夏一成看清楚自己不是赵媛媛后，抱着她的手便会松开。

夏一成半眯着眼睛，身边飘荡着女人娇娇柔柔的声音，不远处的赌厅中，自己的小弟正在大杀四方。这艘游轮上劲爆的音乐飙出一道冲霄直上的高音，似乎带着他的神志一起飞到了九重天外。

这才是生活。

这才是他应该过的生活。

陈斌与张志科、孙耀祖等人在赌桌上杀得双眼通红，兴奋的感觉随着一个个刺激又未知的结果不断地冲荡，让人飘飘然，让人欲罢不能。

对他们而言，夜还很长。

远离海岸线的城市中，赵媛媛关掉屋子里的灯躺在床上，无数纷繁的景象从眼前闪过。这一天真的太累了，她闭上眼睛，微皱着眉头沉沉睡去。

这个城市中，有人能够睡着，也有人为生计、为生活而不能闭眼。

远离城市的乡村中，矗立着的巨大别墅也完全融入了夜色。夏树强一生节俭，就算住着如此豪华的大房子也不会随意浪费电。他躺在儿子为自己盖的房子里睡得很熟，只是偶尔会咳嗽一声。

奢华的游轮一直在海上飘荡了三天才回航，夏一成揽着沈露露直接回了别墅，然后睡了一天一夜，才彻底将自己在船上消耗的精力补回来。

夏一成醒来的时候正是早上，等他从卧室里出来的时候，沈露露给了他轻柔的一吻："吃饭啦。"

吃完早餐，夏一成坐在冷气充足的房间里，看外面火烤一样的天气，叹了口气，重新收回目光，百无聊赖地开始玩手里的游戏机。

沈露露靠着夏一成，也不知道在看什么，入迷得很，偶尔还会发出忍俊不禁的笑声。

夏一成低头看了她一眼，从她手里拿过手机，发现正是自己在娱乐之都参加赌王大赛的视频。

"这有什么好看的？"

沈露露放下手机，翻过身子，双手托着下巴看着夏一成，一双眼睛亮亮的："成哥，你在赌场上好威风好帅啊！"

夏一成嘴角勾了起来："就你嘴甜。"

"我还没去过娱乐之都呢。成哥，我们什么时候去玩玩呀？听说那里的赌场可比赌城的还要大呢。"沈露露撒娇地说。

夏一成正觉得最近很没意思，听了沈露露的话，他不由得动了心，于是掏出手机给陈斌打电话，让陈斌安排去娱乐之都的机票。

第二天，夏一成与沈露露、陈斌等人就来到了娱乐之都。

不同于上次的比赛，这次夏一成来就是为了赌。

夏一成带着陈斌、沈露露等人，一家赌场接着一家赌场地扫荡过去，所过之处哀号一片，整个娱乐之都都把这个现任赌王列在了黑名单的最上面。

短短的几天时间，夏一成就从娱乐之都狂卷数十亿赌资，最后被赌场的老板联合抵制，再没有一家赌场愿意对他开放，他才意犹未尽地离开，来到赌城。

正好遇上有人在赌城挑衅，夏一成被委托出手，只用了三局就把那个放话踏平赌城赌场的人赢得倾家荡产，最后灰溜溜地离开赌城，还留下了此生不再踏入的话。

夏一成带着一身的风光回了 Z 市。

这几天的传奇经历在他回来之前就传遍了 Z 市，所有人都知道这位世界赌王更有钱更气派了，多少豪门排队等着请他吃饭。早就已经无限膨胀的夏一成更是猖狂嚣张到了极点，他口无遮拦，想说什么就说什么，没人敢反驳半句。

酒桌上、宴会上、典礼上……无论什么样的场合，只要夏一成出现，就是当之无愧的焦点，随随便便一句话都会被媒体疯狂引用。

而喝酒之后，夏一成更是如世界上千千万万的酒鬼一般爱好吹牛，别人吹牛吹过就算了，但是他说起大话，所有人都是认真听并且坚决相信的。

因为多少次的经验告诉那些人，这个赌王不仅仅在赌桌上横扫一切、无可阻挡，即便是在酒桌上，随随便便的一个赌都会顷刻应验。

“你不信？我跟你打赌，你明天就下台！”

“什么？我开玩笑？敢不敢跟我打赌？明天那家公司就破产！”

“哈哈哈，我们公司，咱们打赌吧，接下来营业额绝对碾压所有公司！”

“破电影，就算有名导又怎么样？照样不行。什么？你不信？来，咱们打赌！”

“我们公司的明星当然会比别人家的红啊！不信吗？打赌！”

“这酒才是最正宗的！什么？来来来，我跟你赌！”

无数个“打赌”从夏一成的口中轻飘飘地滑了出去。

在无人能够看见的地方，恶魔的视线始终落在夏一成的头顶，那曾经许诺给他的一百次赢的机会，正在他的注视下，一次次减少。

夏一成每说一句“打赌”，“-1”的红色数字就从他的脑袋上闪过，原先停留在头顶的“100”，正在疾速递减。

在夏一成无知无觉的狂妄自负中，那炽热得似乎要将人烤熟的暑气一点点消散了。清爽的秋风吹过，浓郁的翠绿被吹落枝头，灿烂的金色似乎在眨眼间就占据了它的位置。

浓黑的夜色中，夏一成突兀地睁开了眼睛。昏黄安宁的灯光将整间房子熏染得宁静而温暖，落地窗不知道什么时候被打开了，略带凉意的秋风吹进来，纱织的窗帘微微荡起，一抹比窗外夜色更加浓重的黑色立在窗前，丝丝缕缕如墨一般的雾气在周边环绕打转。

夏一成的眼睛瞬间睁大，突如其来的惊惧令他全身汗毛倒立，但好在他很快便意识到发生了什么，即将破口而出的惊叫被咽了回去。

从床上坐起来，睡觉前的欢笑声仿佛还回荡在耳中，夏一成晃了晃脑袋，想要把那些声音驱逐出去，残留在身体中的酒精令他整个人懒洋洋的，他靠在舒服的大床上，抬头看向恶魔。

“好久不见啊。”夏一成的声音中还带着一点刚从睡梦中醒来的沙哑。

恶魔又欣赏了一会儿窗外的景色，才悠悠然地转过身子。他修长的身体完全笼罩在墨一般的雾气中，宽大的兜帽从他的头上笼下一片阴影，遮住了飞扬入鬓的眉毛与深邃而狭长的眼睛，只有高挺的鼻梁与线条流畅的下巴完整地显露出来。

神秘，强大，令人从心中畏惧。

恶魔张开薄薄的嘴唇，原本似有若无的笑意顿时变了味道，带着不怀好意的喜悦：“是呀，好久不见。”

恶魔低沉的声音纵然好听，但是在这空荡安静的夜中响起，无端让人觉得心头惴惴不安。

夏一成皱了皱眉：“你怎么来了？”

恶魔微微抬了抬下巴，这让他总是笼罩在暗色影子中的眼睛完全露了出来，漂亮得惊人的眼眸却总是带着冷冰冰的质感：“我今天来，是来告诉你一个好消息的。”

夏一成一头雾水：“什么好消息？”

恶魔殷红的嘴唇一开一合：“你只剩下五次机会了。”

夏一成混沌的大脑有些转不过弯：“什么五次……”

但是，看着恶魔脸上的大大笑容，夏一成立即明白了！

心跳似乎在瞬间停止，夏一成脸上的血色尽褪。他瞪大了眼睛，有些惶惶无措地看着恶魔："不，不可能，怎么……"

夏一成的表情很大程度地愉悦了恶魔，笼罩在他全身的雾气都开心地飘荡起来。恶魔用一种近乎感慨的语气说道："我也没想到会这么快，看来你迫不及待地想要被我抽走灵魂。"

夏一成僵在床上，脑中一片空白，什么酒宴、美女，在这个时候全都如海潮般退了出去，只留下一片令他措手不及的恐惧，对死亡的恐惧。

"不可能，你骗我！"夏一成猛地抬起头，企图用响亮的声音为自己找回勇气，"不可能的。你骗我，你骗我！"

恶魔笑吟吟地看着夏一成，觉得气急败坏的人也很有趣。他的手轻轻一挥，一面半人高的镜子凭空出现在夏一成面前，光滑的镜面荡起一片水纹，但很快就停了下来，夏一成的身影也出现在镜面之上。

镜子里面的夏一成脸色苍白，神情惶恐而无措，正直愣愣地看着自己。

夏一成看着镜子，只见自己头上有一个大写加粗、鲜红欲滴的"5"。他突然想起来，第一次与恶魔相见的时候，恶魔也给自己看了一面镜子，只不过那个时候，他头上的数字是"99"。

这才多久……怎么就变成了"5"？

夏一成惨白着脸坐在床上，如同木头人一般一动不动。

欣赏完夏一成震惊、绝望、惶恐的神色，恶魔带着笑意说："还有五次哦，用完了这五次，你的灵魂就属于我了。"

"我会死？"用了很大的力气，夏一成才问了出来。

"肉体是一定会死的。"恶魔脸上的笑意不减，甚至更深了。

夏一成看着镜子中的自己，那鲜红的"5"就如同一颗定时炸弹，不知道什么时候就爆了。

第十章
光明

01

不!

夏一成突然转头看向恶魔，眼中的绝望瞬间褪去，重新燃起了熊熊火焰：“不，我不会死的，只要我不再赌不就行了？我再也不赌了，再也不赌了。”

恶魔摸了摸自己的下巴，笑得诡异而危险：“那你一定要记住，千万别赌了。”

“当然，我一定不会再赌了，不会再赌了！”

夏一成双拳紧握，一遍遍地重复着上面那些话。在他没有注意的时候，恶魔连同他身前的镜子一同消失了，而夏一成坐在床上，仍在神经质地反复说着：“不赌了，再也不赌了。”

夜色不会因为谁的挽留而永不褪色，不论夏一成这一夜过得怎样惊心动魄，白昼的光芒还是按时洒在了大地上。

外面的保姆已经开始工作，夏一成深深地吸了一口气，站在浴室的镜子前看着自己，一字一句地说：“你是数个公司的老总，是世界赌王，账户上的钱几辈子都花不完，所以，只是不赌了而已，只是不赌了而已，你能做到的，不能打赌，不能打赌。”

用一上午的时间给自己做好心理建设，夏一成把事情想了一通之后，觉得自己面对恶魔的时候的确是杞人忧天了。他完全不用那么害怕，只不过是不赌了而已，他还是他，还是拥有大把的财富与小弟，还是那个走到哪儿都风光无限的夏总，根本没什么改变。

把心放回肚子里，夏一成重新拾起自己风光得意又嚣张的一面，继续花天酒地。为了安慰受到惊吓的自己，他包下Z市最豪华奢侈的酒店，安排了一场晚宴。

站在酒店的二楼，难得盛装打扮的夏一成举着酒杯，笑看一楼舞厅里的人，对自己说：“看吧，什么都没变，你真的没必要害怕。”

变故发生在一小时之后，夏一成怀中揽着一个刚刚出道的小明星，正在酒桌上跟人吹牛。一个脑满肠肥的家伙开了口：“夏总，您觉得洋洋怎么样啊？”

洋洋正是夏一成怀中的明星，此刻也眼睛亮亮地看着夏一成。

夏一成慢悠悠地把酒送进口中：“什么怎么样啊？”

“啧，就是说她以后会不会红啊！上次咱们打赌，您不是说那个过气的模特明天就能红吗？她还真红了！”那家伙对夏一成挤眉弄眼，“咱们要不要打赌，看看洋洋会不会红啊？只要夏总开口，洋洋的星途可就有保证了！”

夏一成听到“打赌”两个字，先是一愣，然后神色瞬间冷了下来。可是这张桌子上的人哪个不是被酒精熏跑了神志和脑子，没有一个人注意到。

小明星洋洋有些期盼地看着夏一成，声音嗲嗲地说：“夏总，您说呀，我会不会红？”

夏一成放下手里的酒杯，也放开了靠在怀里的洋洋，伸手指了指门口：“滚！”

刚刚还撒娇的洋洋根本反应不过来是什么情况，愣了一会儿，她还想往夏一成的怀里靠。

砰！夏一成猛地一拍桌子，巨大的声响吓得几个胆小的女人尖叫了一声。所有人都震惊又无措地看着夏一成。

夏一成将手往门口一指，再次从嘴里吐出一个字：“滚！”

洋洋还想说什么，但是其他人却反应过来了，立刻把不知所措的洋洋带了出去。

那个胖子还想打圆场，小心翼翼地笑了：“看来那丫头没福气。夏总，别跟那么个丫头生气啊，来喝酒，喝酒。”

夏一成面色难看地坐在那里，冷冷地说：“喝什么，都给我滚！”

被连喊了三个“滚”，谁的面色都不好看了，但碍于这是人家的场子，没人敢说什么，很快就都跑了。

“成哥又让人滚了？”陈斌在贵宾室里打牌，听到这话，顿时一个头两个大。

等所有人都走后，夏一成在房间里坐了几分钟，外面的人也不敢进去。陈斌把客人都送走后，刚刚走到夏一成房间的门口，就听到里面发出砰的一声。

陈斌一惊，立刻跑过去看。结果夏一成沉着脸，没事人一样走了出来。

其他人往屋子里一瞧，就发现大大的圆桌歪在一边，汤汤水水洒了一地，看上去像是被踹翻的……

接下来的几天，陈斌等人很快就发现了夏一成的不对劲。

夏一成原先非常喜欢跟人吹牛侃大山，但在这几天的宴会饭局上，偶尔玩到兴头上，爆出以前的口头禅“我跟你打赌”，他就会像被电击一般闭嘴，然后心情直接降到最低点。

连续发生几次差点跟人打赌的事件之后，夏一成就很少出门了。他把以前最爱参加的聚会统统推掉，一个人宅在别墅中，有时候一宅就是好几天，偶尔出去玩，也是漫不经心。

这天，张志科、孙耀祖等人约陈斌去打牌。

孙耀祖刚刚忙完一成集团大楼重新装修的事情，口袋里进了一大笔钱，正想找人嘚瑟，立刻就叫上了张志科，而张志科当然得巴结着陈斌这个夏一成眼前的红人。

陈斌听了他们俩的话，皱了皱眉："地下赌场又开了？"

"开了啊，而且我还听说来了个外来户。"张志科压低声音说。

陈斌皱了皱眉："什么外来户？"

"听说那人不是咱们 Z 市本地的。"张志科舔了舔嘴唇道，"那家伙好像在赌城跟夏总打赌赌输了，不服气，现在想来找回场子，还指名道姓要夏总出面。"

陈斌冷笑："什么人，竟敢找成哥？"

张志科道："那人已经把话放出去了。咱们要不要给夏总打个电话让他去玩玩？"

"夏总最近很反常啊，都不愿意出门了。"孙耀祖也起哄，"看起来情绪也不高，要不咱们就开个场子让夏总去高兴高兴？"

陈斌想了想，拿起电话："我问问成哥去不去。"

张志科跟孙耀祖都眼巴巴地看着陈斌，夏一成已经有好几天没去赌场了，让他们这群小弟有些心痒。

"怎么样？"陈斌挂了电话，其他两个人立刻问道。

"成哥说让咱们自己去玩……他到底怎么了？听声音好像无精打采的……"

"那赌局怎么办？"张志科也没想到夏一成竟然不去赌场，真是太阳从西边出来了。

陈斌眼睛转了转："不就是成哥的手下败将嘛，也敢在这里嚣张。走，我带你们去，咱们让那家伙再输个底儿掉！"

"好啊，等把这个消息带回来告诉夏总，夏总肯定就高兴了。陈哥好主意。"

三人相视一笑，开着一辆拉风的敞篷车就离开了别墅。

夏一成在别墅里窝了一整天，终于有些憋不住了。他用这一天想明白了一个问题，就算参加宴会有口误的时候，但自己出去应该没问题，开着车到处转转，看风景也比待在别墅里强吧。

“陈斌呢？”收拾整齐的夏一成从楼上下来，问门口的段浩青。

段浩青迟疑了一下，说道：“陈哥可能在公司忙吧……夏总找他有事吗？要不要我打电话给陈哥，让他过来？”

夏一成毫不在意地摆摆手：“不用了，你来开车。”

段浩青立刻应了，从仓库中开了一辆跑车出来。

“夏总，您去哪儿？”

夏一成突然就想起了赵媛媛，坐在后座上，手指点了点车窗：“去一成集团。”

“是。”

亮黄色的跑车平滑地驶出别墅，顺着宽阔的马路进入闹市区。

段浩青不像张志科等人会说话、会逗夏一成笑，一般夏一成不问，他就不开口。而这一路上，夏一成明显情绪不高，一直没开过口。

停在十字路口等绿灯的时候，段浩青的眼睛瞥见了两个身影，一老一小，他微微一愣，不经意地发出了一声：“咦？”但只这么一声，他就不再说话了。

不知道神游到哪儿的夏一成回过神来，看了窗外一眼，问道：“怎么了？”

绿灯亮了，段浩青将车启动，道：“没什么，刚刚看到了两个人，所以有点惊讶。”

夏一成却来了谈兴，接着问：“什么人？”

段浩青从后视镜里看了眼夏一成，好像不知道该怎么说。

夏一成挑了挑眉：“说话啊。”

“我刚刚看到周锦光的父亲跟儿子，他们好像在捡破烂。”

听到这话，夏一成一下子愣住了，甚至下意识地回头看了看。但是跑车速度很快，刚刚那个十字路口已经被远远地抛在了后面，马路上车来车往，根本看不到其他。

“捡破烂？”夏一成皱眉，“周锦光吗？”

“周锦光”这三个字，夏一成乍一听甚至感觉到了陌生，就像一段早就被遗忘的过去，猝不及防地被人拂去那段记忆上的尘埃。

“啧，这家伙，当初被我赢得很惨啊。”夏一成想起什么，笑了。

段浩青点了点头：“是啊，都去跳楼了。”

夏一成的眼睛蓦然睁大：“什么？跳楼？”

“对啊，夏总您不知道吗？那天晚上周锦光就跳了楼。”段浩青的声音越来越低。

夏一成脸色有些苍白：“跳楼……人死了吗？”

“没有，他命大得很，从五层楼上摔下来都没死，好像损伤了脊椎，全身瘫了，成了废人一个。”

夏一成觉得自己脑袋里嗡嗡作响，身子甚至有点冒汗。

当时去赢周锦光，的确是存了弄死他的念头，但夏一成所谓的“弄死他”，只不过是想赢得他倾家荡产，从来没想过要他性命。

“你刚刚说看见了什么？”

听到夏一成的问话，段浩青回答道：“我当初调查周锦光的时候见过他家人，刚刚我好像看到周锦光的父亲跟他的儿子在垃圾桶旁边捡破烂。”

夏一成靠在椅背上，良久没有说话。

“夏总，您在公司门口下车还是在停车场？”段浩青的话打断了夏一成的沉思。

夏一成抬头，看到他们已经来到一成集团的一楼大厅门口，有殷勤的保安跑过来，要为他打开车门。

夏一成呼出一口气，对段浩青道：“走，不进去了，把车开走。”

段浩青虽然疑惑，但也没有多问，开着车就离开了，只留下刚刚跑到车边一脸迷茫的保安。

“夏总，您想去哪儿？”

夏一成揉了揉额角：“去周锦光家。”

段浩青以为自己听错了：“什么？”

夏一成把头靠在椅背上，重复道："去周锦光家。"

段浩青并不知道周锦光的家在哪儿，想着刚刚看到捡破烂的爷儿俩，于是把车开回了刚刚经过的十字路口。但是垃圾桶的旁边，已经没有了那一老一小的身影。

段浩青开着车，沿途找了几个垃圾桶都没发现他们的身影，也不知道他们去了哪儿。

"夏总，您别急，我给手下的人打个电话，让他们查一查周锦光现在的地址。"

段浩青找的人不到半小时就把周锦光现在的住所查了个清楚。

"莲花胡同？"夏一成皱了皱眉，他从没听说过这个地方。

段浩青把车开进一条狭窄又僻静的路，越往里，房子越矮小阴暗，有一些明显是自己搭建的违章房，竟然占了一条路的大半空间。

"莲花胡同是 Z 市的老城区，这里外来人口多，都很穷。"

直到真的进了莲花胡同，夏一成才明白段浩青说的"都很穷"是什么意思。

莲花胡同两边令人触目惊心，那些斑驳得似乎要裂开的墙壁，让人不禁担心会不会坍塌下来。这里甚至有一栋被拆了一半的五层小楼，狭窄的街道上堆满了垃圾，黑色的脏水随处可见，偶尔还会有老鼠从路边跑过。

还没有下车，夏一成似乎就闻到了弥漫在空气中的腐朽的臭味。

实在进不去了，段浩青将车停在街道口，有些迟疑地问夏一成："夏总，您真的要去吗？"

看着那片年久失修的破烂楼房，夏一成轻声问："他住在哪儿？"

段浩青给他指了指位置，夏一成打开车门，走了出去。扑面而来的恶臭令他忍不住想要呕吐，以手掩鼻才稍稍缓解。

段浩青想跟着一起过去，却被夏一成制止了："你在这儿等我。"

夏一成迈过坑坑洼洼的土路，走进暗沉沉的楼道。狭窄的楼道内堆满了杂物，有些人家的门竟然是用几块木拼起来的。

在一扇锈迹斑斑的铁门前停下脚步，夏一成抬眼朝里面看去。狭小的房间逼仄脏乱，屋内黑黢黢一片，什么都看不到，很是阴森。门口处有收成一堆的饮料瓶，还有叠在一起的纸盒，难闻的气味从幽暗的房间中集成一股，争先恐后地扑出来。

“咳咳……”压抑的咳嗽声伴随着浑浊的臭味闷闷地传出来。

屋子里有人。

回想起记忆里的周锦光，夏一成很难将那个西装革履的家伙与这间小房子联系起来。

“请问，你找谁？”微弱的，甚至是战战兢兢的女声从身后传来，夏一成转头看去，是一个女人。女人穿着遍布油渍的衣服站在门口，一双手搅在一起，微弯着腰，肩膀也往里缩，神情惶恐，眼神躲闪，似乎非常害怕。

“周……咳咳。”夏一成开口的时候才发觉喉咙嘶哑得厉害，只能干咳了一声后才道，“周锦光住在这里吗？”

女人脸上露出了明显的惊惧表情，整个人越发慌乱，眼眶倏地就红了。她看起来也就三十岁出头，被油烟与灰尘沾染的脸上依稀能够看出姣好的五官，只是因为近期受到了巨大打击，人一下子就老了。

皮囊，从来就是这样脆弱。

“我们没钱，真的没钱。”女人的嘴唇哆嗦着，大颗大颗的眼泪簌簌流下，她不敢正视夏一成，只是一个劲地重复，“我们什么都没了，也没有钱……”

看着这个有些神经质的女人，夏一成不得不用一只手按住她的肩膀：“我不是来找你们要钱的，我只是来看看他。”

女人抬起眼看夏一成，她的眼睛红通通的，脸上还带着泪水，一副不可置信的惊讶模样。

“我跟周锦光算是老……”“朋友”两个字夏一成实在说不出口，想了想，道，“老熟人了，听说了他的情况，就来看看他。”

也不知道女人信没信，她低下头，有些迟疑地伸出胳膊，将虚掩着的门打开，低声说：“进来吧，自从我们搬到这里，来的人都是要钱的，还没有锦光的朋友来过。”

堆满暗红色锈迹的铁门打开了，夏一成走过狭窄的只能容一个人通过的过道，强忍着用手掩住鼻子的冲动来到屋里。屋子里，苦涩的药味与脏乱的环境交织成一股让人想要夺门而逃的味道。

咳咳，咳……低低的咳嗽声就在不远处响起。

等眼睛适应了房间的昏暗，夏一成重新把这个屋子看了个大概。

破旧，这是房间给人的第一感觉。整间屋子不过二十平方米，中间用破旧的窗帘隔开，墙壁像生病掉毛的斑点狗，有大块大块的黑色印迹，屋子里的东西倒是摆放整齐，能够看出女主人很努力地收拾这个家。

女人随手拉开一张帘子走了进去，周锦光就这样突兀地出现在夏一成的面前。

那是一张不知道用什么铺垫的床，瘦得只剩一把骨头的周锦光就躺在上面，原先一头浓密的黑发已经掉得差不多了，脸颊深深凹陷下去，皮肤泛着吓人的青白色。他身上盖着轻薄的被子，一动不动地躺着。

夏一成下意识地后退了一步，如果不是时不时传出的咳嗽声，他几乎要以为那是一具尸体。

“锦光，有人来看你了。”女人走到他身边轻声说着，指了指外面站着的夏一成。

夏一成看到周锦光的眼睛慢慢地睁开，脑袋有些费力地朝自己转过来。

02

他看到我了。

夏一成这么想着，并且准备接受周锦光看到自己后发疯的样子。可能会大吵，可能会大骂。但是夏一成想错了。

周锦光的确看到了他，但脸上一点波动也没有，仿佛只是看到了一团透明的空气。一眼过后，周锦光就疲惫地闭上了眼睛。深沉的死气将周锦光笼罩，那不是拒绝的样子，而是真的疲倦与木然。

女人看着闭上眼睛的周锦光，抹了一把眼泪走出来，对夏一成局促又抱歉地说:“他身体不好，脖子以下都不能动了，不想跟人说话……”

说到这里，女人的泪水一串一串地流下来。但是她连哭都是压抑的，生活的苦难磨碎了这个女人的一切，除了哭，好像也没别的办法了。

压抑的哭声传来，夏一成才稍稍回过神来。他的大脑一片恍惚，眼前昏暗的房间就像忽然而至的海啸，把他整个人都拍晕了。

夏一成双手放到口袋里，把里面的东西全拿了出来。

不够，这些不够。

他慌乱地将衣服的所有口袋都翻了遍，卡、散碎的钱、昂贵的手表，还有一块不知道什么时候放进去的口香糖……零零散散的东西抓了满手，夏一成把这些东西全都塞给了女人。女人愣怔了一下，推搡着说不要。

周锦光再次睁开眼睛，直直地看着夏一成，用略微低哑的声音道:“把你的钱拿走，离开我们家。”

周锦光的声音不高，但有一股拒绝的力度，比眼前女人的推搡更令夏一成心塞。

就在这个时候，外面传来了说话的声音，女人一听就跑了出去:“爸，您回来了。瑞瑞，饿了没？”

“妈妈。”小孩子朝自己的母亲扑了过来。

夏一成手里捧着东西走出去，就看到一老一小跟着女人走过来。他们手里提着装满塑料瓶的袋子，老人满是皱纹的脸上还带着走了一天路的劳累神色。

“爸，这是锦光的朋友。”女人指着夏一成说道。

老人的神色明显冷淡下来，他拿眼角扫了夏一成一眼，没有说话。夏一成感觉到老人的敌意，也不想再待在这里了。

原本以为自己见到周锦光这么惨的下场会非常得意，最起码应该大笑，站在下辈子只能躺在床上的周锦光旁边，用最恶毒的话去嘲笑他，然后潇洒地转身离开。但是现在，夏一成发现自己不仅没有想象中的畅快，甚至觉得呼吸都有些困难。他的心沉甸甸的，数不清的思绪把他包围，那是震惊与难过。看到周锦光的一刹那，他甚至是恐惧的，虽然不知道这份恐惧来自何方，但是它就在自己的心里，盘旋环绕，经久不去。

“给你。”走到女人身边，夏一成把手里的东西都塞给她。他穿着价格不菲的衣服，与这座破旧的楼房格格不入，脸上是僵硬的冰冷。

但是夏一成的手被老人挡开了，老人冰冷的目光直直看了过来：“你是谁？”

“爸，这是锦光的朋友。”

“朋友？那就是赌徒了？”老人立刻瞪起了眼睛，似被激怒的狮子，“我们家不欢迎赌徒，滚！”

已经很久没有被人这么粗鲁地对待，夏一成的手紧了紧，却依旧执着地把钱和卡都往女人手里塞。

啪！老人的怒气无法抑制，猛地将夏一成举着的手打落，手上的东西全部掉落在地上。他已经老去的身躯因为愤怒而微微颤抖，即使这样，在发怒的时候，老人依旧冷静而克制：“我们不要钱，尤其是赌徒手里的钱。这是从赌桌上赌来的钱，难道赌博把我们害得还不够惨吗？现在我们是穷，但骨气不能丢。我儿子已经被赌博害成这样，我这个老头子没什么用，但家里的主还是能做的。我不管你是谁，现在就离开我们的家，滚！”

“爸，您别生气，别生气。”看着老人额头暴起的青筋，女人一边慌张地掉着眼泪，一边扶着老人。

三人在楼道里僵持。这条走廊两侧的房门内，偶尔会有人冒出头来看看，但是他们对这样的事情早已习惯，根本没人会在意。

老人的话、女人的哭声，混在一起落入夏一成的耳中，让他的大脑嗡嗡作响。夏一成下意识地回头看了一眼，眼睛掠过那些杂乱的摆设，直直落在躺在床上的周锦光身上。

周锦光睁着眼睛，穿过昏暗的房间，淡漠地看着走廊，淡漠地看着他们，面无表情，神态冰冷。

夏一成无意识地皱了皱眉。

女人已经搀扶着老人走进房间，两人的背影遮住了夏一成的目光。老人的脊背弯得厉害，在巨大的愤怒过后，他蹒跚地走进昏暗狭小的房间，带着一身的悲伤。

夏一成闭了闭眼睛，感觉到了不忍与愧疚。

夏一成转身走进房子，在女人与老人惊讶的目光中来到周锦光身边，快速地说道："我跟你打赌，我赌你的身体会很快好起来。"

屋子里的人全都像看疯子一样看着他，女人喃喃地说："医生已经说了，锦光以后只能躺在床上了。"

老人听到夏一成的话，用颤抖的手指着门口，哆嗦着嘴唇对夏一成道："赌鬼，滚！滚出我家，我们不欢迎赌鬼！"

夏一成没有理会老人，只是死死地盯着周锦光："我跟你打赌，你赌吗？"

周锦光安静得如同瓷娃娃般躺在床上，动作缓慢地摇了摇头："再也不赌了，再也不赌了。"他的眼睛微微睁着，里面一片死气沉沉，像在等死。

夏一成伸手拽住周锦光的上衣，盯着他的眼睛道："我给你最后一次机会，你跟我赌就会好的！浪费了这次机会，你后半辈子就躺着过吧！"

周锦光抬了抬眼皮，淡漠地看向夏一成，缓慢却有力地说："我不赌了，永远不会再赌了。"

夏一成被周锦光决绝的目光看得心中一颤，不由得放开了手。女人冲上来，连推带搡地将夏一成赶出了家门，生锈的铁门哐当一声关上了。

浓厚苍茫的绝望从这间房间中冲出来，夏一成站在门边，紧了紧拳头："是你们不要这机会的！"

他转身离开，步伐匆忙而慌乱，好似身后有猛兽追击。

一路走到楼房的外面，夏一成站在墙壁的阴影中，只觉得浑身发冷，抬腿就要朝来时的路走去。

窸窸窣窣的声音从墙角传来，夏一成下意识地看过去。只见周锦光的儿子正睁着一双大眼睛看着他，手上还抓着两个塑料瓶子。小孩身上的衣服洗得很干净，但能看出来并不合身，一截脚踝与手腕露在外面，眼睛里是显而易见的惶恐。

夏一成木然的眼睛眨了眨，然后他蹲下身子，拉起了小孩的手。小孩明显瑟缩了一下。

“别怕，别怕。”夏一成放轻了声音道，“你叫瑞瑞，是吗？”

周子瑞点了点头，抿着唇，强忍着害怕开口：“叔叔，你来要债吗？我们家没钱了，真的没了，但是我以后会挣钱还给你的，你不要带走我爸爸好吗？”

夏一成喉咙一紧，他努力控制自己的声音，笑了笑：“我不是来要债的，我是你爸爸的朋友，来看看他。”

周子瑞清澈的大眼睛有些怀疑地看着夏一成。

“你希望爸爸好起来吗？”

周子瑞委屈地撇了撇嘴，点着头表示自己希望爸爸好起来：“可是妈妈说，爸爸不会好了。”

“爸爸会好的。要不，我们打赌好吗？”

就像听到了什么可怕的事情，周子瑞小小的身子又瑟缩了一下。他挣扎着要从夏一成怀中出来，满脸的惊慌害怕：“我不打赌，我不……”

“嘘，嘘。”夏一成小声地哄着他，“瑞瑞，我们是为了爸爸好，就打一次赌怎么样？叔叔会使用魔法的，为了爸爸，打了赌，爸爸就好了。”

小孩子疑惑地看着夏一成，摇了摇头：“可是爷爷说赌是个可怕的东西，他知道了会生气的。”

“我们谁都不告诉好吗？谁都不告诉。”夏一成做出拉钩的动作，勾了勾周子瑞的小手，“我们都保密，然后你跟我打赌，爸爸明天就会好的。”

周子瑞的眼睛渐渐亮了：“真的吗？爸爸明天就会好起来？”

夏一成很认真地说：“真的呀，只要你跟我打赌，他就会好起来。

怎么样，打赌吗？我赌你的爸爸周锦光的身体明天就会好起来。”

周子瑞立刻点了点头：“我赌，我赌。”

夏一成笑了，把周子瑞抱在怀中：“好孩子，真是好孩子，你爸爸明天就会好起来的。如果明天爸爸能够站起来了，你就把屋子里那串用塑料瓶编制的风铃挂在走廊外，好吗？”

周子瑞认真地点头：“好。”

开车将夏一成载回市区的路上，段浩青从后视镜中看了眼自己的老板，问道：“现在还去一成集团吗？”

夏一成靠在后座上，不知道在想什么，好一会儿才点了点头。段浩青又看了他几眼，眉宇间带着担忧。

周锦光的惨状一遍遍在夏一成脑中回放，他甚至有点想不起跟自己赌之前的周锦光是什么样子了。夏一成觉得遍体发凉，一种无法描述的感觉在他的胸腔中鼓动，说不出来，却难受得厉害。他无法想象，如果周锦光因为自己死了，会怎么样……

手机铃声响起的时候，夏一成已经有些昏昏欲睡。他眨了眨眼睛，拿过手机看了一眼，随手接了起来，懒洋洋地说：“阿斌啊。”

低低的笑声从手机里传出来，夏一成瞬间清醒了。他将手机拿到眼前看了看，的确是陈斌的手机号。

“你是谁？”夏一成皱了皱眉。

“赌王真是贵人多忘事啊。”有些蹩脚的中文从手机那头传了过来。

听到这个声音，夏一成立马想起了一个人——林森。那个被自己赢得倾家荡产、灰溜溜滚出赌城的人。林森是那个人的中文名，英文名夏一成已经忘了，他甚至连林森的长相也记不得了，只是在刚刚听到那森冷如毒蛇一般的声音时，他突然想起林森离开前带着毒怨的眼睛，冷汗一下子冒了出来。

夏一成攥紧了手机：“林森你想做什么？”

夏一成曾经将这个狂傲的家伙当作落水狗一样赶出了赌城，但是现在，他回来了，而且用陈斌的手机给自己打电话。

“想做什么？哈哈哈哈……”林森爆发出一阵笑声，接着笑声戛然而止，随之传来的是棍子打在人身上的闷响以及陈斌的惨叫。

夏一成的脸色骤然一变：“你别乱来，你想要什么我都给你，都给你！”

“我要你兄弟的命。”

夏一成脸色阴沉，声音一片冰寒：“不行，你不能动他，你想要钱吗？我可以给你钱。”

“呸，老子不稀罕钱！杀你兄弟你不愿意，可以，用你自己的命来换吧。记住，是你自己过来，如果被我发现你带着人来，我会先杀了手上这个人。”

夏一成毫不犹豫地说：“好，地址。”

“天水仓库二十八号。”说完，林森就挂了电话。

段浩青意识到不对，已经把车停在了路边。

“下车。”

“夏总，您不能一个人去。让我去，或者等兄弟们过来。”

夏一成沉着脸把车门拽开，一把将段浩青从车里拉出来，自己坐上驾驶座，一个调头就朝前疾驰而去。

看着很快消失在视野中的跑车，段浩青向来不动声色的脸色也变了，立刻拿出手机给自己手下的人打电话。

天水仓库二十八号在Z市近郊的公路边上，那里原本是一家工厂，现在废弃了，基本上不会有人过去，林森把人关在那里，显然没安好心。但是夏一成不在乎，他现在只希望陈斌不要有事。

手机再次响起，夏一成烦躁地拍了一下方向盘。他瞥了眼手机，并不想理会，可看到来电显示的时候，他又迟疑了。

是陈斌的老婆。

“喂？”

“喂，成哥吗？”女人细细的声音从手机里传来，“成哥，我不是有意要打扰您的，可是阿斌已经有一个星期没回家了……”

说到这里，女人似乎哽咽了：“成哥，我知道您很厉害，可是，能不能让阿斌不要再赌了……”

夏一成的脑中仿佛有惊雷炸响，他张了张嘴，却什么也没说出来。

“我知道阿斌跟着您很出息，可是，他总是不回家，孩子也会找爸爸啊……”

“我会把他带回来的。”

挂了电话，夏一成把手机扔得远远的。他知道陈斌也赌，却不知道陈斌陷得这么深，甚至连家都不回了。

车再次提速，夏一成握紧方向盘，眼睛死死盯着前方。

当夏一成的车一溜烟跑出市区，拐上那条鲜有人迹的马路后不久，一辆卡车气势汹汹地冲了过来，正好挡在夏一成的车前，把路堵住了。

二十多个人呼啦一下从卡车上跳下来，他们手里都拿着锃亮的砍刀，凶神恶煞般地朝夏一成走来。

夏一成看着那些人，握着方向盘的手顿时紧了紧。这群人跟平常见的保镖或者小混混都不一样，是带着血腥气与杀气的。

林森是真的想要杀他。

夏一成的眉头紧紧皱了起来，他突然发现，现在这个画面跟自己以前被郑强带人追杀的场景有些相似。他嘴角一勾，将车门打开，探出脑袋，大声道：“你们想杀我对不对？”

走在最前面的一个五短身材但眼神狠辣的人看着夏一成道：“小子，怪只怪你得罪了人，去了阎王殿，一定别错怪人。”

夏一成看着对方已经高高抬起的手，再次开口：“我跟你们打赌，你们碰不到我。你们也知道我好赌，临死了，你们敢不敢跟我赌？”

好像听到了什么可笑的话，这群人顿时都笑了。领头那人哼了一声：“真是个赌鬼啊！好啊，我们跟你赌，现在就送你下去做个真正的赌鬼……”

“啊！”

“快跑！”

就在领头人说完那句话后，他们身后停靠在路边的卡车突然自己动了。

这是一段小小的斜坡，坡度并不明显，但是当一辆大卡车从顶端冲下来，在惯性与重力的作用下，一下子就有了能碾死大象的冲势。

夏一成面对着卡车，第一个发现了异动。他眼疾手快地关上车门，在这群人惊慌失措的时候，一个漂亮的转弯，越过他们直奔天水仓库而去。

惊慌失措之后，领头人看着已经跑没影的夏一成以及撞进旁边水沟的卡车，从嘴里憋出两个字：“我去！”

“司机呢？怎么回事啊！”

“车怎么动了？”

举着砍刀的司机有些茫然地看了看身边的人：“车的手刹，手刹本来就不好。”

“快给那边的人打电话。”

夏一成驾车的速度极快，半个多小时就来到了近郊，依稀能够看到远处零散的小房子。

电话再次响起，夏一成扫了一眼就接了起来。

“真是出乎我的意料，你竟然能活着过来，不错。”林森的话中带着寒意，“那就快点来吧，不然你兄弟就要撑不住了。”

夏一成一言不发地挂了电话，一踩油门，猛地冲了出去。

天水仓库二十八号就在废弃工厂的后面，车开不进去，夏一成只能弃车一路狂奔，等终于跑到的时候，已经是气喘吁吁。

立在夏一成眼前的是一扇蓝白色的门，褪色非常严重，墙上用黑漆涂上的“二十八号”几个字也斑驳不堪。周围没有人，安静得让人心慌，一阵透着痛苦的呻吟声从仓库里面传来。

一把推开虚掩着的铁门，夏一成先是在门口小心地观察了一下，仓库里空荡荡的，除了天窗下有一把绑着人的椅子，什么也没有，更别说有什么埋伏。夏一成迅速地跑进去，把铁门严严实实地关上，然后快步朝被绑起来的陈斌走过去。

就在这个时候，厚重的铁门被人从外面锁了起来。落锁的动静很大，但是夏一成根本顾不得。他一路跑到陈斌身边："阿斌，你怎么样？"

陈斌身上的衣服如同一块破布，有点点暗红的血迹，两眼浮肿，嘴角带血，左眼青紫一片，看起来非常吓人。

夏一成扑到他身边，上下摸索了一番，焦急地问："阿斌，阿斌，你怎么样？睁开眼，我带你走。"

陈斌费力地睁开还算完好的眼睛，一看到眼前的人，他瞬间就急了，咳嗽了两声："成哥，快走，你快离开这儿……咳咳……"

夏一成开始解陈斌身上的绳子："你胡说什么啊？我带你走，然后我们狠狠教训一下那家伙。"

"有炸弹，炸弹！"陈斌大声说道。

在挣扎的时候，夏一成已经看到了陈斌破烂衣服下面的炸弹。红色的数字在快速地跳动着，伴随着嘀嘀嘀的声音，夏一成身上的寒毛瞬间竖了起来。

炸弹！

林森那个疯子！

炸弹的显示屏上显示还有三分钟，红蓝两根线从炸弹内穿出来，一起缠绕在陈斌的身上。

夏一成惨白着脸看着那炸弹，脑中有一瞬的空白。

03

放置在椅子下的一块平板突然亮了起来，鹰钩鼻的林森赫然出现在上面。

"哟，动作不慢啊，没想到你竟然真的会为了这个废物来这里。"林森慢悠悠地说道。

夏一成一把将平板拿起来，恶狠狠地说："无论你想怎么样，都是我们两个人之间的事，你有本事冲我来！”

屏幕里的林森哈哈笑了起来：“看到现在你这么气急败坏的样子，真是爽啊！”突然，林森脸上的快意变成了凶狠的恶毒，“怎么不是你在赌城趾高气扬的模样了？我就是要搞你，就是要弄死你。不过我给你个机会，红蓝两根线，你选吧。”

“成哥，你快走吧，快走！别让我拖累你！”陈斌焦急地说道。

看着屏幕上林森恨到扭曲的面容，夏一成突然就笑了。他解开自己的衬衣扣子，笑着问：“你是想跟我赌吗？”

林森挑了挑眉：“赌？也可以啊，你赌哪根线能活命？”

夏一成拨弄了下两根线：“都可以。”

林森明显一愣：“什么？”

夏一成勾起嘴角一笑：“我赌无论拔哪根线，我们都可以活命。”

林森缓缓地笑了：“我赌，无论你拔哪根线，你们都得死。”

听到这话，陈斌被揍肿的眼睛猛地睁开了，他提高声音道：“成哥，你快走！别管我了，快走！”

“哈哈哈哈，什么世界赌王，还不照样死在我手里，我要你死！”林森突然凑近屏幕说。

“成哥，你别管我了，以后给我报仇就行，你快走！”

夏一成拍了拍陈斌的肩膀，然后在他震惊的目光中，一把抓住炸弹上红蓝两根线，猛地拽了下来。

陈斌的心提到了嗓子眼儿，他下意识地闭上了眼睛。

等了几秒钟，想象中的爆炸声根本没有响起。因为害怕而微微发抖的陈斌诧异地睁开眼睛，先是看了看拿着红蓝两根引线伸向屏幕前示威的夏一成，又低头看了看自己身上安安静静没有半点儿动静的炸弹，脸上露出了不敢相信的表情。

红色的数字与嘀嘀的声音完全消失了，刚刚还恐怖得让人心惊胆战的炸弹，现在就像一个坏掉的零件，安静地待在他身上。

“成哥……”陈斌紧张地咽了咽口水，“我们，没死？”

屏幕上的林森勃然大怒，脸上的青筋一条条蹦出来。他猛地将手机摔在地上，然后踹门而出，带着人拎起砍刀，骑上摩托车就朝仓库冲去。

早有人将仓库门锁上，所以林森并不担心夏一成他们跑了。

嘭！大力地将眼前碍眼的门踢开，林森嚣张地提着砍刀，一马当先地走进来，但才走了一步，他就僵在了原地。只见夏一成身侧站满了严阵以待的黑衣人，他们全都恶狠狠地看着门口的林森。

下一秒，警笛声骤然而起，已经暗下来的四周突然亮起了交错的红蓝灯光，一束束车前灯打过来，将毫无准备的林森等人打了个措手不及。

林森他们瞬间慌了。

“举起手来，别动！”

警察有序地跑过来，很快就控制住了局面。

看着自己带来的人一个个放下了手中的砍刀，看着警察围了过来，林森知道，自己完了。他抬头看向仓库里面。

夏一成漫不经心地把玩着那颗废掉的炸弹，抬眸冲林森挑眉一笑：“知不知道有一个词叫报警？”

惊心动魄的绑架事件结束后，夏一成安排人送陈斌去了医院，直到看着陈斌睡着，自己才回到了别墅。

也许这一天经历的事情令神经绷得太紧，夏一成难得睡了一个安稳觉。没有令人窒息的恐惧感，没有在半夜惊醒，一夜无梦，闭眼睡着，睁眼就是天明。

十月初秋，太阳暖融融地照耀下来，蔚蓝的天空高阔深远，洁白柔软的云彩飘在上面，安宁静远。

从床上起来，夏一成松松垮垮地裹着纯白睡袍，有些恍惚地走到落地窗边。阳光从外面直射进来，他抬手遮住眉眼，感受着这暖得让人想要融化的温度。

夏一成嘴角漫起不自觉的笑意，悠然叹息一声：“阳光真好。”

换好衣服，慢条斯理地吃完早餐，夏一成让手下的人将车开出来。

专职司机林峰看了看坐在后座上的夏一成，欲言又止。

夏一成心情不错，笑着问他："怎么了？"

"夏总，最近好像有点不太平，段大哥他们还守在陈哥身边，您这样不带保镖出门，是不是有点冒险？"林峰犹豫了一会儿，说道。

夏一成摆了摆手："开车吧，我就是想去见一个朋友，不会有事的。"

老板发话，林峰只能按照夏一成说的路线，来到了莲花胡同。

莲花胡同内依旧脏乱，林峰实在不相信老板会有朋友住在这样的地方。

夏一成坐在车中，偏头朝外面看去。

周锦光租住的房间外，小小的周子瑞正开心地往窗户上系东西。那是一串用各色塑料瓶编制的风铃，鲜亮的色彩在阳光下晕染出一片童话般的美好。

夏一成收回目光，嘴角的笑意蔓延到了眼中。

林峰从后视镜中看了夏一成一眼，下意识地放慢了车速。

夏一成靠在后座上发话："继续开，不用停下。"

车一直开出莲花胡同来到了马路上，夏一成始终没有说话。他微微闭着眼睛，不知道在想什么。

"夏总，咱们现在去哪儿？"

夏一成没有睁开眼睛，淡然地说："回家。"

林峰满心疑惑，但是也不敢说什么。他按照老板的话，把车往别墅开去。

"林峰，你说赌博好吗？"半路上，一直安静的夏一成突然开口。

林峰下意识地看了他一眼，实在想不明白老板这是什么意思，脑中思绪百转千回，好一会儿才道："好啊。夏总您不就是靠赌博发的家吗？而且您还是世界赌王呢，多少人都崇拜您。"

夏一成望着窗外流动不息的人潮，淡淡地笑了："是吗？"

赌博真的很好吗？他拥有这么多钱，可是为什么还这么不快乐？他的爱人离开了他，他的兄弟因为他染上赌瘾，他的对手差点因他而死……

这一刻，夏一成曾经的信念有些动摇。

错的到底是什么？是赌，还是输赢？

从莲花胡同回来后的半个月里，夏一成始终躲在自己的别墅中，一步也没有踏出。

他在害怕，夏一成终于感觉到了害怕。

他只剩下两次机会了。无论多少次告诉自己，只要不再赌，就不会死，可夏一成就是心中惶恐，仿佛身处万丈悬崖的边缘，一阵风吹过来，就能让他万劫不复。

陈斌伤好之后，几乎天天都跑来别墅，但每一次都被夏一成敷衍着打发回去。

外面的人不知道夏一成怎么了。明明什么都有了，为什么他现在俨然一副看破红尘、生无可恋的样子？

吃了多次闭门羹后，夏一成的别墅渐渐安静了下来。他习惯把自己锁在屋子里，黑乎乎的一片，这让他觉得很安全。明晃晃的阳光就在外面，但夏一成用厚重的窗帘将温暖与光明全都阻绝在外，窗帘的边缘有一抹明亮的光线，明与暗的分界无比明显。

“不要追我！我不赌了，不赌了！”

夏一成满头大汗地从噩梦中惊醒。他梦见了那座改变自己命运的大桥，梦里的恶魔没有了迷惑人的外皮，变成了漫无边际、汹涌而来的暗黑色潮水，黏稠、恐怖、让人窒息。他梦见了从楼上一跃而下的周锦光，猩红的血被潮水吞噬，四周传来令耳膜疼痛的哀号与哭泣。他梦见了赵媛媛绝望而冰冷的目光。他梦见了一个女人的声音，她在不断地对自己说，不要赌了，不要再让我们阿斌赌了……

夏一成记得自己在梦里一直跑，跑到精疲力竭，可那黑色的潮水却一直在他身后不紧不慢地跟着，像是猛兽在开吃前逗弄自己的猎物。

夏一成抹了一把额头上的冷汗，重重地叹息了一声，正要重新躺回床上，可眼角的余光瞥到了自己的床边，他整个人都僵住了。

一团模糊的、高大的、浓黑色的影子晃悠悠地飘荡在床边，似乎正饶有兴趣地看着自己。

夏一成僵着身子探出手，摸索到墙壁上的开关，啪的一声，房间的灯开了。

是恶魔。夏一成靠在床沿，伸手从矮柜上取了支烟，动作熟练地给自己打着了火，深深地吸了一口，然后吐出。白色的烟气缭绕着，他抬头看了恶魔一眼，没有说话。

半个月没见，夏一成下巴上长出了一茬黑色的胡须，人也瘦了很多，虽然每天都在屋子里，几乎不出门，但两只眼睛下面却带着大大的青黑色，显然并没有睡好。他整个人从里到外透出一股颓丧的味道，看得恶魔嘴角的笑意更盛了。

很快抽完一整支烟，夏一成不自觉地又去摸第二支。

“看起来，你这段日子过得并不好，真是让我心疼。”恶魔嘴上说着心疼的话，语气却是十足的开心。

夏一成拿烟的手一顿，又收了回来，他靠在柔软的枕头上，轻飘飘的目光看向恶魔，突然也笑了，笑得很是讥讽：“来看我死没死？”

恶魔大大方方承认，看向夏一成的眼神就像在看着自己的所有物。

“想要我死？那你可有的等了。”夏一成忍不住又取了一支烟点上，深吸一口后，道，“再回去等几十年吧，到时候，不用说灵魂，我自己都可以烧成骨灰交给你。”

恶魔愉悦地笑了，伸出一根修长的手指放在薄薄的嘴唇前，慢慢地摇了摇，嘴里轻声说道：“我只是没想到你会这么蠢。”

夏一成不住地吞云吐雾，整个房间都被白色烟雾填满，但这些白烟在遇到恶魔的时候，仿佛被什么屏障阻挡，丝毫靠近恶魔不得。

看着夏一成，恶魔渐渐地好奇起来：“一个周锦光，值得你用掉一次机会吗？”

夏一成把燃尽的烟随手扔到地下：“值。”

恶魔眸中的兴趣更大了：“不应该呀，你这样贪婪的人，怎么会为了别人而做这种事情呢？你知道自己会死吗？”

夏一成看着他："我还有两次机会，我不会再赌了。"

恶魔笑眯眯地看着夏一成，就像看一个口说大话的小孩。他的姿态高高在上，带着对未来的笃定与残忍："是吗？反正我是不着急的，相较于收到你的灵魂……"恶魔压低了身子，轻得如同一片飘絮，漆黑的眼睛直直地盯着夏一成，似情人低语一般说道，"相较于收到你的灵魂，看你辗转反侧饱受折磨，却依旧被命运一点点推向终点，更加有趣。"

夏一成紧绷着身子："那你就慢慢看吧。"

"好啊。"恶魔咧开嘴笑了，露出白森森的牙齿。

夏一成烦躁地将手上的烟头掐灭，等取出又一支烟准备再次点燃的时候，却发现恶魔已经不见了，只是屋子里平白多了几分森然的冷意。

夏一成点烟的动作一顿，紧绷得神经松了下来。他把手里的烟与打火机全都扔到一边，重新将灯关掉，把自己埋进了柔软的被子里。

房间里很安静，可夏一成的脑海中却仿佛有无数声音在喊叫。他闭着眼睛，用被子蒙住脑袋，过了良久，又猛地掀开被子，从床上坐起来。

他睡不着。

这种情况已经持续半个月了。每次稍稍有点睡意，喧哗的赌桌、吵闹的人声就会充斥他的大脑，每一张赌桌上都带着血淋淋的痕迹。

夏一成很少回忆遇到恶魔后的事情。

那段时间，仿佛被人用笔墨描画在轻薄的灯笼上，曾经闪亮过，但最终都随着灯火的熄灭而陷入永远的沉寂，再想起来时恍如隔世，仿佛记忆中那个嚣张的夏一成不是自己。

觥筹交错的酒宴，衣香鬓影的舞会，声嚣喧天的赌场……

一个个人影从眼前晃过，那么多人，那么多场景，全似水中望月，虚幻得不真实。曾经以为的极乐，现在想来竟然如一片轻飘飘的柳絮，没有一丝重量，不留半点儿怀恋。

抖掉指尖的烟灰，夏一成偏头看去。遮住窗户的窗帘忠实地执行着自己的任务，将外面的天光遮得严严实实，只在边缘处留下一道细缝。

不知道看了多久，夏一成重新倒在床上，一字一句地对自己说，像是安慰自己："不赌了，再也不赌了。没事，没事的。"

夏一成不再出现在公众场合，别说赌场，连公司都很少去，别墅似乎成了他的堡垒。对他而言，只要待在别墅里，就能够永远安全。

对外界很多人而言，夏一成几乎是一个一夜之间蹿起、暴富，并且从那之后长时间占据公众视野的高调人物，对于他突然的销声匿迹，外面各种风言风语越来越多。

甚至很多媒体都打出了触目惊心的标题：

——《世界赌王，浪得虚名！》

——《本市第一首富的破产！》

谣言愈演愈烈，而夏一成本人始终不露面，更给了当初被他搞得灰头土脸的记者一次泄愤的机会，不管多夸张的标题他们都敢写。

一直在国外拍戏的沈露露听说了国内的情况，特意给夏一成打了一个电话。她控制着心中的担忧，尽量委婉地问道："成哥，你最近怎么样？要不要我回去陪你？"

电话那头，夏一成的声音低沉而沙哑，说出的话却没有丝毫商量的可能："好好拍你的戏，我用不着你陪。"

"成哥……"沈露露还想说什么，手机里却传来了挂断音。

手机黑屏了，再点开，是一张夏一成睡着的照片。沈露露纤细的手指轻轻摸着手机屏，神情温柔又苦涩。

世上的感情，最折磨人的就是得不到又放不下。

"露露姐，导演找你，要讲戏。"助理端着一杯温水跑了过来。

国外正是深夜，沈露露穿着戏服，周围是忙碌火热的拍摄现场。

沈露露没有去接水杯，而是问："我戏份什么时候能够杀青？"

"还有两周。"

"两周……太慢了……"沈露露微微皱眉，可这部戏不是她可以任性的。

"露露姐，导演……"

沈露露从车里下来，对助理说："帮我定两周后最早的回国机票。"

助理一愣："杀青宴……"

沈露露没有说话，径自朝导演走去。

急促刺耳的铃声响起时，夏一成正沉浸在浓黑的睡梦中，难得没有做噩梦。他紧皱着眉头睁开了眼睛，被吵醒的不悦浓浓笼罩在头顶。他从被子中伸出一只手，把矮柜上的手机拿到了眼前，是陈斌的电话。

夏一成想也不想，手一划给挂了，将手机扔到一边，重新缩回被子里，准备接着睡。

被扔到床头的手机锲而不舍地再次响起，微微拱起的被子良久没有动静。等手机第三次响起的时候，夏一成一脸怒气地坐起来，接通手机低吼道："怎么了？"

等了一会儿，没听到说话声，夏一成低头看去，手机屏幕一片漆黑，已经因为电量过低而自动关机了。

"我去。"骂了一声，夏一成把手机扔到一边，在黑暗中坐了一会儿，浓浓的睡意已然被接连不断的电话吵没了。

他扒拉了一下鸡窝一般的头发，从床上站起来，将厚厚的窗帘拉开，随即愣了愣。外面黑得深沉，并不是想象中的白日。

这么晚了，陈斌给自己打电话做什么？

想起前段时间的绑架案，夏一成的两条眉毛朝中间聚拢起来。他回到床头，找到手机，给它充上电。

这时，两束灯光从外面打进来。夏一成再次走到窗边，看到一辆黑色轿车开了进来。

先是客厅大门被打开，接着一阵慌乱而急促的脚步声……

夏一成把卧室的门打开时，正好看到陈斌慌里慌张地跑过来，他看到自己，脸上焦急的表情顿时变得复杂而沉重。

"怎么了？"夏一成的心已经提了起来，但表面上看着却很沉静。

陈斌动了动嘴巴，话还没出口，眼睛已经红了："夏叔，夏叔他……"

夏一成脸上有一瞬的茫然，然后猛地抓住陈斌："我爸怎么了？"

“夏叔他住院了。听医生说，是室内装修气体中毒，毒性很猛烈，已经不行了……”

每说一个字对陈斌而言都非常困难，他鼻子一酸，眼里的泪水差点掉下来。

第十一章 救赎

01

气体中毒、毒性猛烈、不行了……

夏一成脑中嗡的一声响，整个人有些站不稳地晃了晃，还好被陈斌扶住了："成哥，成哥！"

被陈斌大声叫喊了两声，夏一成的神志才渐渐恢复过来。他顾不得自己只穿着一身睡衣，推开陈斌，朝楼下跑去。

陈斌从烟气缭绕的房间中找了件夏一成的大衣，也跟着跑了下去。

跑到院子中，夏一成已经完全慌了神，像只没头苍蝇一样。等他坐进陈斌的车，手竟在无意识地发抖，也不知道是被深夜的冷风吹的还是在害怕什么。

陈斌狂奔到院子里，跟夏一成一起坐进后座。车门一关，段浩青就把车开了出去，直奔医院方向。

将自己手上的大衣外套给夏一成披上，陈斌低声道："成哥，你别着急，一切都还没有定论……"

夏一成的脸上几乎没有一丝血色，恍惚地问："你刚刚说是什么原因？”

这话一问出，连开车的段浩青都忍不住从后视镜看了两人一眼。

仔细观察了一下夏一成的神色，陈斌咬牙道：“装修材料中带着大量的毒气，老爷子在新房子住了那么久，等发现的时候，已经……”

夏一成的心中一片凄凉。装修的材料他是亲自见过的，孙耀祖当初信誓旦旦地跟自己说，他买的是外国进口纯绿色无污染的油漆……

被手下欺骗的愤怒，远远抵不过夏一成满心的自责与难过。这是他手下人办的事情，是所信任的人在眼皮底下做出的事情……

如果父亲真有什么三长两短，这么大的罪孽，他怎么承担得起？

陈斌狠狠地说道：“我接到消息的时候，夏叔已经住院三四天了。孙耀祖那个杀千刀的也不知道跑到哪里去了，要是让我找到他，一定把这混蛋大卸八块！

“成哥，都是孙耀祖那混蛋的错，阿青已经派人出去找了，找到就给带过来，到时候是杀是剐，都听你的！”陈斌的语气中带着充满杀气的狠厉。

可夏一成一直沉默。他靠在车门上，身子绷得很紧，双拳紧握，脑中空荡荡的。现在他只想自己父亲活着，只要他活着。

窗外昏黄的路灯快速地从眼前掠过，夏一成突然想起去年回家，父亲健朗的笑和自豪的表情。他想起自己对着照片上的母亲承诺，一定好好照顾父亲，让父亲安稳幸福地度过晚年。

“我承诺过的。”夏一成将脸埋在手掌中，低低地说，“不会有事的，一定不会有事的，我爸他不会有事的，他一定是想我了才让我过去，一定是这样，都在骗我……”

听着夏一成不成句子的呢喃，陈斌的声音都哽咽了，他用手扶着夏一成的肩膀：“成哥……”

陈斌一句安慰的话也说不出来。他们已经接到医院的病危通知书，夏树强的病情非常危急，医生让病人家属做好心理准备。

夏树强躺在惨白的病床上，意识已经有些模糊，整个人消瘦得可怕，脸上更是透着一股暗沉的死气，外露的皮肤呈青紫色，严重的地方已经变成了黑色。医生说，那是毒气侵入身体后造成的。

车还没有在医院门口停稳，夏一成就跳了下来，跌跌撞撞地跑进医院。凌晨两点的医院无比安静，清冷的走廊上挂着白得刺眼的白炽灯，偶尔会有病人被病痛折磨的呻吟声传来，更为医院增添了几分阴森与不祥。

“我爸在哪儿？我爸呢？”夏一成拽着陈斌的衣领问。

陈斌带着夏一成上了四楼的重症监护室，病房门口有两个保镖守着。夏一成推开一直扶着自己的陈斌，大力地打开门，可当他真的往里走的时候，却又下意识地放轻了动作。他慢慢地走到夏树强的床边，只一眼，眼中就冒出了大颗的泪珠。

“爸？”夏一成轻声叫道。

夏树强的脸上扣着氧气罩，不知道是因为一直就没睡着，还是听到了儿子的叫声，他竟然睁开了眼睛，只是那双眼睛中全是迷茫，好像不知道自己在哪儿。他的眼珠子动了动，看了夏一成一眼，就又将眼睛闭上了。

夏一成去握父亲的手，却发现父亲瘦得骨头都凸出来的手上布满细细密密的针眼。

陈斌与段浩青站在夏一成的身后，看到夏树强的样子，脸上满是愤懑与悲伤。他们都知道，夏树强已经不行了，现在不过是靠着机器来维持生理机能罢了。死亡对老爷子来说，只是时间问题。

“爸……”

夏一成蹲在病床边，呆呆地看着陷入昏迷的夏树强。良久，他低头抹了把眼泪，然后站了起来，带着陈斌等人离开病房，直接来到主治医生的办公室。

“你把我爸治好，我会给你很多钱，很多很多钱！”夏一成来到医生面前，快速地说道。

值夜班的医生皱着眉头看他：“你爸是？”

“夏树强，402 房间的病人。” 陈斌立刻说道。

医生叹了口气：“现在病人的情况非常凶险，就这一两天了，家属还是做好心理准备吧……”

“你说，你要多少钱？五千万怎么样？我可以给你一亿，甚至更多，只要你把我爸治好。”打断了医生的话，夏一成急切又不耐烦地说道，“钱不是问题，我要你们把他治好！”

医生摘下鼻梁上的眼镜，有些疲惫地擦了擦：“年轻人，钱是买不来命的。这个病人送来的时候，毒气已经侵入五脏六腑了。如果一出现病症就送过来，也许还有救，但是现在，就算是神仙也无力回天了。你去好好陪陪他吧，让他走得安心一些。”

“你说什么？”夏一成瞬间暴怒，越过书桌，一把抓住医生的衣领，怒声道，“我爸不会死的，他不会死的！你说你要多少钱，我都给得起！你把他给我治好，快去治好！”

“成哥，成哥，你别冲动。”

一看情况不对，陈斌等人立刻过去把夏一成与医生分开。这么大的动静也惊动了外面值班室的人，几个护士纷纷跑过来，谴责夏一成的无理取闹。

在极端的混乱中，靠着陈斌与段浩青两个人才压制住了夏一成，把他从医生的办公室中拖了出来。

“成哥，你别这样，夏叔他已经不行了。我会把孙耀祖那个畜生找到的。” 陈斌按着夏一成的肩膀说道。

将满心的愤怒与不安发泄出去之后，夏一成沉默下来。他靠在医院走廊的墙上，迎着白森森的灯光，脸色惨白：“是我的错，是我看错了人，是我没有好好关心他。如果我能够常回去看看他，一定会及早发现他的病情……”

“我的错……全是我的错，我不该建房子的，我不该不管他……”夏一成低低地说道。

“成哥……节哀……”

陈斌突然发现，语言有时候是这样的贫乏，当一个人面对生死大事的时候，无论什么话都变得无力。可他除了说节哀，还能怎样呢？

“节哀？”夏一成勾起嘴唇笑了，抬起头，看向走廊尽头的病房，不知道他想到了什么，黯淡无光的眼睛一点点亮了起来，“我为什么要节哀？我爸不会死的，他不会死的！”

陈斌看着夏一成，觉得他可能是无法接受这个事实，只能也附和着说：“是，夏叔不会死的。”

夏一成推开陈斌的手，头也不回地回到夏树强的病房。

陈斌与段浩青两人踟蹰了一会儿，没有跟上去，把一室的安静留给了他们父子。

在病房中拖了一把椅子坐下，夏一成愣愣地看着自己的父亲。这个时候，他才发现，自己真的好久没有认真打量过父亲了。

父亲为什么会老得这么快？花白的头发，堆满皱纹的脸颊，无一不在昭示着这个男人已经垂垂老矣。父亲是什么时候开始老的，为什么自己从来都没注意过？是啊，这一年的时间，他在狂欢，在玩乐。

父亲也曾多次打电话来，委婉地表示想儿子了。自己是怎么做的？夏一成想起来了，他派手下的人把一车车吃的喝的运回去，以为这样就是表达孝心，以为给父亲建一座大房子就足够了。可偏偏就是那房子要了父亲的命，而他还不知道。

夏一成用手捂住脸，他从来没有觉得自己这么混蛋。

清晨的阳光从窗外照进来的时候，夏一成用手支着脑袋闭目休息了一会儿。手指仿佛被谁碰了碰，他睁开眼睛，一下子就看到病床上的夏树强正静静地看着自己，用一种宽厚得近乎温柔的目光。

那个目光，是一个父亲在弥留之际对儿子的不舍与担忧。

“爸。”夏一成昏沉了半夜的脑袋瞬间清醒，他靠近父亲，轻轻地叫了声。

夏树强戴着氧气罩，没办法说话，一双布满了皱纹的眼睛轻轻眨了眨，算是回应自己的儿子。

“爸，你会好起来的，我保证。”夏一成凑近夏树强的身边，“我们打赌好不好？我赌你会健康地活下去。”

看着自己的儿子，夏树强的目光渐渐带上了悲伤。他张了张嘴，声音没有传出来，但夏一成却懂了。

“你好好的。”

这是遗言，是一个父亲对自己儿子最后的嘱咐。

“你要好好的，就算没了我，你也要好好地活下去。”

一行泪瞬间从夏一成的眼中落下，他狠狠地抹了一把脸，再次说道：“我们打赌。我赌你会好起来，会健康地活下去，你快点跟我赌啊！”

夏树强看着夏一成，就像看着二十年前那个调皮的小孩子，笑了笑，然后张嘴说：“好。”

夏一成看到父亲发出“好”字的口型，一下子就笑了，笑着笑着，又趴到夏树强的身上，放声哭了出来。

就在这个时候，夏树强突然闭上了眼睛。房间里的仪器瞬间响了起来，医生匆匆忙忙地赶来，数个护士把病床上的夏树强推进了手术室。

夏一成坐在手术室外的长椅上，陈斌与段浩青陪着他。

不知道过了多久，手术室的门从里面被打开，陈斌与段浩青当即站了起来，有些担忧地看着夏一成。

夏一成稳稳当当地坐在椅子上，不知道是呆住了还是在想些什么，一直到医生走出来，他才惊醒般地站了起来：“我爸怎么样？”

医生摘下口罩，脸上是经历过奇迹一般的不可置信。他握着夏一成的手，道：“手术非常成功，病人因为麻醉的关系还在昏迷，但危险期已经过去了，接下来要再观察观察。”

“辛苦了，医生。”夏一成镇定地跟医生握手。

陈斌却惊呆了，拉着医生有些语无伦次地问道：“那个，夏叔，他好了？真的吗，医生？真的好了？夏叔他好了？”

医生的脸上也露出了笑意：“是，手术很成功。这将会是我们医院的一个奇迹，只能说病人的意志非常顽强，身体的底子也好。”

陈斌一脸被幸福砸晕了的模样:“真的啊,医生,你们是神医啊!”

看着兴奋的陈斌与医生脸上的笑,夏一成也低头笑了笑,然后走进夏树强的病房。躺在床上的夏树强还昏迷着,全身都插满了管子,仪器上显示他的生命体征非常稳定。

夏一成将手肘支在床上,认真地看着还活着的父亲,说道:“真好。”

夏一成在医院里住了下来。夏树强恢复好点的时候,夏一成为他转到一间更豪华的病房,每天给父亲削水果,喂他吃饭,父子俩好像又回到了很久以前,说说话,斗斗嘴。

在夏一成的陪伴下,夏树强的身体以一种医生都觉得神奇的速度恢复过来。

夜里,恶魔曾经出现过一次,什么都没有说,只是在夏一成的面前放上一面荡漾着波纹的水镜,镜子里面的夏一成,头顶上是一个鲜红的数字“1”。恶魔冲夏一成伸出了一根手指,然后勾着嘴角,非常高兴地笑了。

夏一成盯着那面镜子看了很久,一直到水镜与恶魔一同消失了,还在发呆。

这天中午,外面的天气已经很凉了,吹过来的风都是冷的,只有一轮发白的太阳挂在空中。

夏一成为睡着的父亲掖了掖被子,走到窗边准备把虚掩着的窗户关上。抬头的时候,他看到东面一阵乌黑的浓烟滚滚而起,急促的警笛声从医院门前呼啸而过,医院的救护车队也全部出动,往东边疾驰而去。

发生了什么事?

夏一成的右眼皮突然毫无预兆地跳了起来。关上窗户后,他用力地按了按眼皮,但它还是在跳,他原本平和的心也瞬间变得烦躁起来。

手机响起,夏一成看了一眼,是陈斌。

“喂,阿斌。”

“成哥……”

不知道是不是自己的错觉,夏一成好像听见了手机那头陈斌的声音在发抖。

“成哥，一成集团着火了……”

皱了皱眉，夏一成重新来到窗边，抬头看向浓烟的位置，怪不得刚刚觉得有点奇怪，那的确是一成集团的方向。他轻声安抚着陈斌：“我看到消防和医院的车过去了，你就别去了，太危险……”

但是陈斌接下来的话，却让夏一成如遭雷击般僵立在原地。

陈斌说：“成哥，媛姐还在公司。”

02

吩咐护士看好自己的父亲后，夏一成开车狂奔出了医院。

“现在火势已经开始蔓延，所有人都在往外面跑。因为起火的位置在二十层，消防队一时半会儿上不去……据出来的员工说，媛姐在二十二楼的总裁办公室，没人看到过她……成哥……”

陈斌应该就在一成集团楼下，他手机里的杂音非常大，有消防车的声音、救护车的声音，还有无数人尖叫、逃跑的声音……

所有的声音都让夏一成心急如焚，他把车开得极快，连闯数个红灯，不到十分钟就来到了一成集团的附近。

警车拦在外围，消防车开到了最里面，数不清的人从大厦里跑出来，每个人的脸上都惊惶不安。

夏一成一个急刹车，推开车门跑了出来。

火势正无法控制地蔓延着，二十楼的大火已经向其他楼层伸出火舌。外面秋风正大，火借着风势，浓烟滚滚而上，偶尔有汹涌的火舌从空中蹿出，竟有一股要将整座大厦烧毁的气势。

看到这一幕，夏一成脸上的血色刹那间褪去。他踉跄了几步，站稳身子后，不管不顾地朝大厦里面冲了过去！

二十二楼！媛媛就在二十二楼，他要救她，他一定要救她！

“成哥，你别冲动！”等在外面的陈斌眼疾手快地把要往里面冲的夏一成拦了下来，“现在太危险了，你不能进去。”

夏一成疯了一般推搡着他："放开我，嫒嫒在里面！"

"成哥，你这样根本上不去。我们只能等着消防队去施救！"陈斌在夏一成的耳旁大声吼道。

夏一成脸上一片惶恐："快去救她，快去！"

消防员分成几队进入大厦，同时很多人从里面跑出来，周围围观的人看着那骇人的火势，心有余悸地议论起来。

"怎么会着火呢？我们离这里远点！"

"听说是新装修的电线坏了，才引发的火灾……"

"楼上的火势太猛了，电梯跟楼梯全都被浓烟挡住了，二十层以上的人如果还没逃出来，唉……"

正紧紧抓着陈斌衣袖的夏一成听到这话，猛地吼道："你们懂什么？嫒嫒会没事的，她一定会没事的！"

眼看夏一成又要发疯，陈斌立刻拦住他："成哥，你别冲动！消防员正在想办法救嫒姐。"

夏一成的心被无限的恐惧包裹，他有些颤抖地把自己的手机拿出来，拨通了段浩青的电话："立刻把直升机开到一成集团来，现在，立刻！"

段浩青最听夏一成的话，挂了电话后，就将直升机开了过来。

"我要去救她。"夏一成的身子被仓皇逃出来的人数次碰到，陈斌把他拉到远离门口的位置，但他抬头看着眼前的高楼，一字一句坚定地说，"我要去救她。"

不到三分钟，段浩青的直升机就停在了大楼外面的草坪上。

夏一成立即要朝直升机跑去，陈斌拦住他："就算你上去又能怎么样？你怎么救她？火势这么大，你会死的！"

"别拦着我，再拦，我就不认你这个兄弟！"夏一成如愤怒的狮子，将陈斌推到一边。

陈斌却牢牢地抓着他的胳膊："我不会看着你去送死。"

夏一成转头看了陈斌一眼，在陈斌还没有做出反应的时候，猛地一脚踹向他的肚子。陈斌猝不及防，腹部的剧痛令他弯下了腰，脸颊冷汗直冒。他伸手去抓夏一成，却怎么也抓不住了。

夏一成跑到直升机旁，沉声道："去二十四楼。"

一成集团共二十六层，火势从二十楼徒然而起，风助火威，浓烟将二十楼以上的六层全部笼罩，想要从顶楼下去，根本不可能。但二十四楼是一家旋转西餐厅，从大楼内向外延伸出了一块可放四张餐桌的阳台。夏一成的目标就是那个阳台。

从段浩青那里要过手机，夏一成拨通了那个烂熟于心的电话。

电话很快被接听。

"媛媛，你现在在哪儿？"

"咳咳咳，咳咳咳，我，咳咳，我在二十三楼。"赵媛媛强作镇定的声音从手机中传来，但依旧能够听出她的恐惧。

夏一成放轻了声音："在那儿待着别动，我来找你。"

"不，不行！"赵媛媛的声音陡然拔高，"你疯了吗？这里到处都是浓烟，咳咳，咳咳，你不能……"

赵媛媛身边传来一声东西碎裂的声音，一面木质装饰物从身后轰然倒塌，划着她的手臂而过，赵媛媛惊叫一声，手机被甩了出去。

"喂？媛媛？媛媛！"看着挂断的电话，夏一成的脸色黑到了极致，他冲开直升机的人怒吼，"快一点！"

直升机很快来到二十四楼，软梯从直升机上放下，夏一成攥紧软梯的绳子，忍受着滚滚的浓烟与炽热的温度，咬着牙跳了下来。段浩青紧跟着想要下来，但是一条火舌突然从浓烟中伸出，软梯被烧断。

秋风猛地一刮，火势骤然变得猛烈，逼着直升机不得不远离这栋大楼。

夏一成用湿漉漉的毛巾掩住口鼻，熟门熟路地从二十四楼冲到了二十三楼！

"媛媛！媛媛！"夏一成大声呼喊，寻找着赵媛媛的身影。

被浓烟逼入角落的赵媛媛震惊地看着朝自己跑来的夏一成，眼泪一下子就落下来："你疯了吗？！"

夏一成猛地抱住她，用力之大，似乎要把赵媛媛勒进自己的身体："我找到你了，我找到你了！"

赵媛媛的眼泪浸湿了夏一成的肩膀，她满心的震撼，除了控制不住的泪水，一句话也说不出来。

"走，我带你走。"把湿毛巾递给赵媛媛，夏一成握紧了她的手腕，拉着她往自己刚刚下来的楼梯口走去。

但是，已经太晚了。

刚刚还盘旋在二十二楼的大火已经从各个可能的地方蹿入了二十三楼，楼层中的温度骤然提升，黑色的浓烟都有了灼烧的感觉。

二十三楼的窗户率先燃烧起来，狂暴的火焰像潮水一般涌了进来，瞬间将他俩的前路阻断，并且猛地向四周蔓延！

夏一成的外套起了火星，他非常迅速地把衣服脱下来。他们被汹涌的火焰逼得改变方向，朝另一侧还没有被点燃的窗户边跑去。赵媛媛回头看了一眼，通往二十四楼的路已经被火焰完全堵死，而那片大火朝他们烧过来，也只不过是时间问题。

这是一条并不窄的走廊，但因为到处都是浓烟，能见度不超过五米。夏一成一直把赵媛媛拉到走廊的尽头，这里有一扇一人高的窗户，而窗户外面是呛人的浓烟和时不时就会冒头的火焰。

窗户外面有着离地近百米高的距离，窗户里面是即将吞噬过来的熊熊烈火，生路已经断绝。

赵媛媛眼眶通红，死死地盯着牵着自己的夏一成，风吹过大楼的呼啸声，楼内外时不时传来的绝望的尖叫声，更远处的警笛声，都在刹那间远去。

夏一成本想透过窗户去看看外面的火势，但还没靠近窗户，就感觉到了墙壁上能把人烤熟的温度。他转头去看后面的火势，屋内器物被点燃的声音非常大，时不时还会传出东西爆裂的声音。

怎么办？逃不出去了……

夏一成的身子被人猛地抱紧，他低头去看，只见赵媛媛死死抓着他，用带着哭腔的声音大声道：“你是不是傻啊？为什么要进来？怎么办，我不想你死，你为什么要来！”

夏一成焦虑的眼神瞬间柔软了下来，他张开双臂抱紧赵媛媛，低声在她耳边说道：“因为我爱你啊，我怎么舍得你一个人在这样的大火中。”

赵媛媛哭得惨烈。她无比后悔，后悔刚刚不该告诉夏一成自己的位置：“我也爱你，我真的爱你，我只是，只是不喜欢你赌。”

感受到走廊另一头已经跃跃欲试，即将朝他们扑过来的火焰，夏一成的手指紧了紧，把哭得稀里哗啦的赵媛媛拉开了一点距离：“媛媛，我跟你打个赌好不好？”

赵媛媛哭泣的声音一顿，近乎绝望地看着夏一成：“到了这个时候，你还要赌吗？”

浓烟已经将整个二十三楼全部笼罩，夏一成拉着赵媛媛跪了下来，躲避着浓烟。

“媛媛，我爱你。”夏一成看着赵媛媛的眼睛，非常认真地说道，“我爱你，我向你发誓，这是我人生中的最后一个赌注，你跟我赌好不好？我赌你不会有事的，你会活下去。”

“你疯了……”赵媛媛摇着头说。

“媛媛！”夏一成的手上用了一些力气，他紧紧地盯着赵媛媛的眼睛，“你相信我，这真的是我最后一个赌！我打赌你不会死，不会有事，会活下去！

“跟我赌吧，好吗？我发誓这是最后一个赌注，跟我赌吧。”

赵媛媛看着夏一成的眼睛，她从夏一成的眼中看到了祈求，看到了自己都无法理解的悲伤与决绝，于是下意识地点了点头。

“你跟我赌了？”夏一成满是绝望的眼睛瞬间迸发出晶亮的光芒。

赵媛媛哭着笑了：“我跟你赌。你说的，这是最后一个赌注，不要骗我。”

夏一成一把将赵媛媛抱在怀里，颤着声音说：“我不骗你，不骗你。”

轰隆！

外面不知道什么时候已经乌云盖天，一声惊雷炸响之后，黄豆大的雨点像断了线的珠子，不由分说地砸下来。不过几秒钟的时间，雨势越发大了，深秋的一场暴雨，竟然有了倾盆之势，仿佛有人将天上的河水倒灌。

赵媛媛被外面疯狂的雨势惊到，转头看去，开始还没有意识到什么，等终于明白大力击打在窗户上的是什么东西时，狂喜瞬间掠上心头。她抱紧夏一成："一成，下雨了，下雨了！我们得救了！"

夏一成的眼睛从窗外的暴雨中收回，他抱着赵媛媛，在她的耳边轻声说道："我爱你。"

"我也是，我爱你。"眼中再次溢出了泪水，赵媛媛哭着哭着就笑了，"你答应我了，再也不赌了。"

"嗯，我答应你了。"

夏一成从脖子上扯下一根链子，交到赵媛媛手上，链子上挂着两枚银色的戒指。

突如其来的暴雨解救了整栋大楼，原先张狂的火焰被这场海水倒灌一般的暴雨劈头浇下，变成了一团黑烟，进而彻底熄灭。

消防队冲进火灾最严重的几层，展开搜救工作。

一阵难熬的眩晕之后，夏一成茫然地眨了眨眼睛，他不知道自己什么时候离开的大楼，他感觉自己轻飘飘的，似落在云端。

四周是瓢泼的大雨，透过重重雨幕，他看到了远处被烟火熏染的一成集团。

夏一成从来没觉得自己的视力这么好，他的目光竟然能够透过这么远的距离，直直地落到那扇窗户后面，看到正抱着自己的尸体、哭得撕心裂肺的赵媛媛。

"啧啧啧。"

轻佻的声音从他的身边传来，夏一成不用看也知道是谁。

恶魔貌似可惜地轻轻摇着头："本来你可以不死的，明知道自己只剩下五次机会了，却还是用光了，真是蠢呢。”

夏一成没有说话，目光久久地落在赵媛媛身上，看着消防队冲到赵媛媛身边，看着她哭得晕了过去，看着消防员将她安全带出那栋危险的大楼。

夏一成的视线从二十三楼移开，看到捂着肚子等在楼下的陈斌；眼珠子动了动，又看到远处病房中还在安睡的父亲，更远处带着自己的家人在路边躲雨的周锦光……

真好，真好，那些被他伤害的人还活着，活得好好的，真好。

这场大雨浇灭了那场可怕的火灾，也冲刷尽了夏一成心头的疑惑。到了现在，他才知道原来自己错了，从一开始就错了。

夏一成突然笑了，眉眼弯弯地看着身边的恶魔：“我最不后悔的就是最后五个赌注，我不后悔。”

恶魔眼睛微微一眯，说不出的邪气森然：“可是你死了。”

“是啊，我死了，但是我死得值啊。”夏一成长长地舒了一口气，觉得自己不仅身体轻松了，连心都飘了起来。

恶魔黑色的长袍在乌黑的云彩下飘荡，细长的眼睛从一脸安然的夏一成身上掠过，他淡漠地笑了：“不管怎么样，现在你属于我了。”

夏一成点点头：“我会兑现自己的承诺。”

恶魔嘴角的笑意愈深，眸中闪着愉悦的光彩。他双臂一震，漫天暴雨倾盆而下，但没有一丝雨点能够靠近他。远空中，一层层乌云堆积下来，将白昼换作黑夜，闪电从云层间骤然落下，紫色的光芒劈裂天际，带着轰然炸响的雷声震人耳膜！

看着仿佛魔幻大片一般的场景，看着似乎在操纵风云雷电的恶魔，夏一成禁不住道：“虽然你一直想要我的命，但不得不说，你这个恶魔，有时候真的很帅。”

“有时候？”恶魔不满地眯了眯眼睛。

夏一成挑眉，笑而不语。

“跟我走吧。”

恶魔从浓墨一般的衣袍中伸出修长白皙的手指，轻轻打了一个响指。只见前方电光闪闪，雷声轰鸣，一扇厚重的黑色铁门凭空出现，缓慢而坚定地往两边打开。一切发生得无声无息，却看得人心惊肉跳，森然的气息从铁门内弥漫出来。

恶魔笑吟吟地看着夏一成，朝那扇门一偏头："进去吧。"

夏一成最后看了一眼雨中的人世，很快收回目光，头也不回地走进那扇黝黑厚重的铁门。

"你还有什么想说的吗？"恶魔悠悠然立在空中，问道。

"赌真的不是个好东西，这一辈子是我错了，如果有来生，我再也不会赌了。"

夏一成的身影消失在铁门之后，门缓缓地关上。

"人类真是有意思的生物。"恶魔的双眸投向人世间，唇角一勾，"又有签约人出现了呢。"